A LAS PUERTAS DE NUMANCIA

África Ruh

Cualquier forma de reproducción, distribución, comunicación pública o transformación de esta obra solo puede ser realizada con la autorización de sus titulares, salvo excepción prevista por la ley.
Diríjase a CEDRO si necesita reproducir algún fragmento de esta obra.
www.conlicencia.com - Tels.: 91 702 19 70 / 93 272 04 47

Editado por Harlequin Ibérica.
Una división de HarperCollins Ibérica, S.A.
Núñez de Balboa, 56
28001 Madrid

© 2017 África Vázquez Beltrán
© 2019 Harlequin Ibérica, una división de HarperCollins Ibérica, S.A.
A las puertas de Numancia, n.º 182 - 10.4.19
Publicada originalmente por ....

Todos los derechos están reservados incluidos los de reproducción, total o parcial. Esta edición ha sido publicada con autorización de Harlequin Books S.A.
Esta es una obra de ficción. Nombres, caracteres, lugares, y situaciones son producto de la imaginación del autor o son utilizados ficticiamente, y cualquier parecido con personas, vivas o muertas, establecimientos de negocios (comerciales), hechos o situaciones son pura coincidencia.
® Harlequin, HQN y logotipo Harlequin son marcas registradas por Harlequin Enterprises Limited.
® y ™ son marcas registradas por Harlequin Enterprises Limited y sus filiales, utilizadas con licencia. Las marcas que lleven ® están registradas en la Oficina Española de Patentes y Marcas y en otros países.
Imágenes de cubierta utilizadas con permiso de Fotolia.

I.S.B.N.: 978-84-1307-788-8
Depósito legal: M-8068-2019

Para Nacho, mi amor. Por viajar conmigo a Numancia, al pasado y al futuro. Por dejarme compartir contigo este presente tan bonito que tenemos.

Para Marta, mi equipo. Porque tengo este libro en mis manos gracias a ti.

Billow and breeze, islands and seas,
mountains of rain and sun.
All that was good, all that was fair,
all that was me is gone.

Niebla y brisa, islas y mares,
montañas de lluvia y sol.
Todo lo que estaba bien, todo lo que era justo,
todo lo que yo era se ha ido.

Skye Boat Song, Bear McCreary

Nota de la autora

Querida lectora, querido lector:

Este libro es el resultado de un largo camino que comenzó en mayo de 2016, cuando decidí visitar el yacimiento de Numancia. Por aquel entonces, yo ya quería escribir una historia que tuviese como telón de fondo lo ocurrido en dicha ciudad celtíbera durante la ocupación romana de la península ibérica, pero aún no sabía quiénes iban a ser sus protagonistas.

Tras visitar las ruinas (envuelta en no uno, sino dos abrigos que el personal del yacimiento tuvo la amabilidad de prestarme para que el cierzo no me convirtiera en un cubito de hielo), vi un monumento dedicado a los héroes de Numancia y un nombre me llamó la atención: Leukón. Fue entonces cuando me tomé la libertad de imaginar un pasado para ese nombre.

Escribí la primera versión de *A las puertas de Numancia* en 2016 y un año después se publicó en formato digital gracias a que HarperCollins Ibérica apostó por ella. Sin embargo, el libro que tienes en tus manos no es el mismo que vio la luz entonces. Y es que en 2018, apoyada por mi editora Elisa, decidí completar la historia de Cassia y Leukón con unas cuantas páginas extra, un final algo diferente y grandes dosis de amor por este relato ficticio ambientado en un escenario histórico apasionante.

Puesto que has decidido viajar conmigo a un pasado de bosques y niebla, dioses antiguos y amores eternos, solo puedo darte la bienvenida y desearte una feliz lectura. ¡Nos vemos a las puertas de Numancia!

Prólogo

Roma, 150 a. C.

En el año 154 a. C., el Senado romano ordenó el envío de treinta mil legionarios a Hispania. Dirigidos por el cónsul Nobilior, esos hombres iban a llevar a cabo una importante misión: derrotar a los feroces celtíberos, un pueblo bárbaro que se había atrevido a desafiar el poder de Roma.

Los celtíberos, atrincherados en Numancia, se preparaban para el ataque. De ellos se decía que eran los guerreros más violentos de Occidente, y que tenían a los dioses de su parte. Unos dioses antiguos, ocultos, que vivían en los bosques y montañas, en las cascadas y arroyos; unos dioses desconocidos y temidos por todo el mundo civilizado.

La guerra fue dura. Y, como todas las guerras, fue cruel. Pero yo, Cassia Minor, no tendría que haberla padecido; yo solo era una muchacha romana que vivía en el bullicioso puerto de Ostia. Hija del afamado centurión Cassio Aquila, héroe de la guerra contra Cartago, no tendría que haber sabido nada de los celtíberos salvo por las noticias que mi padre nos enviaba desde el frente por medio de un mercader griego llamado Alexis.

Sin embargo, los dioses quisieron que una serie de acontecimientos me hiciesen vivir la guerra de Hispania en mis propias carnes.

O quizá fue el destino. No lo sé.

En cualquier caso, jamás he olvidado esa guerra. Ni a los hombres y mujeres que participaron en ella. Cierro los ojos y veo sus caras, oigo sus nombres, quiero llamarlos y no puedo. Porque todos se han ido ya.

Uno de ellos fue y sigue siendo el amor de mi vida. Aunque hoy ya no camine sobre la tierra, dejó en mí el recuerdo de los caballos y la tierra agreste, de los altos pinos y los lirios perfumados, de los dioses salvajes y los amores apasionados a la luz del fuego. Dejó en mí los gritos de un guerrero, los besos de un amante y el corazón de un hombre bueno.

Dejó en mí una huella más profunda que el tiempo, que aún no ha podido curar mi nostalgia. Y a veces, cuando enciendo una hoguera y contemplo las llamas que se elevan hacia las estrellas, todavía puedo sentirlo a mi lado.

I

Puerto de Ostia, 154 a. C.

No pretendía espiar, de ninguna manera. Pero al pasar por el atrio escuché mi nombre y no pude evitar detenerme.

—¿Cómo voy a decírselo a Cassia?

Era la voz de mi madre. Estaba hablando con el capitán Alexis, que había venido a visitarnos aprovechando su tarde libre; yo había ido a recibirlo a la puerta y le había ofrecido higos y vino dulce, pero luego lo había dejado a solas con mi madre para que los dos pudieran despachar sus asuntos cómodamente.

—Con sensatez, querida —le contestó él—. Ella ya sabe que su padre es centurión, y un centurión no puede abandonar a sus tropas. No ahora que se avecina otra guerra en Hispania.

Aquellas palabras aceleraron mi corazón. ¿Otra guerra? ¿Papá iba a librar otra guerra? ¡Y en Hispania, esa tierra de bárbaros!

Siempre cautelosa, me acerqué a la entrada del *tablinum*, donde mis padres recibían a las visitas más distinguidas y a los amigos íntimos. El atrio estaba envuelto en las sombras de la tarde, pero el sol poniente aún alumbraba las aguas del *impluvium*, tiñéndolas de oro, y los mosaicos del suelo. Me situé junto a nuestro pequeño altar doméstico, cuyo fuego ardía día y noche, y traté de ver la expresión de mi madre a través de la cortinilla de humo.

Estaba de pie, sosteniendo una copa de vino que apenas había probado. El capitán Alexis, por su parte, se había reclinado en un diván y mordisqueaba un higo con aire pensativo. Ninguno de los dos reparó en mi presencia.

—Él dijo que estaría en la boda de Cassia —suspiró mi madre—. Aseguró que, para entonces, los lusitanos ya estarían bajo control.

—Y lo están —dijo el capitán—. Esos pastores harapientos no tienen nada que hacer contra las legiones romanas, pronto entregarán las armas. O morirán luchando, lo cual, a efectos prácticos, es lo mismo. —Alexis se miró las uñas—. Pobres diablos.

—¿Entonces? —Mi madre parecía impaciente.

—Querida, la nueva guerra no es contra los lusitanos. —El capitán sacudió la cabeza con pesar—. Es contra los celtíberos.

Mi madre ahogó una exclamación de asombro. Yo también lo hice.

Mi padre nos había hablado de los celtíberos, un conjunto de tribus salvajes que vivían en la Hispania Ulterior, la zona más agreste de la Península Ibérica. Eran tan fieros que hacían que los otros pueblos hispanos, como los íberos e incluso los lusitanos, pareciesen gentes civilizadas.

Alexis confirmó mis peores temores:

—Si los rumores son ciertos, Roma nunca se ha enfrentado a un enemigo tan temible como ese. A su lado, Púnico y su ejército de lusitanos y vetones no son más que un puñado de chiquillos traviesos.

—Pero ¿por qué ahora? —gimió mi madre—. ¡Cassio nos contó que los celtíberos habían hecho un pacto con Roma!

—Y lo hicieron —el capitán asintió—. El cónsul Graco los convenció. Pero parece que ha habido problemas con una tribu... Los belos, si mal no recuerdo. Por lo visto, querían amurallar su ciudad, Segeda, y eso iba en contra del acuerdo. Uno de sus líderes fue invitado a explicarse en el Senado, pero salió de allí dando gritos...

Un acceso de tos interrumpió su discurso. Tuvo que beber un sorbo de vino antes de concluir:

—Un desastre, vaya. No se puede dialogar con esa gente.

—¿Y qué va a pasar ahora? —preguntó mi madre retorciéndose las manos.

Yo me estaba preguntando lo mismo. Encogida en el atrio, con los ojos fijos en el altar, rezaba a nuestros espíritus protectores, los *lares*, para que trajesen a mi padre de vuelta lo antes posible.

Nunca había estado en Hispania, pero había escuchado toda clase de historias en el foro. Y ninguna me gustaba. Mi boda era lo de menos: quería que papá volviese para tenerlo en casa, a salvo, lejos de aquellas bestias que no conocían la civilización.

El capitán Alexis suspiró y se limpió los dedos pringosos en un cuenco de agua.

—De momento, el Senado ha enviado al cónsul Nobilior con treinta mil hombres para que impidan la construcción de esa dichosa muralla. Además, nos ha pedido a los mercaderes que llevemos suministros para el ejército. Mi barco zarpa mañana temprano a Ampurias por ese motivo.

—¿Podrás llevarle un mensaje a mi esposo?

El capitán alzó la vista y apretó los labios.

—Me temo que no será posible, querida. Tu esposo está en la Hispania Ulterior, y yo no pienso salir de la Citerior. De hecho, pretendo no poner un pie fuera de Ampurias. Tan pronto como haya descargado las mercancías en el puerto, volveré a Ostia y trataré de olvidarme de esas horribles tierras occidentales. No dan más que problemas.

Mi madre se quedó callada. Yo imaginé que tendría sentimientos encontrados.

—Lo lamento, de verdad —añadió Alexis en voz baja—, pero yo no soy un guerrero. Me dedico al comercio, y el comercio y la guerra nunca se han llevado bien. No quiero que ningún salvaje melenudo me persiga hasta mi barco, ¿comprendes?

—Comprendo —murmuró mi madre— y no puedo reprochártelo, mi querido amigo. Es solo que...

—Lo sé. Sé que nunca es fácil esperar.

El sol ya se había puesto. El humo del altar ascendía en volutas hacia un cielo púrpura y yo me quedé contemplándolo durante unos instantes.

«Buena suerte, papá», le deseé mentalmente. Como si aquel humo pudiese hacerle llegar mis palabras hasta el otro lado del Mediterráneo.

El capitán Alexis se puso en pie. No era un hombre alto, pero mi madre le llegaba por la barbilla. Yo me parecía a ella en la baja estatura y la cara llena de pecas; de mi padre, en cambio, había heredado el pelo liso y los ojos pardos. El capitán solía decir, medio en broma, que papá y yo no parecíamos romanos, mientras que mamá era la viva imagen de la diosa Vesta: menuda, rolliza, con los rizos castaños y la boca pequeña y amable.

—Si te sirve de consuelo, querida —le dijo Alexis entonces—, yo sí estaré en la boda de Cassia. El viaje a Hispania solo dura unos días, por lo que espero estar de vuelta en breve. Y con regalos, por cierto.

—Gracias, capitán. —Mi madre le dirigió una sonrisa apesadumbrada—. Tu presencia aliviará mi angustia. Además, ya sabes lo mucho que te aprecia Cassia.

—Yo también la aprecio, aunque aún me cuesta pensar en ella como en una mujer. Parece que fue ayer cuando me pedía que la llevara conmigo en una de mis travesías...

Escuché la risa de Alexis peligrosamente cerca del atrio y di un paso atrás, ocultándome tras el muro. No quería ser descubierta escuchando a hurtadillas.

Sin embargo, aún no me decidía a marcharme. Lo que había escuchado sobre mi padre y la dichosa guerra hispana me había dejado demasiado impactada.

—A propósito, ¿cómo está esa esclava de tu hija, Melpómene? —preguntó el capitán entonces.

Fruncí el ceño. Melpómene era griega, como Alexis, y últimamente los dos parecían traerse algo entre manos. Yo no podía evitar preguntarme qué sería.

—Sigue enferma —respondió mi madre—. Esas dichosas fiebres...

—En los puertos están cayendo como moscas —comentó Alexis. Mi madre debió de poner mala cara, porque se apresuró a rectificar—: Pero la muchacha es joven y está bien alimentada. Envíale recuerdos de mi parte, ¿quieres? Por muy esclava que sea, somos paisanos.

—Paisanos —repitió mi madre con tono suspicaz—. Claro.

Me asomé nuevamente y vi que el capitán se echaba la capa azul por encima del hombro. Decidí que había llegado el momento de escabullirme, pero no pude olvidar aquella conversación.

Mi padre tardaría meses en volver de Hispania, quizá años. Porque antes tendría que hacer frente a los guerreros más sanguinarios de Occidente, que habían decidido levantarse en armas contra Roma pese a todos los esfuerzos que había hecho el Senado por negociar.

Era terrible, pero yo no podía hacer nada al respecto. Solo rezarles a los dioses y aguardar el regreso de papá sin perder la esperanza. Mi boda con Máximo Escauro ya estaba organizada y ni siquiera su ausencia podría retrasarla; por otro lado, si él volvía de Hispania y me encontraba con su nieto entre los brazos, se sentiría inmensamente feliz.

Ese pensamiento me animó un poco y, decidida a hacer exactamente lo que se esperaba de mí, fui al encuentro de Melpómene.

II

Melpómene estaba tosiendo cuando entré en su habitación, un pequeño cubículo en el que apenas cabíamos las dos juntas.

—¡Ama! —exclamó apurada—. Lo siento...

Su pecho se agitó cuando reprimió un nuevo ataque. La había dejado tumbada en su jergón, bien arropada, pero ella se había encargado de destaparse otra vez. Estaba sudando y sus pálidas mejillas se habían teñido de rojo.

—«Cassia», no «ama» —le recordé, como de costumbre, y me arrodillé a su lado—. No pidas perdón, tontorrona. ¿Cómo te encuentras?

Me acerqué a ella y le aparté los rizos húmedos de la frente. Aún estaba ardiendo.

—Mejor que antes.

—No sabes mentir —suspiré.

Había un cántaro junto al lecho, pero estaba vacío. ¿Dónde estaban los demás esclavos cuando se los necesitaba?

—Espérame, voy a por agua —dije incorporándome.

—No es necesario...

La ignoré. Melpómene hubiese preferido morirse de sed antes que correr el riesgo de molestarme, y yo solía decirle que tenía que revisar sus prioridades. En realidad, me gustaba hacer cosas por ella porque así me sentía menos culpable por el hecho de ser su ama.

Había pocos esclavos en mi casa. Teniendo en cuenta que mi padre era centurión del ejército, hubiésemos podido contar con un nutrido grupo de ellos, pero mamá solía decir que prefería vivir con sencillez. Aun así, mi padre había comprado a Melpómene durante su primer viaje a Hispania, en el mercado de Ampurias, pues consideraba que una esclava griega no solo me haría compañía, sino que también podría enseñarme su lengua y sus costumbres; por aquel entonces, Melpómene tenía ocho años y yo, tres.

Melpómene y yo habíamos crecido juntas. Éramos ama y esclava, y también mejores amigas. A veces sorprendía a la gente mirándonos con desaprobación cuando íbamos al foro o a los templos de la ciudad, ya que solíamos caminar cogidas del brazo, cuchicheando y riendo por lo bajo; Melpómene se sentía incómoda cuando se daba cuenta, pero yo jamás la apartaba de mí: no pensaba renegar de ella, ni en público ni en privado. Era una de las personas más importantes de mi vida, la hermana mayor que me hubiese gustado tener.

—Luego te traeré leche con miel —dije para animarla—. Espero que te la bebas toda.

—Eres muy buena conmigo, ama.

—«Cassia» —insistí—. No lo hago por ti, sino por mí: quiero que estés totalmente recuperada el día de mi boda.

—¿Has visto a Máximo Escauro últimamente?

—La verdad es que no.

Sentí una pizca de culpabilidad al decir aquello. Máximo Escauro era joven, atractivo y muy popular; mi matrimonio con él iba a otorgar a mi familia una excelente posición, y mis padres no habían dejado de recordármelo desde que nos comprometimos. Nosotros, los Cassios, no éramos patricios, sino plebeyos, pero las hazañas bélicas de mi padre nos habían hecho alcanzar un estatus envidiable dentro de la aristocracia romana. Mi boda con Máximo iba a culminar ese recorrido, convirtiéndonos en un auténtico linaje patricio y cumpliendo el sueño de papá y mamá.

Esa idea me ponía un poco nerviosa porque, aunque Máximo era un buen partido y me gustaba, apenas nos conocíamos. En las últimas semanas, afortunadamente, habíamos paseado juntos, nos habíamos besado a escondidas e incluso habíamos hecho algunas de esas cosas que se supone que no hay que hacer antes de la boda. Había sido bastante agradable. Yo tenía cuidado: todos los días bebía una infusión de hierbas que me impediría quedarme embarazada hasta después del banquete nupcial, lo cual tranquilizaba mi conciencia. Una parte de mí sabía que, a pesar de que aquello no estuviera del todo bien, el placer físico me permitía acercarme a Máximo, y era importante que me acercara al que iba a ser mi marido. Incluso si tenía que romper unas cuantas normas para lograrlo.

Además, Máximo sabía complacer a una mujer.

—Estoy deseando que llegue la boda —suspiró Melpómene—. Y verte caminar con un velo blanco y una corona de flores en la mano.

—Pues ya sabes lo que tienes que hacer: recuperarte lo antes posible.

Mi amiga sonrió débilmente. Tenía los dientes muy separados, algo que le otorgaba cierto aire aniñado. Puede que fuese la mayor de las dos, pero a mí me encantaba cuidar de ella.

Mientras le daba de beber, recordé algo:

—Por cierto, el capitán Alexis ha estado aquí y te ha mencionado.

Los ojos verdes de Melpómene se abrieron de par en par.

—¿Ha pedido verme?

Yo me mordí el labio inferior. No, no me había pedido nada: después de todo, yo lo estaba espiando. Pero no creía necesario aclarar ese punto, Melpómene siempre se escandalizaba con esas cosas.

—Eh... No, la verdad es que no. Solo le ha preguntado a mi madre cómo estabas.

La mirada de mi amiga se apagó. Yo carraspeé:

—Esto... Melpómene, querida, ¿el capitán y tú tenéis algo así como... un romance?

Su decepción se convirtió en asombro en cuestión de segundos. Al cabo de un momento, dejó escapar una risilla nerviosa:

—¡Dioses, no! No es lo que tú piensas, am... Cassia. Es solo que...

—¿Sí?

—Tengo entendido que el capitán ha encontrado... información.

—¿Información?

—Sobre mi padre.

—Oh.

Ese tema era delicado.

Papá había comprado a Melpómene sin saber que su padre también estaba siendo subastado en Ampurias; nos enteramos de eso después, cuando ella ya vivía con nosotros y se atrevió a contárnoslo. De haberlo sabido antes, mi padre hubiese comprado también al padre de mi amiga: ningún hombre decente sería capaz de separar a una familia, y papá era el hombre más decente que yo había conocido nunca. Pero, cuando regresó a Ampurias y fue al mercado, el padre de Melpómene ya había sido vendido a otro romano hacía tiempo.

—Al parecer, el romano que compró a papá vive en Tarraco —murmuró Melpómene—. El capitán Alexis lo conoció por casualidad cuando estaba vendiéndole *garum* a su dueño: se enteró de que era griego, hablaron un poco y el capitán me mencionó. Dice que mi padre se llevó una gran alegría al saber que yo estaba bien.

Los ojos de mi amiga estaban húmedos. Yo sabía cuánto significaba su padre para ella. Busqué sus pequeñas manos y las tomé con cariño entre las mías.

—¡Pero eso es maravilloso, querida! Por lo menos, ahora sabes dónde está.

—Yo... le había escrito una carta —suspiró ella señalando algo que había a sus pies.

Entonces me fijé: junto a su lecho había un cálamo, un tintero y un rollo de papiro primorosamente atado con un cordel. Muchos esclavos sabían leer y escribir, pero Melpómene disfrutaba especialmente haciéndolo, por lo que no me había llamado la atención ver sus útiles de escritura cerca de ella.

—¡Por Júpiter, mujer! ¿Por qué no me lo has dicho antes? ¡Le hubiese dado tu carta a Alexis!

—Yo no sabía que estaba aquí, ama.

—Es una lástima. —Iba a decirle que lo haría la próxima vez que viniese, pero me mordí la lengua al ver que ella cerraba los ojos y rompía a llorar silenciosamente—. ¡Melpómene!

—No te preocupes, ama, digo, Cassia —farfulló ella secándose la cara con impaciencia—. Es la fiebre, que me pone sensible. Se me pasará, te lo prometo.

Respiré hondo y me di cuenta de lo injustas que podían llegar a ser las cosas. Yo temía por la vida de mi padre, que iba a luchar contra los celtíberos en Hispania, pero él era un centurión del ejército romano, un hombre libre que había escogido su propio camino y volvería a casa cuando la guerra terminara, junto a su mujer, su hija y quizá un nieto o dos. No le faltarían riquezas ni reputación, ni el calor de un hogar.

El padre de Melpómene, por el contrario, no se pertenecía a sí mismo, sino a un tarraconense. Incluso si su amo se portaba bien con él, lo más probable era que jamás volviese a cruzar el Mediterráneo, que no volviese a abrazar a su hija ni a contemplar su rostro una vez más. Moriría lejos de ella, conformándose con las palabras de un mercader griego que se había apiadado de los dos.

—Dame tu carta, Melpómene —le ordené con decisión.

Melpómene abrió los ojos y me miró asombrada. Verla así, sonrojada y con la frente empañada de sudor febril, me encogía el corazón.

—¿Cómo dices, ama?

—«Cassia». —Chasqueé la lengua con reproche—. Dame tu carta, voy a llevársela a Alexis.

—Pero... Pero es de noche. Además, ni siquiera sabes dónde está el capitán.

«Lo más probable es que esté comiendo y bebiendo hasta reventar con algún jovencito en el regazo», pensé yo. Pero no creí prudente decírselo.

—Dejaré tu carta en el *Quimera*. Él la encontrará por la mañana y estoy segura de que no le importará llevarla a su destino.

El *Quimera* era el barco de Alexis, un navío de pino de Alepo cuya vela de lino se divisaba desde lo alto del puerto incluso cuando ya navegaba lejos de él. Supuse que aquella noche permanecería atracado en el puerto, con la mercancía cuidadosamente almacenada: el capitán nunca dejaba nada en manos del azar.

—¿Y qué dirá tu madre? —musitó Melpómene—. ¡No va a querer que salgas sola a estas horas, y con razón!

Yo le dirigí una mirada cómplice.

—No dirá nada si no se entera.

—Pero...

Sin darle tiempo a protestar, me apoderé del rollo de papiro.

—No soy ninguna niña, Melpómene —dije con calma—. No me delates, ¿está bien? Antes de que te des cuenta, estaré de vuelta sin tu carta y con un buen cuenco de leche caliente con miel.

Le di un beso en la frente empapada y me incorporé alisándome la túnica. Mi amiga me miraba con una mezcla de gratitud y exasperación.

—No sé si eres muy generosa o muy testaruda, pero te lo agradezco muchísimo.

—Aprovecha para dormir un poco mientras no estoy. ¡Volveré enseguida!

Salí de la habitación sin hacer ruido. Ni siquiera cogí mi mantón: mi túnica era delgada, pero las noches en Ostia eran tibias y yo no iba a estar mucho rato fuera. Tenía que asegurarme de que mi madre no me sorprendiera, pero no era la primera vez que me escabullía sin ser vista: mis encuentros nocturnos con Máximo también eran clandestinos, y yo siempre me las arreglaba para volver a casa sin que nadie notara mi ausencia.

Aunque no había luna, en el puerto ardían más de cien fuegos que se reflejaban en las fachadas en las casas y dibujaban sombras entre las columnas de los templos. Alcé la barbilla para contemplar el faro y suspiré; habría marineros despiertos a esas horas, empinando el codo para prepararse para su próxima travesía, pero yo confiaba en que ninguno de esos corrillos estuviese demasiado cerca del *Quimera*. Los marineros no solían ser muy amistosos, y menos con las mujeres que se acercaban a sus navíos: los muy estúpidos creían que traíamos mala suerte.

Decidí que lo mejor que podía hacer era darme prisa y eché a andar por las calles empedradas de Ostia, tratando de vislumbrar las negras siluetas de los barcos que flotaban junto al muelle. Y la noche me engulló sin que nadie se fijara en mí.

III

El *Quimera* era un barco mercante de tamaño mediano, con un casco que crujía como los huesos de un veterano de guerra y la madera blanqueada por la sal. Aunque Alexis siempre nos recordaba que las tablas que había empleado en él eran de pino de Alepo de la mejor calidad, yo sospechaba que nuestro buen amigo había regateado todo lo posible para abaratar los costes de su fabricación. Aun así, el barco no tenía mal aspecto, y eso que ya llevaba unos cuantos años recorriendo el Mediterráneo. Le otorgaba su nombre el mascarón de proa, una tosca talla de madera con cabeza de león, cuerpo de cabra y cola de serpiente que parecía vigilar el mar desde la proa.

Me detuve un instante en el muelle. No había nadie cerca del *Quimera*; probablemente, los miembros de la tripulación habrían preferido calentar su cuerpo y su ánimo en alguna de las tabernas que había junto al Tíber.

Sin embargo, la pasarela que conducía al navío estaba lista. Como si me esperara a mí.

La crucé rápidamente. El barco estaba a oscuras, pero yo lo conocía bien: cuando era pequeña, el capitán Alexis me dejaba husmear en él... siempre que estuviese atracado en el puerto, claro está. No hay marineros tan supersticiosos como los griegos en todo el Mediterráneo y, por lo que nos contaba Alexis, su tripulación sería capaz de amotinarse si veía a una mujer pisando la cubierta mientras navegaban.

Ni siquiera era una buena idea que me sorprendiesen ahora. No quería darle problemas al capitán: dejaría la carta de Melpómene en su camarote y me marcharía lo antes posible; el resto quedaba en manos de nuestro amigo. Yo había escuchado cómo le decía a mi madre que no pretendía moverse de Ampurias, pero Ampurias no estaba lejos de Tarraco y Alexis era un hombre compasivo; quizá no arriesgara el pellejo yendo a entregar la carta personalmente, pero no le importaría sobornar a algún marinero ocioso para que lo hiciese por él. Después de todo, era un hombre pragmático: si con dinero podía evitar exponerse al peligro y, al mismo tiempo, estar en paz con su conciencia, lo gastaría sin dudarlo.

Confiando en eso, caminé silenciosamente por la cubierta, esquivando barriles y cabos de cuerda, y me metí en el camarote de Alexis.

La luz de las hogueras no llegaba hasta allí, por lo que estaba completamente a oscuras. Pensé que tendría que haber cogido una lámpara de aceite, pero ya era tarde para eso. Siempre a tientas, di con la mesa del capitán y coloqué el rollo de papiro en un lugar que confiaba que fuese visible durante el día.

—Bien, esto ya está —dije en voz alta.

Por primera vez, me di cuenta de que llevaba unos segundos conteniendo la respiración y traté de relajarme.

—Estés donde estés, lo siento —murmuré dirigiéndome al padre de Melpómene—. Siento que las cosas sean así, yo... ojalá pudiese cambiarlas. Pero no depende de mí, así que espero que los dioses y el capitán Alexis te hagan llegar las palabras de tu hija y que eso os haga sentir mejor a los dos.

En mi fuero interno, confiaba más en el capitán que en los dioses, pero no me atrevía a ofender a estos últimos. Mi madre era muy devota de los *lares* y mi padre, de Marte, el dios de la guerra, pero ninguno de los dos había logrado contagiarme del todo su fervor. En Roma había dos clases de dioses: los privados, los dioses familiares a los que se consagraban los altares domésticos, y los públicos, es decir, Júpiter, Juno, Minerva y todos los demás. Yo tenía la impresión de que ninguno de ellos me prestaba mucha atención cuando rezaba.

Salí con cuidado del camarote de Alexis y me las arreglé para recorrer media cubierta sin tropezar con nada. Pero, cuando me disponía a alcanzar la pasarela, oí algo que me dejó helada.

Pasos.

Alguien estaba subiendo al barco.

«¡Rápido, Cassia, no te quedes ahí parada!», me dije.

Podía regresar al camarote, pero ¿conseguiría hacerlo sin ser descubierta? Miré hacia abajo y vi que la trampilla de la bodega estaba justo delante de mí.

Sin pensarlo dos veces, me agaché, la abrí de un tirón y salté por el agujero.

Me estrellé dolorosamente contra el suelo y solté un gemido ahogado. Afortunadamente, la trampilla se cerró detrás de mí: ahora solo podía ver un puñado de estrellas a través de las rendijas de la madera.

Las pisadas sonaron de nuevo, esta vez sobre mi cabeza. Me froté los miembros doloridos y me las arreglé para gatear a oscuras hasta situarme tras lo que parecía un pesado arcón. Si quienquiera que estuviese ahí arriba bajaba a la bodega, no me vería si no miraba detrás de él.

Agucé el oído esperando que aquellos pasos se alejaran, pero no fue así. Había alguien en la cubierta del *Quimera*, alguien que había decidido ponerse a trabajar a altas horas de la noche.

A trabajar o a robar.

Esperaba que no fuese eso último; no me gustaba la idea de asistir a un robo en el barco del capitán Alexis sin mover un dedo para impedirlo. Pero ¿qué podía hacer yo? Si se trataba de un ladrón, no conseguiría detenerlo; si era un simple marinero, armaría un revuelo la noche antes de que el barco zarpara. Y Alexis no me lo perdonaría.

«Bueno, Cassia, parece que te has metido en un lío», pensé con resignación.

Intenté calmarme. Ladrón o marinero, el recién llegado tendría que marcharse antes o después; mientras no decidiese revisar la bodega, yo estaría a salvo.

Entonces oí una voz masculina en la cubierta:

—¿Qué haces en el barco, Atreo?

Me encogí involuntariamente. Aquel hombre hablaba en griego, por lo que deduje que era un miembro de la tripulación.

El que estaba justo encima de la trampilla contestó:

—¿Vienes solo? ¡Menos mal! He olvidado revisar la verga y el capitán me lo ha recordado mientras bebíamos. «¡Ah, Atreo, entre tantos inútiles, agradezco poder contar contigo! Tú nunca te vas de mi barco sin haber dejado el trabajo hecho». Eso me ha dicho, ¿puedes creerlo? He logrado escabullirme sin ser visto, así que no me delates.

—¿Y yo soy uno de esos inútiles? ¡Ja! Anda, ya te echo una mano. Pero espero que luego me invites a un buen vino a cambio.

El segundo hombre también subió al barco. Comprendí que revisar la verga, fuera lo que fuese, les llevaría un buen rato a él y a su compañero y me armé de paciencia. Al menos, me dije, eran hombres del capitán en vez de ladrones, y se irían a beber en cuanto hubiesen acabado. Ni siquiera parecían tener la menor intención de bajar a la bodega.

Aunque trataba de sosegarme con esos pensamientos, lo cierto es que todo aquello me parecía un mal augurio. Pero no podía dejarme llevar por el pánico: la carta estaba en el camarote del capitán y yo ya solo tenía que marcharme del barco sin ser descubierta. No podía ser tan complicado.

Resignada, apoyé la espalda en la pared de la bodega y me obligué a mantener los ojos abiertos.

IV

Desperté cuando el barco zozobró.

El movimiento me empujó contra la pared. Tenía el cuerpo entumecido; desorientada, me llevé las manos a la cabeza y parpadeé con fuerza.

Seguía en la bodega del *Quimera*, parapetada tras el enorme arcón, pero ahora podía distinguir lo que había ahí abajo: sacos voluminosos, ánforas colocadas en hileras y cofres pequeños de aspecto valioso. Todo ello estaba iluminado por los haces de luz anaranjada que se filtraban a través de los tablones de la cubierta.

Me incorporé con tanta brusquedad que estuve a punto de perder el equilibrio. Se suponía que el barco iba a zarpar al amanecer.

Entonces el suelo se movió bajo mis pies y me di cuenta de algo terrible: el *Quimera* no iba a zarpar, ya había zarpado.

—¡No, no, no! —murmuré—. Esto no puede estar pasando...

En ese momento, como si los dioses se hubiesen confabulado contra mí, oí los gritos del capitán Alexis sobre mi cabeza:

—¡Calias, maldito mocoso! ¿Quieres bajar a la bodega y traer el pescado de una vez? ¿O estás esperando a que se convierta en *garum* él solo?

En otras circunstancias, le hubiese reído el chiste: el *garum* era un condimento fabricado a base de pescado putrefacto, muy apreciado entre los patricios romanos y que a mí me daba ganas de vomitar. Pero entonces solo me preocupaba una cosa: ese tal Calias iba a bajar a la bodega del *Quimera*. E iba a descubrirme.

No me dio tiempo a esconderme detrás del arcón, ni siquiera pude agacharme. Estaba demasiado conmocionada.

La trampilla se abrió y una tosca escalera de cuerda se desplegó ante mí. Un chico bajó por ella con movimientos rápidos y se dejó caer al suelo de la bodega con bastante más elegancia de la que yo había hecho gala la noche anterior. Cuando se irguió, observé que aparentaba unos diez años; tenía la cara huesuda y los ojos hundidos, y una mata de rizos castaños coronaba su pequeña cabeza. Iba vestido con harapos.

Se quedó paralizado al verme. Yo tampoco supe cómo reaccionar.

—¡Date prisa, Calias! —seguía gritando el capitán desde arriba—. Tan pequeño y tan holgazán, hay que ver...

El niño ni siquiera parecía escucharlo, sus ojos estaban clavados en mí. Pensé que, si no le decía algo pronto, daría la voz de alarma, por lo que me apresuré a hacerlo:

—Hola, Calias —susurré con mi mejor acento griego—. Ese es tu nombre, ¿verdad? Yo soy Cassia, Cassia Minor. Estoy aquí por error y te ruego que no me delates, me meterías en un buen lío.

Calias retrocedió un paso sin dejar de mirarme con asombro.

—¿Eres... una sirena? —murmuró.

Yo le sonreí con nerviosismo y le mostré mis manos desnudas en señal de inocencia.

—No, no lo soy. Soy una chica normal.

—¿Seguro? —insistió él.

—Te lo prometo. —Sacudí la cabeza lentamente—. Pero necesito tu ayuda, Calias. Si algún miembro de la tripulación me encuentra aquí...

—¡Calias! —El grito de Alexis interrumpió mi explicación—. ¿Voy a tener que bajar yo mismo?

—¡No, mi capitán! —contestó el muchacho—. ¡Voy enseguida!

Pero no se movió, continuaba observándome. Yo junté las manos bajo mi barbilla.

—Por favor, Calias, dile a tu capitán que estoy aquí. Solo a él, nadie más debe saberlo.

—¡Calias, estás agotando mi paciencia! —bramó Alexis. Su voz sonaba cada vez más cerca.

—Por favor —supliqué una vez más.

—S-sí —tartamudeó Calias por fin—. Sí, lo haré. Señora.

—¡Espera! —dije al ver que se disponía a regresar a la cubierta—. ¡Olvidas el pescado!

Sus ojos se abrieron de par en par. Correteó hasta una de las hileras de ánforas, agarró una del asa y regresó junto a la escalera de cuerda a toda prisa.

—Gracias, señora —susurró. Y me dedicó una brevísima sonrisa de dientes torcidos antes de trepar como una exhalación.

Volví a quedarme sola. Mientras esperaba, me oculté de nuevo tras el robusto arcón y traté de poner en orden mis pensamientos. Estaba claro que me había quedado dormida la noche anterior, mientras Atreo y su compañero revisaban la verga del barco. Y había despertado cuando el *Quimera* ya navegaba rumbo a Hispania.

Por primera vez, fui consciente de lo grave que era mi problema. No solo estaba a bordo de un barco lleno de marineros hostiles, sino que este navegaba rumbo a la tierra de los hispanos, al rincón más remoto de Occidente. Donde la vegetación era agreste y los hombres, brutales. Donde se iba a librar una guerra entre la civilización y un hatajo de bárbaros sanguinarios.

Y yo no podía hacer nada por impedirlo. ¿Por qué esa era la conclusión a la que llegaba siempre que algo me preocupaba? No podía impedir que mi padre fuese a la guerra, no podía hacer que Melpómene se reencontrara con el suyo, no podía volver a casa sin ayuda. Lo que sucedía siempre parecía depender de otros, no de mí.

Empezaba a sentirme realmente frustrada.

—Cálmate, Cassia —dije en voz alta—. Seguro que hay una solución.

—No, no la hay.

La voz de Alexis me sobresaltó: estaba tan ensimismada que no había oído cómo la trampilla se abría otra vez. Me asomé por detrás del arcón justo a tiempo para ver cómo el capitán bajaba la escalera de cuerda con menos agilidad que Calias.

Y bastante más enfadado.

—¡Cassia Minor, siempre has sido una rebelde, pero esto es el colmo! —Se dirigió hacia mí señalándome con un dedo regordete—. ¿En qué estabas pensando, por todos los dioses?

Calias estaba justo detrás de él, mirándonos con los ojos abiertos de par en par, pero yo apenas le presté atención.

—Fue un accidente... —empecé a decir, pero el capitán no me permitió continuar:

—¡He visto la carta de Melpómene! —siseó furiosamente—. Supongo que tú la dejaste en mi camarote, ¿eh? Y luego decidiste viajar gratis en mi bodega, a saber con qué intención. ¿Acaso se te ocurrió que podrías visitar a tu padre en Hispania? ¡Ah, maldita inconsciente! Si mis hombres te encuentran aquí, te arrojarán al agua. Y yo no moveré un dedo para impedírselo, que lo sepas.

Sabía que no hablaba en serio, pero aquello me dolió igualmente.

—¡No fue a propósito! —me defendí—. De verdad, Alexis, yo no quería que esto ocurriese...

—¡Excusas, excusas y más excusas...!

Un ataque de tos interrumpió sus palabras y yo aproveché el momento para explicarme:

—Lo siento, de verdad. Es cierto que me colé en tu barco para dejarte la carta de Melpómene, pero mi intención era marcharme a continuación...

—¿Y por qué no lo hiciste, maldita sea?

—¡Porque uno de tus marineros vino a hacer no sé qué con la verga y no quería que me viese! Pensé que te daría problemas.

—Ese bribón de Atreo... —Alexis se pasó la mano por la cara—. Supongo que te quedaste dormida o algo así, ¿no?

—Eh... Sí. —Bajé la vista—. Sé que suena estúpido.

—Porque es estúpido, Cassia —bufó el capitán—. Nos has metido a los dos en un buen lío.

—Lo siento.

—En fin, supongo que no ganamos nada lamentándonos. —Alexis extendió los brazos con aire teatral—. El daño ya está hecho: no puedo volver al puerto de Ostia solo por ti, pero tampoco puedo dejar que mi tripulación te tire al agua, así que ahora tengo que decidir lo que vamos a hacer.

—Gracias —murmuré humildemente.

—Ya puedes dármelas. ¡Y tus padres me deben una, muchacha! —Resopló como un toro bravo, pero luego pareció calmarse un poco y miró por encima de su hombro—. ¿Sigues ahí, Calias? Magnífico. Acércate, no seas tímido.

Obediente, el niño avanzó hacia nosotros. Miré sus pies descalzos y vi que estaban tan negros como el propio suelo de la bodega.

—Tú te ocuparás de nuestra, umm, invitada —le ordenó Alexis—. Le traerás comida y agua, y también un orinal para que pueda hacer sus necesidades sin ponerlo todo perdido.

Me sentí absurdamente avergonzada al oír aquello. Tenía una *matula* de bronce en casa que usaba solo por las noches, pero estaba segura de que el orinal que me traería Calias sería mucho más rudimentario. Por desgracia, no podía permitirme el lujo de andarme con remilgos.

—También te asegurarás de que nadie más baje a la bodega —prosiguió el capitán—. Si Cassia llega a Ampurias sana y salva y sin ser descubierta, te recompensaré generosamente.

—Sí, mi capitán —dijo Calias—. Gracias, mi capitán.

—Generosamente —insistió Alexis arqueando las

cejas. Luego me dirigió una mirada severa a mí—. Te deseo una feliz travesía, Cassia Minor.

Lo dijo con sarcasmo, pero yo incliné la cabeza mansamente.

—Lo mismo le digo, capitán Alexis.

Él tosió una vez más, se dio unas palmaditas en el pecho y volvió a subir por la escalera de cuerda. Cuando sus pies desaparecieron por el hueco de la trampilla, Calias y yo nos miramos de nuevo. El niño parecía más tranquilo ahora.

—¿Cuánto dura la travesía? —le pregunté.

—Seis o siete días, señora.

Maldije para mis adentros. Iba a pasar seis o siete días encerrada en una bodega, lejos de mi madre, de Melpómene y de Máximo, y ni siquiera podía decirles dónde estaba. Era imposible enviarles un mensaje desde el mar, por lo que tendrían que esperar a que yo volviese a Ostia para saber que seguía con vida y no había sufrido daño alguno. Serían doce o catorce días de incertidumbre para ellos... y también para mí. Porque iba a exponerme a toda clase de peligros durante la travesía: ¿y si algún marinero descubría que había una mujer en el barco y la tripulación se amotinaba?, ¿y si enfermaba por culpa de aquel encierro?, ¿y si estallaba una tormenta y todos moríamos ahogados?

Calias me hizo un gesto de despedida y comenzó a trepar hacia la cubierta. Yo me quedé mirándolo hasta que la trampilla se cerró tras él.

Me abracé a mí misma y suspiré. No iba a ser un viaje fácil, pero no podía librarme de él, por lo que debía tomármelo de la mejor manera posible.

Regresé a mi refugio tras el arcón y, resignada, me dispuse a dejar pasar las horas.

V

Ampurias, 154 a. C.

La travesía se me hizo interminable.

No recordaba haber vivido días más largos y aburridos. No tenía nada que hacer en la bodega, absolutamente nada, y estaba sola durante la mayor parte del tiempo. Me entretenía midiendo las distancias que había entre diferentes puntos, contando los arcones y los sacos y reordenando las ánforas para formar dibujos. Cuando encontré un pedazo de cerámica con el que pude rayar los tablones del suelo, me dediqué a escribir los nombres de mis seres queridos en latín y en griego. Eso fue lo más interesante que hice el primer día.

Pronto empecé a esperar con ansia las breves visitas de Calias: el niño no era muy hablador, pero, al menos, podía intercambiar unas cuantas palabras en griego con él. Y el hecho de que no me hubiese delatado en ningún momento era un punto a su favor, por mucho que el capitán Alexis hubiese prometido recompensarlo «generosamente» si no lo hacía.

La comida que me traía consistía en pan seco, queso rancio y uvas pasas. Deduje que Alexis seguía molesto conmigo, pero tampoco quería matarme de hambre. Por descontado, no se dignó a bajar a la bodega en ningún momento; Calias era mi único contacto con el mundo exterior.

—¿Cómo se encuentra tu capitán? —le preguntaba yo todos los días.

—Gruñendo y tosiendo, señora. Lo de siempre.

En cuanto al propio Calias, lo poco que pude sonsacarle fue que había nacido en la isla de Samos, que era huérfano y que había entrado a formar parte de la tripulación del *Quimera* el verano anterior. Por lo demás, le gustaba la fruta muy dulce, jugar a los dados y buscar problemas en general.

Eso último lo descubrí cuando me trajo un regalo.

Lo hizo el tercer día de viaje, cuando yo ya había descolocado y vuelto a colocar las ánforas tantas veces que empezaba a sentir el irrefrenable impulso de romperlas todas. Me sentí tan aliviada cuando se abrió la trampilla que estuve a punto de ponerme a cantar.

—Hola, señora —me saludó—. ¿Cómo estás?

—Aburridísima. —Le sonreí—. Ven, mira lo que he hecho.

El niño se acercó a mí y le mostré algo que había escrito en el suelo con letras griegas. Pero él no reaccionó de ningún modo.

—Es tu nombre —le expliqué al ver que no decía nada.

—Ah.

—¿No sabes leer? —Él dijo que no con la cabeza—. ¡Vaya! Yo podría enseñarte.

—¿Para qué? —Calias se frotó la nariz—. No lo necesito.

Por alguna razón, su respuesta me dejó ligeramente

abatida. Pero entonces, él se puso en cuclillas frente a mí y me mostró su puño cerrado.

—Yo también he hecho una cosa. Bueno, no la he hecho yo, pero la he conseguido. Y es para ti, señora.

Abrió el puño y me mostró lo que había en la palma de su mano: una moneda de plata. En la cara tenía la efigie de un hombre barbudo.

—Es una moneda del reino de Numidia, señora —dijo Calias—. ¿Lo ve? Hasta tiene un elefante en la cruz. —Le dio la vuelta a la moneda para mostrármelo.

Yo lo miré con suspicacia.

—¿De dónde la has sacado?

—Se la he quitado a un tipo muy desagradable, así que no la pierdas, ¿vale?

—¿Eres un ladrón?

Él me miró ofendido.

—¡Yo no robo, señora! ¡Solo me parece injusto que algunos tengan muchas cosas y otros tengan tan pocas, y tú ahora mismo no tienes absolutamente nada!

—Es una curiosa forma de verlo —resoplé.

—Si no la quieres, me la llevo.

—La quiero —dije con tono conciliador—. Gracias por pensar en mí, Calias.

Él se relajó y volvió a sonreírme, mostrándome sus dientecillos una vez más. Yo no le dije la verdad: que me daba miedo que fuese por ahí con una moneda robada. Sospechaba que, si su dueño lo descubría, las cosas se pondrían feas, y me alegraba poder hacer algo por Calias para variar.

Siete días después, mi túnica estaba negra por el polvo y yo desprendía un olor nauseabundo. Además, tenía el cuerpo magullado por el constante bamboleo del barco, que me lanzaba contra las paredes de la bodega cada poco tiempo, y me había mareado en varias ocasiones. Lo último que me apetecía era navegar otros siete días en dirección a Ostia, pero no tenía elección; al menos, me decía una y otra vez, el capitán Alexis lo dispondría todo para que no volviese a hacerlo en un lugar oscuro y asfixiante como aquel. Por muy supersticiosos que fuesen los marineros, tenía que haber algún barco en Ampurias dispuesto a llevarme de vuelta a casa.

Cuando oí que el vigía avistaba el puerto, exhalé un suspiro de alivio. Ya faltaba muy poco para salir de ese agujero.

Durante aquellos días eternos, había intentado recordar todo lo que mi padre me había contado sobre Ampurias. Era una colonia griega, pero había sido fundada sobre una ciudad indígena en la que vivía un pueblo íbero cuyo nombre había olvidado. Primero se limitaba a una pequeña isla llamada Palaiápolis, pero acabó extendiéndose hasta la Neápolis, convirtiéndose así en una importante ciudad costera. Aunque el puerto seguía bajo el control de los mercaderes griegos, los romanos tenían permiso para desembarcar en él; de hecho, a las afueras de la ciudad había un campamento de legionarios.

En realidad, no necesitaba toda esa información: si las cosas iban bien, yo ni siquiera saldría del puerto. Pero tenía mucho tiempo libre para pensar, y prefería concentrarme en la colonia de Ampurias que empezar a pensar en lo que habría más allá, en el agreste interior de Hispania.

Porque, en realidad, ya sabía demasiado sobre los

bárbaros, la guerra que habían provocado y el maldito campo de batalla en el que mi padre podría morir. Y, después de aquel encierro desesperante, la sola idea de estar tan cerca y tan lejos de papá al mismo tiempo me daba ganas de llorar.

El barco dejó de moverse y yo me oculté tras el arcón por si alguien bajaba a la bodega antes que el capitán, pero nadie apareció. Tampoco se oía nada en la cubierta: ni la voz del capitán Alexis dando órdenes a sus hombres ni el ajetreo propio del desembarco. El *Quimera* se había sumido en un pesado silencio.

¿Qué estaba ocurriendo? ¿Por qué tenía la sensación de que algo iba mal?

Sabía que ya estábamos atracados en el puerto y la impaciencia me consumía: después de tantos días ahí metida, solo quería ver la luz del sol. O sentir la lluvia, me daba igual. Por eso suspiré aliviada cuando la trampilla se abrió y Calias bajó la escalera de cuerda.

Pero mi alegría se apagó al ver la expresión de su cara.

—Ha habido problemas, señora —dijo confirmando mis sospechas.

—¿Qué clase de problemas? —Me levanté de un salto, pero él miró hacia arriba y me hizo un gesto para que no me acercara a la trampilla.

—El capitán está muy enfermo —susurró volviendo a mirarme.

—Por todos los dioses...

—Tiene mucha fiebre —prosiguió el niño— y no sabe lo que dice. Los hombres están confundidos. —Mientras hablaba conmigo, no dejaba de vigilar el hueco de la trampilla—. Unos pocos se han marchado, pero otros siguen arriba, en la cubierta, y empiezan a ponerse nerviosos.

Yo supe lo que intentaba decirme: sin un capitán gobernándolos, algunos marineros tendrían tentaciones de saquear las mercancías que transportaban. Y yo estaba escondida entre ellas.

—Tengo que ir a ver al capitán —dije retorciéndome las manos—. Es un amigo de la familia. Si está enfermo...

—Si está enfermo, no podrás hacer nada por él, señora —me interrumpió Calias—. Solo conseguirás que los demás te vean.

—¿Y qué más da? Ya hemos atracado en Ampurias, no van a tirarme por la borda a estas alturas.

—Yo no estaría tan seguro. —El niño se mordió el labio inferior—. Con el debido respeto, señora, no has conocido a muchos marineros a lo largo de tu vida.

Tuve que darle la razón en eso.

—Entonces, ¿qué hago? —pregunté desalentada.

—No sé si los hombres tendrán la audacia de saquear el *Quimera* —dijo Calias—, pero estoy seguro de que no se atreverán con los suministros para el ejército, nadie quiere problemas con Roma. Y eso —añadió en voz baja— me da una idea.

—¿Una idea?

Señaló el arcón que me había servido como escondite durante todo ese tiempo.

—Si te metes en uno de esos, señora, llegarás hasta el ejército. Tu padre es centurión, ¿verdad?

—Sí, lo es.

—Eso me dijo el capitán. —Calias se mordisqueó la uña del dedo pulgar—. Ningún legionario se atreverá a hacerle daño a la hija de un centurión. Creo que lo más seguro para ti es dejar que te lleven al campamento romano que hay a las afueras de Ampurias.

Mi corazón latía con fuerza. El plan de Calias tenía sentido, pero...

—¿Y qué pasa si los suministros no son enviados al campamento romano, sino directamente al frente? —pregunté angustiada—. No puedo viajar a la Celtiberia, es muy peligroso.

—Sí, debe de serlo —admitió el niño lentamente—. Pero yo puedo encargarme de que tu arcón sea enviado al campamento y no al frente. Si digo que alguien me ha encargado su custodia...

—¿A ti?

Mi pregunta sonó grosera, dadas las circunstancias. Al fin y al cabo, Calias era la única persona en la que podía confiar en ese momento.

—¡Oye, señora, soy pequeño, no idiota! —bufó él—. ¿Crees que hubiese aguantado tanto tiempo en el *Quimera* si fuese un mequetrefe?

—Perdona, Calias —suspiré—. Tienes toda la razón.

—Quiero ayudarte, señora. —El niño me miró con seriedad—. Has sido amable conmigo y hacía mucho tiempo que nadie lo era, ¿sabes? Además, te has aprendido mi nombre, incluso lo has escrito. Casi todos me llaman «mocoso» o, como mucho, «¡oye, tú!». Solo soy Calias para ti. —Se encogió de hombros—. Si me dejas, me ocuparé de que llegues a un lugar seguro. Así te acordarás de mí cuando estés en tu casa.

—Por supuesto que me acordaré de ti. —Me sentía más conmovida de lo que aparentaba—. Muchas gracias, querido Calias.

Él volvió a sonreírme y entre los dos abrimos el arcón. Estaba lleno de escudos y nos costó un rato vaciarlo, pero después yo me deslicé en su interior. Tendría que hacerme un ovillo para que Calias pudiese cerrar la tapa, pero no me importaba: solo quería salir de ese maldito barco de una vez.

—¿Y qué pasará con el capitán Alexis? —pregunté antes de despedirme del niño.

Él se encogió de hombros.

—No tengo ni idea.

En ese momento, oímos una voz arriba:

—¡Eh, mocoso! ¿Estás ahí abajo?

Calias me miró apurado y cerró la tapa del arcón. Y la oscuridad me envolvió de golpe.

Ahí dentro hacía un calor sofocante. Además, notaba mi propio hedor y sentía repugnancia por mí misma. Pero me decía que era un mal menor, una última prueba que debía superar antes de volver a casa. Calias tenía razón: los marineros pronto se sentirían tentados de echar un vistazo a las mercancías que transportaba el *Quimera*, pero era poco probable que se atreviesen a tocar los suministros para el ejército romano. Además, el vino, el aceite de oliva y el *garum* de pescado eran más atractivos que las armas y armaduras de los legionarios.

Al menos, eso era lo que me decía a mí misma para darme ánimos. Pronto averiguaría si estaba en lo cierto.

Al cabo de lo que me parecieron horas, el arcón empezó a moverse.

Yo estaba empapada de sudor y tenía la respiración alterada. No oía lo que decían los marineros, si es que estaban diciendo algo, pero notaba todos y cada uno de sus movimientos. Y no eran delicados, precisamente. De pronto, tuve miedo de que alguien se diese cuenta de que yo no pesaba tanto como los escudos ni tintineaba, o de que decidiesen tirarme al agua en un arrebato.

Me pregunté si Calias cumpliría su promesa y vigilaría el arcón hasta que llegáramos al campamento romano. Todas mis esperanzas estaban puestas en un muchachito harapiento de diez años, y yo solo podía rezarles a los dioses y dejarme llevar hacia donde fuese. Una vez más.

VI

Hispania Citerior, 154 a. C.

No sé cuánto tiempo transcurrió hasta que dejaron caer el arcón con un golpe seco. Mi cuerpo, ya magullado por el bamboleo del barco, se golpeó dolorosamente contra la madera y tuve que apretar los dientes para no quejarme en voz alta. Luego el arcón empezó a traquetear y supe que me habían subido a un carro.

Me dije, ingenua de mí, que lo mejor que podía hacer era dormirme ahí dentro para dejar pasar las horas. Y cerré los ojos dispuesta a no pensar en nada.

Cada pocos minutos, la tapa del arcón se abría. Unas veces me encontraba con la cara de mi padre, que me recibía entre sus brazos afectuosamente; otras, con la de un legionario desconocido que me ayudaba a levantarme. En una ocasión, sin embargo, topé con un salvaje desgreñado que me cogió del cuello y me sacó a rastras de mi escondite, los dioses sabrían con qué intenciones.

Solo eran pesadillas, pero siempre me parecían reales. Ya no sabía cuánto tiempo llevaba delirando en ese maldito arcón; a ratos pensaba que había muerto asfixiada en su interior y mi espíritu estaba demasiado confundido como para abandonar mi cuerpo. Luego, cuando recuperaba la lucidez, comprendía que seguía con vida, pero la tensión, el agotamiento y el aire viciado estaban haciendo mella en mí.

La sed había convertido mis labios en esparto, el hambre retorcía mi vientre y el sueño me asaltaba de repente y me provocaba aquellas agobiantes visiones. Al lado de aquel arcón, la bodega del *Quimera* parecía un palacio, y hubiese dado cualquier cosa por volver allí. Me aferraba desesperadamente a la moneda de Calias, que llevaba guardada en el interior de mi mano; el metal estaba caliente ya, pero me resistía a soltarlo. Aquella moneda me recordaba dónde estaba y por qué razón.

¿Qué estaría ocurriendo ahí fuera? ¿Seguiría Calias junto al arcón o me habría abandonado a mi suerte? ¿Hacia dónde nos dirigíamos, cuánto tardaríamos en llegar? ¿Qué habría sido del capitán Alexis, enfermo en su barco? Tenía un sinfín de preguntas y ninguna respuesta, y las imágenes que veía en sueños eran cada vez más tenebrosas. Pero solo podía esperar.

Sucedió muy deprisa: oí un «crac», el arcón se volcó y la tapa se abrió de golpe, dejando entrar una luz cegadora de repente.

Y caí.

Sentí el estallido de la sangre cuando una piedra me abrió la frente. Aturdida por el dolor, terminé de salir del arcón a gatas y mis manos se hundieron en la hierba húmeda. Necesité un par de intentos para incorporarme.

Entonces miré alrededor y ahogué un grito de espanto.

Estaba en un bosque de pinos azulados envueltos en niebla. Frente a mí podía ver una caravana romana, o lo que quedaba de ella: carros destrozados, arcones vacíos y hombres muertos en charcos de sangre. Algunos de ellos aún tenían las armas clavadas en el pecho.

Me temblaba todo el cuerpo. A mis espaldas oía gruñidos de hombres, relinchos de caballos y el entrechocar de las espadas, y tuve que hacer un gran esfuerzo por darme la vuelta.

Me tapé la boca con las manos. Se estaba librando una batalla en pleno bosque, una batalla entre legionarios romanos y salvajes. Los salvajes eran tres, pero llevaban ventaja a la media docena de romanos que aún quedaban en pie. Gritaban en una lengua que yo no conocía, y la mortal palidez de los legionarios me hizo comprender que la situación era crítica.

El sonido metálico de las espadas era como un lamento fúnebre. Me alejé de los guerreros hacia uno de los carros volcados.

—Dioses —dije con un hilo de voz—, dioses, ayudadnos...

Trastabillé al llegar al carro y pisé algo frío y liso. Miré hacia abajo y vi que era una espada romana que se hallaba semienterrada en la hierba. Sentí tentaciones de apoderarme de ella, pero luego pensé que era una estupidez: ni siquiera hubiese sabido cómo usarla.

Entonces oí una voz conocida:

—¡Señora!

—¡Calias! —Miré a todos lados en busca de su dueño—. ¿Dónde estás, Calias?

—¡Señora!

Por fin, lo encontré junto a un roble de ramas desnudas. Estaba de pie, mirando alrededor como un cervatillo asustado, pero parecía ileso.

—Ya voy, Ca...

No llegué a terminar la frase porque entonces me di cuenta de que Calias no estaba solo. Frente a él había un hombre, un bárbaro, que lo miraba con una expresión indescifrable.

Durante unos segundos, me quedé paralizada. El hombre era joven, de mediana estatura y delgado, aunque se le marcaban los músculos bajo las ropas burdas. Llevaba grebas de bronce y un casco con cimera; cuando se quitó el casco, una larga y sucia melena rubia cayó en cascada por su espalda.

Dijo algo indescifrable en su lengua, pero yo no estaba prestando atención a sus labios, sino a la espada que llevaba en la mano y que blandía en dirección a Calias. El chico me miró con el rostro desencajado y después cerró los ojos con fuerza.

Yo no reflexioné, ni siquiera fui realmente consciente de lo que estaba haciendo. Tan solo me agaché, me apoderé de aquella espada manchada de tierra y eché a correr con todas mis fuerzas hacia Calias.

Todo pareció detenerse durante mi frenética carrera: el cielo, gris por la débil luz de la tarde; los árboles, testigos burlones, cuyas ramas retorcidas se alzaban hacia el manto nuboso; la propia tierra, que soportaba mis pasos acelerados con estoicismo.

«Vas a morir, Cassia», dijo una voz en mi cabeza. «Vas a morir en una tierra extraña, en presencia de unos dioses extraños, y tu verdugo será uno de esos salvajes a los que tanto odia Roma».

—¡Déjalo en paz! —grité al borde de las lágrimas.

El bárbaro se giró y, por fin, me vio. Tenía los ojos azules y me pareció ver un brillo socarrón en ellos. Yo lo rodeé jadeando y me puse delante de Calias, protegiéndolo con mi propio cuerpo. Como si eso fuese a detener a un feroz enemigo.

Me temblaba la mano con la que sostenía la espada. Pesaba tanto que temía dejarla caer en cualquier momento, pero me obligué a dirigir la punta hacia el rostro de ese joven. Si nos atacaba, trataría de defendernos.

—No te acerques a él —logré articular—. Atrás, bárbaro.

Él miró mi espada, miró la suya y soltó una carcajada. Yo estaba demasiado asustada como para sentirme ofendida.

—Corre —le ordené a Calias en griego—. Corre, Calias.

El niño no se movió. El bárbaro masculló algo, volvió a reír y escupió a mis pies.

—Por todos los dioses, Calias, va a matarnos. —Una náusea trepó por mi garganta y me obligué a tragármela—. Corre ahora que puedes.

—Lo siento, señora —dijo él con voz ronca—, pero no pienso dejarte sola.

El joven dio un paso al frente. Yo pensé que realmente iba a vomitar.

Mi aventura en Hispania había concluido, y de la peor de las maneras. Solo esperé que el final fuese rápido.

El bárbaro se había cansado de esperar. Miró mi espada una última vez y levantó la suya.

Y entonces un caballo surgió de la nada y se interpuso entre los dos.

Todo sucedió muy deprisa: el jinete le dijo algo al hombre rubio, que hizo ademán de protestar, pero luego cambió de idea y se limitó a murmurar por lo bajo. Entonces el jinete se dio la vuelta y nos miró desde lo alto de su caballo.

Fue un momento extraño. Yo sabía que me enfrentaba a un grupo de bárbaros, de salvajes dispuestos a matar a sangre caliente; y, sin embargo, aquella mirada me pareció humana.

El jinete también era un hombre joven, quizá más joven que su compañero. Lo primero que me llamó la atención fue su tamaño: incluso sobre el caballo destacaba por su altura. Tenía los hombros anchos y las piernas musculosas, aunque parecía mal alimentado. Vestía una túnica corta, unas polainas y una capa de lana oscura, y toda su armadura consistía en un par de grebas de bronce. También tenía el pelo largo, aunque él lo llevaba recogido con una cinta de cuero. Un rizo le caía suelto por la mejilla, manchado de sangre reciente y pinturas de guerra, y se lo apartó de la cara con un movimiento impaciente.

Entonces se dirigió a mí:

—¿Sois romanos?

Me quedé sin aliento. Estaba hablando en latín; un latín rudimentario, pero inconfundible.

—Por Júpiter —susurré impresionada—, ¿cómo sabes hablar mi lengua?

—Yo he preguntado primero.

Su tono no era agresivo, pero sí firme. Su caballo resopló inquieto, pero él chasqueó la lengua y lo apaciguó al instante. Después me miró esperando una respuesta.

Yo traté de calmar mi corazón acelerado para hablar con calma:

—Yo soy romana, pero él no lo es. —Señalé a Calias con la cabeza—. Dejad que se vaya.

Calias nos miraba con desconcierto, era evidente que no entendía una sola palabra de latín. El jinete bárbaro le echó un rápido vistazo, pero luego volvió a mirarme a mí.

—¿Cuál es tu nombre, romana?

—Cassia —dije con orgullo—. Cassia Minor.

—Te saludo, Cassia Minor. —Él inclinó la cabeza con un respeto que no esperaba recibir de un salvaje—. Yo soy Leukón de Sekaisa y, ahora que ya nos conocemos, te pido que sueltes esa espada, por favor.

—¿Y si no lo hago? —dije apretando la empuñadura. Mi mano seguía temblando.

El joven estiró la comisura del labio en algo semejante a una sonrisa, aunque no parecía divertido en absoluto, sino más bien cansado.

—Si no lo haces, Ambón perderá la paciencia. —Señaló al bárbaro rubio que nos había atacado en primer lugar—. O quizá sea Aunia quien lo haga. O Corbis o Lubbo. Me temo que no podré retenerlos durante mucho tiempo.

Por primera vez, me di cuenta de que Calias y yo estábamos rodeados: otros dos hombres y una mujer se habían apostado a ambos lados del joven llamado Ambón, y solo Leukón y su montura nos separaban de ellos. Yo había contado tres guerreros durante la escaramuza, pero estaba claro que había más. Todos llevaban el pelo largo y la cara pintada y parecían hostiles, y no habían envainado sus espadas aún.

Me estremecí, pero traté de disimularlo.

—No hagas que os maten, romana —insistió Leukón—. Suelta esa espada ahora mismo.

Comprendí que no tenía sentido engañarme: si esas gentes me atacaban, una espada no me serviría de nada. Aun así, me dio rabia tener que soltarla.

—¿Qué está pasando, señora? —me susurró Calias cuando el arma cayó pesadamente a mis pies.

Leukón inclinó la cabeza en señal de aprobación. Yo le hablé a Calias sin dejar de mirarlo:

—No estoy segura, pero creo que no van a matarnos por ahora.

Me di cuenta de que estaba hablando en latín y repetí la frase en griego. Mientras tanto, Leukón les dijo algo a sus compañeros, que fueron en busca de sus respectivos caballos. Debían de estar bien entrenados para no escaparse mientras sus dueños combatían.

Entonces Leukón regresó a nuestro lado, miró a Calias y se dirigió a mí:

—Nosotros no matamos niños, Cassia Minor —dijo con suavidad.

—¿Y romanas? —lo desafié. Una parte de mí solo quería derrumbarse, pero me obligué a parecer más valiente de lo que era en realidad.

Los otros bárbaros ya habían montado en sus caballos y aguardaban, pacientes, a Leukón. Yo ya había llegado a la conclusión de que no era solo su compañero, sino también su líder. O algo parecido.

—Las romanas sois parte del botín —dijo él en voz baja—. Lo siento.

Acto seguido, dijo algo en su lengua y la mujer llamada Aunia se inclinó sobre su montura y le tendió la mano a Calias. Como el chico no la aceptó, le pasó los brazos por debajo de las axilas y lo subió al caballo a la fuerza.

Leukón me ofreció su mano a mí.

—¿Vas a subir sola o tengo que hacer lo mismo que Aunia? No tengo inconveniente en llevarte como un saco.

—Puedo hacerlo sola, gracias.

Lo hice, aunque con poca elegancia. Montar a caballo no era algo que hiciese habitualmente y, además, tenía el cuerpo completamente dolorido. Después de la travesía por el Mediterráneo y el desesperante viaje en arcón, aquel enfrentamiento había agotado las pocas fuerzas que me quedaban. Ya no sabía qué podía salir peor.

Busqué a Calias con la mirada. Él también me observaba desde el caballo de Aunia.

—No hagas nada raro, querido. —Me aliviaba que, al menos, nadie más pudiera entender lo que decíamos—. Si hay alguna posibilidad de salvarte la vida, te aseguro que la aprovecharemos.

—No pienso irme de aquí sin usted, señora —dijo él—. Escaparemos juntos o no lo haremos.

Su lealtad me provocó una punzada de dolor: hubiese preferido que escapara sin mí. Estaría más tranquila si supiese que él se había salvado.

Leukón chasqueó la lengua y su caballo emprendió el trote. Oí cómo el resto hacían lo mismo, pero ni siquiera me giré para mirarlos; estaba demasiado aturdida por la proximidad del joven bárbaro. Ahora podía sentir el calor de su pecho contra mi espalda y su potente olor a sudor, sangre y cuero.

Mientras nos alejábamos del claro entre la niebla, me fijé en el cuerpo de uno de los legionarios caídos: de su vientre brotaba, roja como una amapola, la empuñadura de una espada. Aunque desvié la mirada rápidamente, aquel arma me resultaba extrañamente familiar.

Entonces me vino a la memoria algo que me había contado papá después de volver de su primer viaje a Hispania. Lo hizo cargado con toda clase de armas y objetos curiosos traídos de las tierras de los bárbaros, y recordé que me había enseñado uno de ellos en particular. Una espada.

«La *gladius hispaniensis* es la mejor espada que existe», me había explicado mientras mi madre lo miraba alarmada. «Si Roma logra imitarla, sus guerreros serán invencibles». En ese momento, se fijó en mamá y se echó a reír. «¡Por Marte, querida, no pongas esa cara! El celtíbero al que le quitamos esta está al otro lado del mar, no es un peligro para Cassia. ¿Verdad que te gustan las historias que te cuenta tu padre, hija mía?».

Se me encogió el estómago al recordar aquello. Las palabras de mi padre se repetían una y otra vez dentro de mi cabeza: «El celtíbero al que se la quitamos está al otro del mar».

Por favor, que me hubiese equivocado. Que no fuese la misma espada, que la que había visto ensartada en aquel cadáver no fuese una de esas *gladius hispaniensis*. Porque, si lo era...

«Por favor, que estos salvajes no sean celtíberos», rogué a los dioses en silencio. «Que sean íberos, o lusitanos, o cualquier otro pueblo. Pero que no sean celtíberos, por favor».

Lo fuesen o no, Calias y yo éramos sus prisioneros ahora. Y no sabíamos a dónde nos llevaban ni qué pretendían hacer con nosotros.

Dudé si preguntárselo a Leukón, pero no me atreví

a hacerlo. Su respiración caliente acariciándome la cabeza me provocaba cierta turbación mientras trotábamos por el bosque. El sol se había puesto, estábamos rodeados de sombras y empezaba a hacer mucho frío; mis tripas protestaban por no haber comido en las últimas horas y, al mismo tiempo, estaban tan revueltas que no creía que pudiese probar bocado. Además, me dolía la herida de la frente, que sospechaba que no había dejado de sangrar en ningún momento.

Una parte de mí, la parte más egoísta, no quería respuestas: solo quería descansar. Por eso, sin pretenderlo, me encogí contra el cuerpo de Leukón para mantenerme caliente y me quedé adormilada.

VII

Hispania Ulterior, 154 a. C.

He olvidado buena parte de lo que sucedió en los días siguientes, pero hay una cosa que jamás podré olvidar: el frío. Un frío que penetraba en los huesos, entumecía la carne y nublaba el pensamiento. No había experimentado nada semejante en Roma, y aquello solo confirmaba mis sospechas de que Hispania era una tierra abandonada por los dioses de la civilización.

Aquel frío fue lo primero que sentí cuando desperté sobre el caballo de Leukón de Sekaisa. El cielo ya clareaba en el este, pero aún se veía el resplandor de las estrellas entre las copas de los árboles y, durante unos minutos, me quedé observando el cielo morado a través de las hojas negras. Hasta que el caballo se detuvo y Leukón desmontó.

Cuando el joven se separó de mí, una ráfaga de viento helado estremeció mi cuerpo. Todo mi atuendo consistía en una túnica fina y rasgada en varios puntos, y mis pies se estaban congelando en sus sandalias. Si seguía así, los bárbaros ni siquiera tendrían la posibilidad de matarme: moriría de frío al cabo de unas horas.

Los salvajes ya estaban montando el campamento. Ambón encendió una hoguera y sus compañeros se sentaron alrededor de ella y se pusieron a limpiar la sangre de sus armas. Mientras tanto, Aunia nos ató a un árbol a Calias y a mí, como si alguno de los dos tuviese fuerzas para intentar escapar. Luego se unió al resto de su grupo y pareció olvidarnos.

Calias temblaba como un pájaro recién caído del nido. Yo rodeé su cuerpecillo con los brazos y nos pegué a los dos al tronco del árbol para evitar las peores ráfagas de viento.

—¿Cómo estás, querido? —le susurré.

Por toda respuesta, él hundió la cara en mi pecho y sus hombros se estremecieron. Yo no quería someterlo a la humillación de mirarlo mientras lloraba, por lo que le di un beso en la cabeza y miré hacia arriba, hacia el cielo, que ya iba tornándose gris azulado.

—Eres muy valiente —fue lo único que dije.

Calias no respondió, pero se aferró a mí con más fuerza. Yo me las arreglé para cubrirlo con mi pelo, protegiéndolo así de las miradas de esos condenados salvajes. Sorprendí una mirada de reojo de Leukón, pero le volví el rostro: no quería saber nada de él, de ninguno de ellos.

La respiración de Calias pronto se acompasó. Los salvajes conversaban en su lengua, reían y hasta se pusieron a cantar en un momento dado. Leukón era el único que permanecía silencioso, con la mirada perdida en el fuego, y no pude evitar preguntarme en qué estaría pensando y si tendría algo que ver con el destino que nos deparaba a Calias y a mí.

Cuando me miró de nuevo, me hice la dormida. Pero cerrar los ojos fue un error porque, aunque no pretendía hacerlo, caí rendida una vez más. Con Calias apretado contra mi pecho y la imagen de aquel bárbaro pensativo grabada en la mente.

Desperté cuando ya era completamente de día. Lo primero que vi fue el rocío cuajando la hierba; lo segundo, mis propias piernas encogidas. Me dolía el cuello por haber dormido atada en aquella incómoda posición.

Calias ya no me abrazaba, pero seguía junto a mí, con los ojos fijos en los restos de la hoguera. Seguí el recorrido de su mirada y observé que los salvajes aún dormían, todos excepto Leukón. Él estaba de pie frente a su caballo.

Aprovechando que no me miraba, me permití contemplarlo con detenimiento. Tenía los rasgos duros, afeados por una nariz rota, pero era apuesto, sin duda. Había algo imponente en su forma de mirar y dirigirse al resto, una tosca nobleza que me hacía sospechar que hombres y animales lo seguirían a cualquier parte sin que tuviera la necesidad de ordenárselo. En ese momento, precisamente, le estaba murmurando algo a su caballo, que resoplaba como si pudiera entender lo que le decía. Su dueño también resopló y sonrió, y yo no pude evitar pensar que no parecía tan peligroso. Era la misma sensación que había tenido al verlo por primera vez.

Entonces Calias se dio cuenta de que yo estaba despierta y murmuró:

—Buenos días, señora.

—Hola, Ca... ¡Ah!

Cuando moví la cabeza, un dolor intenso en la frente me dejó paralizada. Cerré los ojos con fuerza esperando que remitiese.

—¡Señora! —gritó Calias—. ¡Ayuda, está herida!

Apenas fui consciente del revuelo que causé, ya que el dolor me obligaba a mantener los ojos cerrados y las mandíbulas apretadas. Oí voces, también la de Leukón, que mezclaba gritos ásperos en su lengua con frases en latín con las que pretendía calmarme, pero yo estaba concentrada en mantenerme erguida contra el árbol. No quería que aquel pinchazo volviese.

Más tarde, cuando todo había pasado ya, Calias me contó lo que había ocurrido durante aquellos minutos. Por lo visto, Leukón había venido corriendo y los otros bárbaros se habían despertado sobresaltados, creyendo que alguien los atacaba; ya estaban blandiendo sus armas cuando Leukón, al ver que estaba herida, había llamado a Corbis, el que debía de ser el curandero del grupo, y le había pedido unas hierbas que guardaba en su morral. Él mismo me las había aplicado en la herida y me había vendado la cabeza con una tira de cuero. Mientras sucedía todo eso, Ambón y Aunia no dejaban de protestar, pero su jefe los ignoró hasta que terminó y, entonces sí, se dio la vuelta y les gritó algo que los dejó mudos. Los dos regresaron junto a sus caballos y montaron en ellos con la cabeza alta y sin dignarse a mirar a nadie, y Leukón, malhumorado, me cogió en brazos y me subió al suyo, dejando a Calias en manos del propio Corbis.

Cuando el dolor me permitió respirar con normalidad, abrí los ojos y comprobé que seguíamos trotando por un bosque de árboles parduscos. Había tanta niebla como el día anterior, pero los bárbaros no parecían preocupados por eso.

Me toqué la frente con los dedos. La tira de cuero

era áspera e irregular, pero estaba firmemente anudada, y el pinchazo iba remitiendo. Aunque todavía no había podido hablar con Calias, deduje quién era el responsable de aquello y me sentí conmovida a pesar de todo.

—Gracias, Leukón —murmuré en latín.

Él no dijo nada, pero oí cómo resoplaba detrás de mí. Recordé la peculiar conversación que había mantenido con su caballo y no pude reprimir una sonrisa al compararlos.

Entonces decidí que estaba lo bastante serena como para empezar a buscar respuestas.

Mi padre siempre me repetía la misma frase: «Primero pensar y luego hacer». Yo tenía la mala costumbre de invertir ese orden, pero, por una vez, le hice caso. Antes de abrir la boca, estuve un buen rato decidiendo qué iba a decirle a Leukón y cómo iba a hacerlo.

Por lo poco que sabía de Leukón de Sekaisa, no era una bestia sedienta de sangre, o no lo había demostrado en mi presencia. Con todo, un hombre capaz de mantener a raya a otros cuatro salvajes armados hasta los dientes tenía que ser peligroso a la fuerza, por lo que debía extremar las precauciones incluso con él.

Cuando dejamos atrás la parte más tupida del bosque y la bruma blanca nos envolvió, protegiéndonos un poco de las miradas del resto del grupo, decidí que había llegado el momento de iniciar la conversación:

—¿Puedo hacerte una pregunta, Leukón?

Él tardó un poco en responder:

—Puedes.

No era un mal comienzo. Me pasé la lengua por los labios y empecé por lo más fácil:

—¿A dónde vamos?

—A Numancia.

—¿Numancia? —Era la primera vez que oía ese nombre—. ¿Qué es eso?

—Una ciudad.

—¿Vives allí?

—Ahora sí.

—¿Y antes? —insistí. Si seguía contestando tan escuetamente, tardaría siglos en sonsacarle la información.

Leukón hizo una pausa antes de contestar. El caballo saltó sobre un tronco caído y los dos dimos un brinco, pero él me sujetó la cintura con el brazo para mantenerme erguida contra su pecho. Aquel contacto repentino me provocó calor en las mejillas, pero Leukón me soltó enseguida.

—Antes vivía en Sekaisa —dijo entre dientes.

Claro, por eso se llamaba Leukón de Sekaisa. Me sentí un poco tonta por no haber llegado a esa conclusión yo sola.

—Por desgracia —añadió él momentos después—, Sekaisa ya no pertenece a mi pueblo.

Me mordí la lengua para no preguntarle directamente cuál era ese pueblo y murmuré:

—Lo lamento.

—¿En serio? —Leukón parecía escéptico—. Qué curioso, porque fueron los romanos quienes sitiaron la ciudad y nos obligaron a abandonarla.

—Vaya. —¿Qué se suponía que tenía que hacer, disculparme? ¡Ni que yo formara parte del Senado!

—Pero tengo entendido que vosotros no la llamáis Sekaisa —siguió diciendo él entonces—, sino Segeda.

Aquella revelación estuvo a punto de hacer que me cayese del caballo.

—¿Segeda? —balbuceé—. Entonces, vosotros debéis de ser...

—Belos. —Lo dijo con orgullo—. Somos los belos de Sekaisa.

Me costó no perder la calma. Acababa de descubrir que mis captores no solo eran celtíberos, como ya me temía, sino que pertenecían a la tribu que había provocado aquella guerra en Hispania. La tribu que había roto el pacto de Graco amurallando su ciudad y desafiando abiertamente al Senado, que tan dispuesto se había mostrado a dialogar con los salvajes antes de recurrir a las armas.

Y ahora yo cabalgaba junto a uno de esos líderes rebeldes. De camino a una de sus ciudades.

—Numancia pertenece a nuestros hermanos, los arévacos. —Ajeno a mi nerviosismo, Leukón me hizo agachar la cabeza para esquivar la rama de un árbol—. Nos han acogido allí hasta que recuperemos Sekaisa. Porque, pase lo que pase, la vamos a recuperar.

Su tono no era desafiante, pero yo entendí que me estaba provocando.

—Mira, no esperes que te desee buena suerte con eso, pero tampoco es asunto mío. Yo estoy en Hispania por error y Calias...

Giré el cuello en busca del niño, pero el cuerpo de Leukón me impidió localizarlo. Estábamos tan cerca que uno de sus rizos me rozó la mejilla. Me di la vuelta rápidamente para ocultar mi turbación.

—Tu pequeño amigo estará bien. —Él se inclinó para hablarme al oído—. Pero no podemos dejarlo solo en el bosque. Aquí no solo estamos nosotros, ¿comprendes? Hay otros pueblos, y también invasores romanos. He observado que el chico no sabe hablar latín. Si los romanos lo confundiesen con uno de los nuestros...

—No digas tonterías, un legionario no haría daño a un niño inocente.

Leukón resopló.

—No conoces a los legionarios.

—Los conozco mejor que tú.

—Los has visto en Roma —admitió él—, pero no sabes lo que son capaces de hacer aquí, en Hispania.

Yo sabía que debía morderme la lengua, lo sabía perfectamente. Pero no fui capaz de controlarme:

—¡Esta guerra es culpa vuestra! ¡Si no hubieseis desafiado al Senado, seguiríamos en paz!

Vi cómo las manos de Leukón se tensaban sobre las riendas y me arrepentí de haber dicho aquello. ¿En qué estaba pensando, por qué hablaba con ese bárbaro como si estuviese en pie de igualdad con él? Si le daba la gana, podía arrojarme del caballo de una patada. O hacerme algo peor.

Pero Leukón habló con la misma tranquilidad.

—Esta guerra es el fruto de la prepotencia de Roma y de que vuestro Senado no sabe escuchar.

Respiré hondo y traté de calmarme yo también. El hecho de que intentara explicarse ya era algo a su favor.

—¿Qué quieres decir con eso? —murmuré.

—Ese Graco era un zorro astuto, pero era razonable. —Leukón chasqueó la lengua—. Nos eximió de pagar ciertos tributos a Roma a cambio de no construir más murallas.

—¿Lo ves? ¡Fuisteis vosotros los que provocasteis la guerra!

—Te equivocas, Cassia Minor: nosotros no construimos ninguna muralla —resopló él—. Solo ampliamos la que ya existía. La población de Sekaisa había crecido últimamente, y tanto el Consejo de Ancianos como la Asamblea coincidieron en que no era justo dejar a algunas familias fuera del perímetro de la ciudad. Enviamos a un anciano, Kacyro, a explicar esto en el Senado romano, pero nadie quiso escucharlo. Lo desairaron una y otra vez, lo humillaron hasta que él tuvo que marcharse con las manos vacías. Aquello fue un insulto deliberado a nuestro pueblo.

No contesté a eso, quizá porque, en mi fuero interno, sabía que podía llegar a ser cierto. No creía que los senadores romanos se hubiesen mostrado demasiado respetuosos con un anciano salvaje que apenas sabría expresarse en latín.

—Puedes creerme o no —concluyó Leukón—, pero ese es el verdadero motivo de la guerra. Que Roma jamás ha respetado a los pueblos hispanos, que siempre nos ha considerado bestias. —Su expresión se endureció—. Si piensas que a mí o a cualquiera de mis hermanos nos apetecía perder nuestra ciudad y tener que derramar la sangre de nuestra gente para defendernos, estás muy equivocada. Pero, desgraciadamente, no tenemos otra opción: Hispania es nuestra casa, no la vuestra, y aceptamos invitados, no tiranos. Creo que es comprensible.

Su discurso me dejó sin palabras. Era tan razonable que no sabía cómo llevarle la contraria, pero, por motivos evidentes, yo no podía mostrarme de acuerdo con un jefe celtíbero. Los celtíberos eran el enemigo de mi pueblo y de mi familia, del mundo civilizado; ni siquiera tendría que estar hablando con uno de ellos.

—Déjanos marchar, Leukón, por favor —suspiré finalmente—. Te prometo que no diremos nada de vosotros, esta ni siquiera es nuestra guerra. Calias y yo llegamos aquí por error y solo queremos volver a casa.

—¿Por error? —repitió Leukón—. ¿Y por qué viajabais con una caravana de romanos?

—Todo tiene una explicación: me quedé atrapada

en la bodega de un barco mercante griego y Calias quiso ayudarme a volver a Ostia, que está al otro lado del mar, sin ser descubierta por los marineros.

—¿Pensabais volver al otro lado del mar en una caravana romana que se dirigía hacia la Celtiberia? —preguntó él con tono amable—. Pues ibais justo en dirección contraria. Y creo que es un poco difícil navegar en un carro.

—Sé que suena estúpido, pero yo no he dicho que no haya hecho nada estúpido para llegar aquí —suspiré—. ¿Por qué iba a mentirte, Leukón? Además, piénsalo: ¿qué se me ha perdido a mí en la dichosa Celtiberia? ¿Tengo pinta de aventurera o algo así? —Como no respondía, volví a la carga—. Vale, olvídate de mí: ¿qué hay de Calias? Es solo un niño, no se merece ser el prisionero de nadie.

—En eso te doy la razón.

Por fin, me atreví a girarme de nuevo. Leukón y yo estábamos tan cerca que me costaba no rozar su barbilla con mi frente, pero logré echar la cabeza hacia atrás para observarlo.

—Entonces, hagamos un trato: quedaos conmigo y liberad a Calias. Por muy peligroso que sea el bosque, es un chico listo y sabrá arreglárselas para volver a Ampurias sano y salvo.

Leukón entornó los ojos y desvió la mirada. No dijo nada durante unos segundos, pero yo permanecí obstinadamente quieta hasta que se decidió a hablar:

—Lo siento, pero no depende de mí.

—¿No eres el líder de esta gente?

—Tú lo has dicho: de esta gente. De este grupo de exploradores, no de los belos y los arévacos. —Él volvió a contemplarme—. El jefe será elegido cuando todos nosotros nos hayamos reunido en Numancia, pero dudo que sea yo. Soy demasiado joven.

—Entonces, ¿no vas a ayudarnos? —murmuré desalentada.

—Haré lo que pueda.

Su tono no admitía réplica. Abatida, le di la espalda de nuevo y contemplé el bosque que nos rodeaba. La niebla se había disipado un poco y podía ver mejor las agujas de los pinos y hasta el manto de hojarasca que cubría el suelo.

Pensé que no podría obtener nada más de Leukón de Sekaisa, pero estaba equivocada. Porque, cuando mis dientes empezaron a castañetear, noté un movimiento detrás de mí y, momentos después, sentí el roce áspero de una capa rodeando mi cuerpo. Era la suya.

Tenía demasiado frío como para rechazarla, por lo que me quedé quieta mientras el joven la sujetaba a la altura de mi hombro con su propio broche. Era una pieza de bronce con forma de caballo.

—Gracias —murmuré a mi pesar—. Es una buena capa.

—No es una capa, es un *sagum*.

—Es un buen *sagum*, entonces.

—Claro que lo es. Es mío.

Estuve a punto de sonreír, pero no lo hice. Tan solo perfilé la silueta del caballo de bronce con mi dedo índice.

Había intentado negociar con Leukón y había fracasado, ni siquiera había conseguido que liberaran a Calias. Ya solo había un camino para nosotros: el camino a Numancia, dondequiera que estuviese aquella ciudad. Y, para variar, yo no lo había elegido.

VIII

Numancia, 154 a. C.

Tardamos varios días en llegar a Numancia.

El resto del viaje no fue muy emocionante: cabalgábamos día y noche, casi sin descanso, y solo acampábamos cuando era estrictamente necesario. Entonces alguno de los bárbaros nos ataba a Calias y a mí a un árbol y nos dejaba allí hasta que se levantaba el campamento.

—¿Por qué no nos dejáis dormir tumbados? —le pregunté a Leukón la primera noche.

—Porque intentaríais escapar, romana. —Él me miró con calma—. Y no podemos permitirlo.

—No intentaríamos... —Estuve a punto de soltarle una mentira, pero luego comprendí que no serviría de nada y me rendí.

Leukón nos envolvió a Calias y a mí en su *sagum* y se fue a dormir junto al fuego con sus compañeros. Destapado. Noté que Ambón y Aunia, que estaban montando guardia, le dirigían miradas agrias, pero ninguno de los dos se atrevió a decirle una sola palabra.

Agradecidos, Calias y yo nos encogimos bajo la prenda para entrar en calor.

Calias estaba asustado, pero lo disimulaba a las mil maravillas. Seguía llamándome «señora» y tratándome con respeto; teniendo en cuenta que estaba metido en todo ese lío por mi culpa, podía sentirme afortunada.

Conforme pasaban los días, nos adentrábamos más y más en la Celtiberia. Era una tierra de colinas marrones, bosques azulados y laderas moteadas de flores amarillas; las aguas eran negras y los cielos, blancos y grises. Con frecuencia nos encontrábamos a merced de la lluvia y el viento, y una vez tuvimos que refugiarnos de una tormenta de granizo.

La Celtiberia no era Roma, no era el Mediterráneo. La Celtiberia estaba más allá del mundo civilizado, del mundo de mis dioses, y que yo no fuese muy devota no quería decir que no necesitara su ayuda en un momento como ese.

Leukón y yo apenas hablábamos. Él no quiso contarme por qué sabía latín ni me habló de su pasado; todo lo que pude averiguar fue que dirigía aquel grupo de guerreros y que su objetivo era atacar las caravanas romanas para evitar que el ejército de Nobilior obtuviese provisiones para pasar el invierno. Pero no buscaban un enfrentamiento directo con los romanos, sino que preferían prepararles emboscadas. Conocían bien el terreno y se aprovechaban de ello.

—¿No es un poco rastrero atacar por la espalda? —le pregunté a Leukón en una ocasión.

Como de costumbre, él no se alteró.

—Funciona —dijo simplemente.

—Me sorprende que unos guerreros que se jactan de ser tan valientes hagan algo así —insistí yo.

—Cada ejército tiene sus propias armas, Cassia Minor.

Después de decirme eso, se puso a murmurar algo en su lengua. Yo ya había aprendido a distinguir cuándo hablaba con su caballo y me sentí vagamente ofendida de que lo prefiriese a él.

Sea como fuere, ya no habría más ataques por el momento: los celtíberos necesitaban un líder y debían reunirse en Numancia para elegirlo por unanimidad. Por eso cabalgábamos hacia allí.

Yo no dejaba de preguntarme cómo sería.

—No te preocupes, señora —me dijo Calias una noche—. El capitán Alexis solía hablarme de los bárbaros. Decía que gritaban mucho y olían mal, pero que solo eran peligrosos si se les provocaba.

Reprimí una sonrisa cargada de nostalgia al escuchar aquello: incluso el déspota de Alexis era capaz de tranquilizar a un niño si se lo proponía. Una vez más, palpé la moneda que Calias me había regalado y que se había convertido en una especie de talismán para mí, quizá porque me ayudaba a recordar que Roma aguardaba mi regreso.

Llegamos a Numancia un día especialmente ventoso.

Yo apenas podía ver nada: el pelo se me metía en los ojos y en la boca, y tenía demasiado frío en las manos como para trenzármelo. Sin embargo, mi cuerpo se mantenía caliente dentro del *sagum* de Leukón: la prenda era de lana oscura, bien tejida, y estaba diseñada para no agitarse con el viento. Me maravillaba que los bárbaros hubiesen podido fabricar algo así.

El caballito de bronce emitía un brillo apagado a la luz del día. Estaba contemplándolo cuando el grito de Leukón me sobresaltó:

—¡Numancia!

—¡Numancia! —corearon sus compañeros.

Los caballos emprendieron el galope y, naturalmente, el nuestro iba en cabeza. Yo temía salir despedida en cualquier momento, pero entonces, como si me hubiese leído el pensamiento, Leukón me rodeó la cintura con el brazo para sujetarme. Yo me aferré a él y, por fin, miré hacia arriba y la vi.

La ciudad de Numancia se erigía en lo alto de un cerro, dominando el mosaico de colinas y laderas. El cerro estaba rodeado por un río de aguas turbulentas; los celtíberos lo llamaban algo así como «Duero», pero yo ignoraba su nombre romano.

Quizá no lo tuviese. Quizá los romanos aún no hubiesen llegado hasta allí.

Cruzamos el río a toda velocidad y nos dirigimos hacia una muralla de piedras irregulares, coronada por varias torres de planta cuadrada. Al otro lado se oían gritos de bienvenida: los vigías debían de haber visto ya al grupo de guerreros acercándose. Leukón y sus compañeros de armas volvían a casa.

Y Calias y yo los acompañábamos.

El perímetro de la ciudad tenía forma ovalada. Las casas estaban repartidas alrededor de dos largas calles paralelas, dispuestas de norte a sur y cruzadas por otra docena de callejas diagonales. Aquello pretendía evitar las fuertes corrientes de aire; el viento de la Celtiberia, llamado cierzo por sus habitantes, era capaz de volcar un carro cuando soplaba con fuerza. En cuanto a las propias casas, eran de piedra y arcilla, con los tejados de paja, y casi todas poseían un pequeño patio anexo, dentro del cual había corrales con gallinas y pequeños aljibes de piedra.

Yo lo miraba todo impresionada. Numancia no se parecía a Ostia, ni siquiera a Ampurias. No se parecía a ninguna ciudad que yo hubiese visitado ni de la que hubiese oído hablar.

Nada más cruzar sus puertas, nos rodeó una pequeña multitud. Había hombres y mujeres de diferentes edades, desde bebés de pecho hasta ancianos desharrapados, pero todos ellos tenían tres cosas en común: el pelo largo, las ropas de lana y las miradas recelosas.

Ambón fue recibido calurosamente, por lo que deduje que era un joven bastante popular. La acogida de Aunia, Corbis y Lubbo fue más discreta; vi que Aunia empujaba a Calias y quise intervenir, pero Leukón escogió ese momento para bajarme del caballo y lo perdí de vista entre la multitud.

La gente se apiñaba en torno a nosotros. Varios hombres palmearon la espalda de Leukón; una mujer se le colgó del brazo y me señaló, y otras empezaron a protestar. Yo no me atrevía a mirar directamente a nadie, por lo que mis ojos iban de rostro en rostro sin detenerse en ninguno en particular. A diferencia de Leukón, aquellas personas me miraban con hostilidad.

Estiré el cuello en busca de Calias, pero no había ni rastro del niño. Estaba a punto de preguntarle a Leukón por él cuando alguien se abrió paso hacia nosotros y todo el mundo se apartó respetuosamente.

El recién llegado era un hombre de mediana edad, pelirrojo y bien parecido. Llevaba la melena recogida en una trenza y una barba entrecana perfilaba su mandíbula cuadrada. Cuando sonrió, mostró una amplia dentadura casi sin agujeros.

—¡Leukón! —exclamó, riendo, y abrió los brazos.

—Karos —contestó el joven inclinando la cabeza.

Los dos se abrazaron y el hombre llamado Karos palmeó calurosamente la espalda de Leukón. Era una cabeza más bajo que él, pero poseía un aura de poder que ni siquiera a mí me pasó desapercibida. Como casi todos los hombres y mujeres adultos que había alrededor, llevaba una espada en el cinto.

Aproveché aquella momentánea distracción para buscar a Calias, pero no había ni rastro del niño. Tampoco me sirvió de nada llamarlo, no podía hacerme oír por encima del bullicio.

Con un suspiro, tiré del brazo de Leukón.

—Leukón, ¿dónde está Calias...?

Por primera vez desde que nos conocíamos, Leukón se zafó de mí sin miramientos. Después siguió hablando con Karos, que había reparado en mi presencia por primera vez.

—Pero serás bruto —murmuré irritada.

En ese momento, alguien me dio un toquecito en el hombro. Me giré, esperanzada, pero no era Calias, sino Aunia, que me indicó por señas que fuese tras ella.

—¿Sabes dónde está Calias? —le pregunté, aunque sabía que Aunia no hablaba latín.

—Calias —repitió ella.

—El niño que ha estado viajando con nosotros —aclaré por si, después de todo, sí que podía entender lo que le decía.

Por toda respuesta, Aunia volvió a hacerme gestos para que la acompañara. Miré a Leukón dubitativa, pero él seguía enfrascado en su conversación con Karos y parecía dispuesto a ignorarme durante un buen rato, por lo que decidí arriesgarme.

—Está bien —le dije a Aunia—, te acompaño.

Ella sonrió y, por primera vez, dejó de parecerme tan temible.

Me condujo al interior de una casa. Estaba dividida en tres espacios sin paredes ni puertas, aunque bien diferenciados. El primero era diminuto y en él solo había un telar, un puñado de recipientes de barro y una trampilla que, presumiblemente, conduciría a una bodega; el segundo era más amplio y contaba con un hogar a ras de suelo, un largo bancal adosado a la pared y varias pieles mullidas que hacían las veces de asientos. Al fondo del todo estaba el último espacio, que parecía ser un almacén, separado del resto por una tosca cortina de tela.

No era una casa lujosa ni confortable, pero tenía un techo de paja y un fuego que crepitaba alegremente. Era justo lo que yo necesitaba.

Además, había alguien esperándome allí.

—¡Calias! —suspiré—. ¡Menos mal!

El niño estaba sentado en el bancal. Ya no llevaba puestas sus ropas de marinero, sino una túnica de lana sin teñir y unas gruesas polainas.

—Corbis me ha dado esto. —Acarició la lana con cierto deleite—. ¿Sabes cuál de todos es Corbis, señora?

—Sí, el curandero. —Me acerqué al bancal—. ¿Ha sido él quien te ha traído aquí?

—No, ha sido Aunia. Corbis me ha llevado a otra casa, pero Aunia ha venido a buscarme. Creo que prefieren que estemos juntos.

—Me alegro.

—Yo también, señora.

El muchacho sonrió. Tenía los colmillos afilados, lo que le hacía parecer un murciélago paliducho. Yo le pellizqué suavemente la mejilla.

—Bien, Calias, te prometo que saldremos de esta. No sé cómo, pero lo haremos.

Intentaba parecer optimista, pero, en el fondo, estaba asustada. ¿Por qué estábamos allí? ¿Qué iban a hacer con nosotros?

Aunia empezó a canturrear. Me había emocionado tanto al reencontrarme con Calias que había olvidado que seguía allí; mientras nosotros hablábamos, ella ya se había limpiado la pintura de la cara y se había soltado la trenza, dejando suelta su interminable melena castaña, que le llegaba hasta las caderas. Me quedé observándola con cierta fascinación hasta que ella sorprendió mi mirada y se dirigió hacia mí.

Llevaba una prenda de ropa entre los brazos. Me fijé bien y vi que se trataba de un vestido de lana de color claro, casi blanco, con bordados en el cuello y las mangas. Si lo comparábamos con los andrajos que solían llevar los bárbaros, era bastante bonito.

—Te lo está ofreciendo, señora —me dijo Calias.

Yo ya me había dado cuenta, pero estaba demasiado sorprendida como para reaccionar. Aunia había estado poniéndome mala cara desde que nos conocíamos y aquel cambio me gustaba, sin duda, pero no dejaba de asombrarme.

No obstante, no perdía nada por aceptar el vestido. Después de tantos días viajando a caballo y durmiendo en el suelo, mi túnica había quedado reducida a un puñado de jirones. No me vendría mal ponerme ropa abrigada y limpia, o más o menos limpia.

Además del vestido, Aunia también me entregó unos botines de piel. Como el vestido no tenía bolsillos, guardé la moneda de Calias en el botín derecho y pensé que era lo último que me quedaba de Roma.

«Por poco tiempo», me dije para tranquilizarme. «Todo esto parece una pesadilla, pero estoy segura de que encontraré la forma de escapar de ella. Y Calias vendrá conmigo».

El estómago del niño escogió ese momento para protestar enérgicamente. Al oírlo, Calias puso una cara tan graciosa que solté una carcajada; mi risa sobresaltó a Aunia, que masculló algo en su lengua y, tras echarnos un último vistazo, salió de la casa cerrando la puerta a sus espaldas.

Lo primero que hice fue comprobar si nos había encerrado. Así era. No es que Calias y yo tuviésemos muchas ganas de salir, pero todo lo que había vivido últimamente me hacía rechazar cualquier tipo de confinamiento.

—¿Qué vamos a hacer ahora, señora? —me preguntó Calias.

Yo miré alrededor. En la casa había cacharros de barro, adornos de asta y un puñado de herramientas agrícolas, pero nada de interés.

—Esperar —suspiré— y rezar para que nos traigan comida. No sé tú, pero yo me muero de hambre.

IX

Calias estaba asomado a la ventana.

—Ven a ver esto, señora.

Yo levanté la cabeza. Me había acurrucado en el bancal de piedra y me había quedado adormilada, disfrutando de la penumbra nocturna. Nadie había venido a traernos comida, pero había un cántaro en un rincón, por lo que la sed ya no era un problema para nosotros. Al menos, estábamos tranquilos por primera vez en mucho tiempo.

—Ten cuidado, Calias, podrían descubrirte.

—Tienes que verlo, señora —insistió él.

Me acerqué a la ventana. Estaba cubierta por una piel de lobo engrasada, pero el chico la había apartado un poco. Me hizo un hueco a su lado para que pudiese mirar a través de ella.

Lo que vi me dejó impresionada. La ventana de la casa daba a una de las dos calles principales, donde alguien había encendido una gran hoguera. Mientras las llamas se alzaban hacia el cielo estrellado como dedos largos y temblorosos, un nutrido grupo de hombres y mujeres con los rostros pintados danzaban en torno a ellas, emitiendo unos extraños cánticos guturales.

Aquel sonido me provocó un vértigo desagradable en la boca del estómago.

—Es extraño, ¿verdad? —susurró Calias—. Parece una especie de ritual.

Y tanto que lo parecía. Lo presidía un hombre anciano, vestido de blanco y tocado con una corona de hojas secas; tenía los ojos diminutos, la nariz afilada y la cara más seria que había visto en toda mi vida.

Dejé de observarlo para buscar a Leukón. No tardé en dar con él, pues su enorme altura lo hacía destacar por encima del resto: estaba en un discreto segundo plano, contemplando a los danzantes en silencio, y algo en su expresión me hizo pensar que no le gustaba mucho lo que veía. Él también llevaba el rostro pintado.

Calias y yo contuvimos el aliento. Entonces el baile cesó y los celtíberos se apiñaron en torno al anciano, que se dirigió a uno de ellos: Karos, el hombre pelirrojo que había ido a recibir a Leukón a las puertas de la ciudad.

El anciano extendió una mano desnuda hacia la hoguera. Karos desenvainó su espada, se hizo un corte en la mano y dejó caer unas gotas de sangre sobre las llamas.

Del fuego brotaron chispas y la multitud comenzó a aullar. Yo decidí que Calias ya había visto suficiente.

—¿Por qué, señora? —protestó él cuando volví a colocar la piel de lobo en su sitio.

—Porque no me gusta que veas lo que hacen los bárbaros.

—Ya te lo dije una vez: soy pequeño, no tonto. Hace

falta algo más que un salvaje haciéndose un corte para asustarme, ¿sabes?

—No lo dudo —concedí—, pero sigue pareciéndome desagradable.

—¿Crees que ese Karos es su jefe?

—Eso parece.

Recordé algo que había dicho Leukón mientras viajábamos: al llegar a Numancia, los celtíberos escogerían a su líder. Todo apuntaba a que acababan de hacerlo.

—Qué pena —dijo Calias—, yo prefería a Leukón.

—¿En serio? —bufé.

—¿Tú no?

—Me trae sin cuidado quién lidere a ese hatajo de salvajes.

—Pues no debería, señora.

—¿Por qué?

—Porque a Leukón le gustas.

Lo miré asombrada, pero el niño parecía convencido de lo que decía.

—¿De dónde has sacado esa tontería? —le pregunté atropelladamente. La idea me ponía más nerviosa de lo que quería reconocer.

—Está claro que quiere mantenerte con vida —dijo él encogiéndose de hombros—, y eso nos viene bien.

—¿Cómo lo sabes? ¿Acaso entiendes su lengua?

—No, yo solo sé hablar griego.

—¿Entonces?

Calias arrugó la nariz.

—No entender lo que dicen las personas me permite fijarme bien en cómo lo dicen.

—¿A qué te refieres? —A mi pesar, todo aquello me intrigaba.

—Las palabras son lo de menos. —Calias se encogió de hombros—. Yo me fijo en los ojos, la boca y las manos. Así me doy cuenta de muchas cosas. Por eso, señora —concluyó—, sé que Leukón no te hará daño, pero quizá los demás sí. Y, si eso sucede...

El ruido de la puerta interrumpió sus palabras.

No fue Aunia quien entró esta vez, sino otra persona. Iba envuelta en un *sagum* de color marrón, pero se quitó la capucha nada más entrar.

Era una joven alta y atlética, de tez bronceada y ojos claros como el cielo de Roma. Su mirada era decidida y, al mismo tiempo, curiosa. Cuando se quitó la capucha, una gruesa trenza rubia cayó por su hombro y se balanceó al compás de sus movimientos.

—Mira, Calias, tenemos compañía —le dije al chico en griego.

—Ya lo veo, señora. —Él había abierto los ojos de par en par—. ¿Le parece peligrosa?

La recién llegada se acercó a nosotros dando lentas zancadas. Portaba una tea encendida que usó para reavivar el fuego del hogar, que ya casi se había apagado; entonces las llamas alumbraron su brazo musculoso.

—No sabría decirte, querido. Con ese brazo podría aplastarnos la cabeza.

Ella me miró de reojo. Yo estaba segura de que no podía entender lo que decíamos, pero, por si acaso, decidí probar suerte:

—¡Hola! Mi nombre es Cassia, Cassia Minor, y él es Calias. Somos prisioneros, pero no hemos venido a dar problemas, te lo prometo. ¿No tendrás por ahí algo de comer?

Repetí el mismo discurso en latín y en griego, pero la joven no dio muestras de entender ni una sola palabra. Aún tenía la cabeza inclinada sobre el fuego y resoplaba de calor cada pocos segundos, como si fuera no hiciese un frío de mil demonios.

Calias me dio un pequeño codazo.

—No te entiende.

—Lo sé, y es una pena. Estoy segura de que muchas cosas se arreglarían si pudiésemos hablar con esta gente.

Por fin, la chica se incorporó lentamente y me miró con descaro. Sus ojos pasaron de mi vestido a mi cara, y yo me sometí a su escrutinio con paciencia. Aún seguía pensando en lo que Calias me había dicho: que las palabras eran lo de menos. Tal vez por eso hice un esfuerzo y le sonreí.

—Soy Cassia —dije señalándome a mí misma—. Caaassia.

La joven entornó los ojos.

—Señora, no sé si es una buena idea...

—Y él es Calias —continué, impertérrita, poniendo mi mano en el hombro del chico—. Caaalias.

La joven resopló. Pero, al cabo de un momento, ella también esbozó una pequeña sonrisa.

—Kara.

—¿Kara? —repetí esperanzada—. ¿Ese es tu nombre?

—Kaaara —dijo ella con tono burlón, golpeándose el pecho con los nudillos.

—¡Se llama Kara! —aplaudí—. ¿Has visto, Calias? ¡Tú tenías razón! ¡Podemos comunicarnos con ella sin necesidad de hablar! Y parece amistosa, así que...

Dejé de hablar cuando me di cuenta de que Kara estaba mirando mi vestido otra vez. Su sonrisa se desvaneció al instante y frunció el ceño.

—Vaya —murmuré.

—Me parece que no le gusta lo que llevas puesto —observó el niño.

—Yo también lo creo.

La joven masculló algo en su lengua. Después se metió la mano en el interior del *sagum* y extrajo de él un pedazo de pan de avena y un puñado de bellotas. Dejó la comida en el bancal y salió de la casa sin despedirse.

Por alguna razón, yo me sentí abatida.

—¿Crees que he metido la pata, Calias?

—No lo sé, señora, pero sé que tenías buena intención.

El niño sonrió débilmente y me apoyó la cabeza en el hombro. Yo le pasé la mano por el pelo sucio y suspiré:

—Por lo menos, ahora podemos cenar.

—Tú primero, señora.

Nos repartimos el pan y yo le dije a Calias que no me gustaban las bellotas para que se las comiera todas él. Después los dos volvimos a encogernos en el bancal, abrazados como cuando acampábamos en el bosque, y nos quedamos dormidos.

—¡Cassia! —oía la voz de Máximo llamándome.

—¿Máximo? —pregunté adormilada.

Abrí los ojos y me encontré frente a una muralla de piedra irregular. ¿Cómo había llegado hasta ella? Parpadeando, observé que estaba salpicada de torres vigías y decidí que debía encaramarme a una de ellas para ver lo que había al otro lado, pero no lo logré. Cada vez que intentaba trepar por aquellas piedras, resbalaba sin remedio.

Los gritos de Máximo seguían oyéndose desde el otro lado:

—¡Cassia, tienes que volver! ¡Roma te está esperando!

—¡Eso intento, Máximo, pero... no es tan sencillo! —Yo ya estaba jadeando por el esfuerzo—. ¿Cómo se supone que... voy a cruzar las puertas?

Una y otra vez, mis uñas arañaban la muralla inútilmente. Mis manos parecían incapaces de asirse a la piedra para impulsar mi cuerpo hacia arriba. Y, cuanto más tiempo pasaba, más alto y grueso parecía el muro que me separaba de mi prometido y de mi mundo.

Yo sabía que esa no era la muralla de Numancia, sino la de Sekaisa. La que había provocado la dichosa guerra en la que, sin pretenderlo, yo me había visto involucrada.

—¿Máximo? —grité al ver que ya no decía nada—. ¡Máximo, lo estoy intentando! ¡Ayúdame!

Pero solo respondió el viento. Máximo ya se había marchado, abandonándome a mi suerte en aquel lugar salvaje.

—¿Señora? Señora, ¿estás bien?

Fue Calias quien me despertó de aquella pesadilla.

Parpadeé. Estaba cubierta de sudor frío, pero, por lo demás, me encontraba bastante bien.

—Sí, eso creo —murmuré incorporándome. Lo de que estaba bien era relativo: me había dormido en una postura extraña y ahora me dolía el cuello. Pero, después de haber dormido tantas noches a la intemperie, no pensaba quejarme.

—No quería despertarte, pero parecías agobiada —dijo Calias—. Respirabas muy fuerte.

—Has hecho bien, querido. —Suspiré—. Estaba soñando con mi prometido. —El muchacho me miró con suspicacia, por lo que me apresuré a aclarar—: Me llamaba una y otra vez, pero yo estaba atrapada detrás de una muralla y no podía volver a su lado.

Por alguna razón, decirlo en voz alta me reconfortaba. Aunque, por desgracia para mí, aquella pesadilla se parecía espantosamente a la realidad.

—No te preocupes, señora, seguro que vuelves a verlo pronto.

—Eso espero.

—¿Cómo se llama?

—Máximo Escauro. —Lo dije casi con orgullo—. Es un patricio.

—Ya veo. —El niño balanceó los pies—. ¿Y es un buen hombre?

Por alguna razón, la pregunta de Calias me hizo sentirme desorientada durante unos segundos.

—¿He hecho mal en preguntar, señora? —Él me miró de reojo.

—No —dije con sinceridad—. Es solo que... no lo sé. No sé si Máximo es un buen hombre o no.

—¿Y vas a casarte con él sin saberlo? —Calias parpadeó sorprendido.

—Lo entenderás cuando seas mayor.

—¡Oh, detesto esa frase!

—Yo también la detestaba a tu edad. —Sonreí.

Mientras Calias refunfuñaba por lo bajo, yo me levanté y volví a examinar la casa en la que nos hallábamos. La piel de lobo aún cubría la ventana, apenas agitada por el viento que soplaba fuera, pero la débil luz de la madrugada se colaba por un agujero. Pronto amanecería.

—¿Cuánto tiempo he dormido, Calias?

—Mucho, señora.

—Lo siento.

—No te preocupes, aunque... me he entretenido mirando por la ventana un poco más. —Esbozó una pequeña sonrisa de culpabilidad—. Ahí fuera va a pasar algo gordo: están preparando una hoguera como la de anoche, pero esta vez le han puesto una especie de plataforma de madera encima. Me pregunto si también bailarán alrededor de ella.

—Posiblemente —comenté distraídamente. Estaba acordándome del inquietante anciano que presidía el ritual—. ¿Recuerdas a ese hombre mayor? Parecía una especie de sacerdote.

—Los llaman druidas, o eso tengo entendido.

—¿Cómo lo sabes?

—He viajado muchas veces —dijo él con sencillez— con marineros que han viajado mucho más que yo.

En otras circunstancias, hubiese envidiado a Calias: hasta entonces, la distancia más larga que había recorrido nunca era la que separaba mi Ostia natal de Roma, donde había estado en un par de ocasiones. Pero mi viaje accidental a Hispania había cambiado mi forma de pensar: lo único que deseaba en ese instante era volver a casa y no moverme de allí nunca jamás.

Pero antes teníamos que arreglar todo ese lío. E intuía que no podríamos hacer gran cosa sin ayuda.

—Me pregunto dónde se habrá metido Leukón —suspiré.

—Ni idea.

El chico y yo nos miramos. Y, como de costumbre, nos resignamos a esperar.

Fue un día largo, aunque notablemente más cómodo que los que había pasado en la bodega del *Quimera*. En esa casa, al menos, estaba cómoda y caliente, y tenía a Calias a mi lado, lo cual era un alivio. No nos trajeron comida hasta la noche, pero matamos el tiempo charlando de asuntos triviales o jugando a hacer dibujos en el suelo.

Acababa de ponerse el sol cuando la puerta se abrió y entró Aunia con nuestra cena. Ya no iba vestida de guerrera, sino con un vestido de lana verde, a juego con los lazos de su pelo. Estaba muy guapa y nos sonrió amablemente. No parecía la misma guerrera adusta con la que habíamos cabalgado por la Celtiberia.

La cena de Calias consistía en más pan y bellotas; la mía, sin embargo, incluía pan blanco con miel y un puñado de bayas.

—Por supuesto, esto vamos a compartirlo —dije ofreciéndole a Calias una baya en primer lugar. Pero, al verme, Aunia me pegó un manotazo y su sonrisa se esfumó.

—¡Oye, no hace falta que seas tan bruta! —dije frotándome la mano—. ¿Por qué él no puede comer esto y yo sí?

—No importa, señora —dijo Calias con modestia—, me conformo con unas cuantas bellotas.

—Pero yo no quiero que te conformes.

Aunia parecía a punto de sacudirnos a los dos, pero entonces alguien más entró en la casa; supe que era

Kara incluso antes de que se quitara la capucha del *sagum*, la trenza rubia la delataba.

Entonces sucedió algo extraño: Kara me miró, miró mi cena y volvió a mirarme; después echó a andar hacia mí, empujando a Aunia con el hombro al pasar por su lado, y tiró mi cena al suelo de un furioso puntapié.

—¡Eh! —protesté.

Pero ella se limitó a pisotear la comida hasta que se convirtió en una masa informe. Luego salió dando zancadas, perseguida por los gritos iracundos de Aunia, que se había puesto roja al ver lo que hacía la otra joven.

Yo me quedé mirándolas con estupor hasta que se marcharon. Después miré los restos del pan, la miel y las bayas.

—¿Se puede saber qué ha sido eso? —murmuré asombrada.

Calias sacudió la cabeza en señal de desconcierto.

—¿Crees que Kara piensa que Aunia se toma demasiadas molestias por mí? —Era la única explicación que se me ocurría—. Si mal no recuerdo, tampoco le gustó verme llevar este vestido tan bonito.

—No lo sé, señora —suspiró Calias—. Pero me da mala espina.

—A mí también.

El niño me cogió de la mano. Tenía los dedos callosos y las uñas mordidas, pero su tacto áspero me hizo sentir aliviada. Estaba empezando a sonreírle cuando la puerta se abrió de nuevo.

X

Pensé que Aunia o Kara regresarían, pero no fue así. Porque quien apareció entonces fue Leukón. Por fin.

Me levanté de un salto. El joven iba limpio y sin pinturas de guerra, y sus ropas ya no estaban manchadas de barro. Parecía menos salvaje que en el bosque. Aun así, me observaba con una expresión tan seria que sentí una punzada de temor.

—Hola —dije con cautela.

Él se acercó a mí y me miró de hito en hito. Cuando lo hizo, su rostro se ensombreció todavía más.

—Esto —carraspeé—, no quiero ser grosera, pero Calias y yo llevamos casi dos días encerrados aquí y están pasando cosas muy raras, y no sabemos qué es exactamente lo que...

La llegada de Kara interrumpió mi discurso. Venía detrás de Leukón, al parecer, a toda prisa; cuando se quitó la capucha, su frente goteaba sudor. Me fijé en una cicatriz que tenía en la mejilla, casi vertical, y sentí un escalofrío al imaginar cómo se la habrían hecho.

Leukón y ella intercambiaron unas palabras en su

lengua. Los dos parecían nerviosos y yo empezaba a sentirme molesta.

—Ah, mira, a eso me refería con cosas raras —dije con sorna—. Kara ha tenido la ocurrencia de echar a perder mi cena.

Leukón se giró para mirarme. Lo hizo tan deprisa que retrocedí involuntariamente, aunque después volví a mi posición inicial. Acostumbrada a verlo sobre el caballo, aún no era plenamente consciente de su enorme altura.

—Esto es serio, Cassia. Déjanos pensar.

—¿Una romana no puede ayudaros a pensar? —Alcé las cejas—. No os preocupéis, lo dejo absolutamente todo en vuestras manos, como de costumbre.

Leukón resopló como su caballo, me dio la espalda y golpeó la pared de la casa con el puño, haciéndola retumbar. Calias, que estaba más cerca de él, saltó como una liebre del susto, y aquello terminó de irritarme:

—¿Quieres dejar de hacer el bruto? —Me encaré con Leukón—. ¡Nos estás asustando!

Él aún tenía el brazo apoyado en la pared. Masculló algo en su lengua y me miró con aire sombrío.

—Y con razón.

—¿Cómo dices?

—Deberíais estar asustados. Sobre todo, tú.

Calias y yo intercambiamos una mirada y el niño se acercó más a mí, como queriendo protegerme. Yo le puse la mano en el hombro, tragué saliva y volví a contemplar a Leukón, que se había erguido de nuevo y se paseaba por la habitación.

—Muy bien, tú ganas: ahora sí que estoy asustada. —Suspiré—. Dime qué está pasando, por favor.

Leukón se detuvo y apretó las mandíbulas. Tras él, Kara me miraba con gesto hosco.

—Quieren sacrificarte.

Lo dijo sin mirarme. Yo sentí que el aire abandonaba mis pulmones.

—¿Cómo...? —balbuceé—. ¡Eso es absurdo, no soy una vaca!

—¿Sabes en qué consiste un sacrificio?

—Por supuesto que lo sé. —Quería estar enfadada, el enfado me ayudaba a no perder los nervios—. Los augures romanos llevan a cabo sacrificios en honor a los dioses, pero sacrifican ganado, no a personas. Esto es ridículo.

Estaba apretando demasiado el hombro de Calias, pero él no se quejaba. Había colocado su mano sobre la mía y miraba a Leukón sin pestañear.

El joven se agachó para que sus ojos quedaran casi a la altura de los míos.

—Puede que sea ridículo para vosotros; para mí, tan solo es cruel. Pero el druida de Numancia, Avaro, ha decidido que sacrificar a una romana nos ayudará a ganar la guerra.

—¿Y en qué se basa exactamente? —pregunté con aspereza.

—Avaro no nos cuenta lo que le dicen los dioses. —El joven sacudió la cabeza—. Él es el sacerdote del dios Lug; aunque Stena, la sacerdotisa de Epona, no está de acuerdo con él, Lug es el dios más importante de todos y, por tanto, nadie osará contradecir a Avaro.

—¿Me estás diciendo que van a sacrificarme porque un chalado cree que eso os ayudará a derrotar a las legiones romanas?

—¡Te estoy diciendo algo muy serio, Cassia Minor! —Leukón me miró con dureza por primera vez desde que lo conocía—. ¡Te estoy diciendo que van a quemarte viva en una pira, por eso Aunia te ha dado las ropas y alimentos rituales!

Me quedé sin aliento. ¿A eso se debía el cambio de actitud de Aunia, a que le entusiasmaba la idea de perderme de vista para siempre? ¿Por eso se había mostrado tan solícita trayéndome aquella túnica blanca y aquella comida tan especial? ¿Todo formaba parte de un ritual para deshacerse de mí?

—Por eso Kara ha tirado tu cena —prosiguió el joven con más calma—. Ella tampoco quiere que mueras.

—¿Tampoco?

—Yo estoy de tu parte.

Los ojos oscuros de Leukón de Sekaisa dejaron de mirarme con dureza entonces y sentí lo mismo que la primera vez que se había interpuesto entre la muerte y yo: que no éramos tan distintos.

Sin embargo, no pude sostener aquella mirada durante más de unos segundos. Bajé la vista y contemplé las sombras temblorosas que el fuego arrojaba a mis pies.

No tenía sentido engañarme: no podía escapar de una ciudad llena de bárbaros que querían verme muerta, ni siquiera si Leukón y Kara decidían no delatarme. Además, ¿a dónde iría? No conocía la Celtiberia ni tenía la más remota idea de cómo volver a Ampurias.

La voz de Calias me devolvió a la realidad:

—¿Qué está pasando, señora?

Entonces recordé que él no entendía latín. Le hice girarse, le puse las dos manos en los hombros y le expliqué lo sucedido con la mayor brevedad posible. Cuando terminé, a los dos nos temblaban las manos.

—¿Y qué vamos a hacer ahora? —murmuró él—. No quiero que te maten.

—Yo tampoco quiero morir, te lo aseguro. —Volví a mirar a Leukón, que miraba el fuego con aire pensativo—. ¿Hay...? —Casi no me atrevía a preguntárselo—. ¿Hay alguna solución? Alguna que no incluya mi muerte, preferiblemente.

Kara también le dijo algo en su lengua, pero Leukón sacudió la cabeza y nos dio la espalda a todos. La joven rodeó el fuego para encararse con él, pero Leukón se giró nuevamente. Kara dio una patada en el suelo y, a juzgar por la expresión de su rostro, deduje que lo estaba insultando.

—¿Leukón? —insistí yo.

Él seguía de espaldas a mí. El fuego iluminaba sus rizos negros y el perfil de su brazo desnudo, que era el doble de grande y musculoso que el mío y estaba lleno de cicatrices y heridas más recientes. Esa visión me provocó un escalofrío: la suerte había querido que un guerrero bárbaro fuese mi única esperanza en ese momento. Si es que aún quedaba alguna.

Por fin, él habló con voz ronca:

—Hay una solución —dijo lentamente—. Pero no va a gustarte, romana.

XI

Calias no dejaba de retirar la piel de lobo de la ventana para comprobar si alguien se acercaba a la casa.

—¿Crees que tardarán mucho en volver, señora?

Yo ni siquiera le contesté. Estaba sentada en el bancal, abrazándome las rodillas y con la mirada perdida en el fuego que chisporroteaba en el hogar. Kara había vuelto a avivarlo justo antes de salir.

Al no obtener respuesta, el niño se apartó de la ventana y se sentó a mi lado.

—La pira ya está lista —susurró—. Pero, como no has tomado los alimentos rituales, aún tenemos un poco de tiempo antes de que...

—Antes de que vengan a quemarme viva, ¿no?

Para estar hablando de mi propio sacrificio, el tono que empleé fue asombrosamente ligero. Pero, por extraño que parezca, los macabros planes de Avaro habían pasado a un segundo plano para mí desde que Leukón me había hecho aquella propuesta. Una que todavía no había asimilado del todo.

Calias se mordió la uña del dedo pulgar.

—Espero que Leukón se dé prisa —dijo frunciendo

el ceño—. Ha dicho que solo tenía que preparar los caballos, ¿verdad?

—Eso ha dicho.

—Entonces, es mejor que estemos preparados.

—Tú no vas a venir, Calias.

—¿Cómo? —Él me miró sobresaltado—. ¡Pero si hemos estado juntos desde que abandonamos el *Quimera*, señora! ¡No puedo dejarte ir!

—Es peligroso —atajé yo—. Estaré mucho más tranquila si esperas aquí mientras yo...

No pude terminar la frase, no fui capaz.

Dioses, Leukón no podía haberlo dicho en serio. Y, sin embargo, lo había hecho, me había dado su palabra.

Me tapé la cara con las manos.

—¡Señora! —se alarmó Calias—. ¡No llore, por favor!

—No estoy llorando —mentí—. No entiendo cómo he podido acabar aquí, Calias, es que no lo entiendo. Yo solo quería enviar una carta, nada más...

Pero me había equivocado. Había tomado decisiones erróneas una y otra vez, movida por el miedo y la esperanza, y ahora estaba en una trampa mortal de la que solo había una forma de salir. Una que me asustaba más de lo que quería reconocer en voz alta.

Calias me tocó el brazo con timidez.

—La vida es así, señora. No intente buscarle un significado: las cosas pasan y debemos afrontarlas de la mejor manera posible.

Me sequé los ojos con impaciencia y miré al niño. Solo tenía diez años y había vivido cosas que yo ni siquiera podía imaginar. Pero, aunque admiraba su temple, yo era distinta: yo tenía una patria, un hogar, un prometido.

Oh, dioses, mi prometido. ¿Cómo podía hacerle esto? ¿Cómo podía traicionarlo por un...?

—¡Un sucio bárbaro! —estallé sobresaltando a Calias—. ¡Esa es mi única opción, casarme con un sucio bárbaro para que no me maten!

El niño parpadeó sorprendido, pero luego me miró con reproche.

—¡Señora, estás siendo injusta! —Cruzó los brazos sobre su pecho delgado—. Leukón no siempre está tan sucio, hay veces que se lava. ¿O es que no lo has visto hoy?

Me di cuenta de lo absurdo de aquella conversación y, sin saber por qué, me eché a reír. Creo que Calias hubiese preferido verme llorar otra vez.

—Señora, ¿te encuentras bien? Por favor, no te vuelvas loca, seguro que esto no es tan malo.

—Dioses —suspiré secándome los ojos—. Calias, mi vida debe de ser una broma de los dioses.

—¿Puedo decirte algo, señora?

—Claro.

—Yo creo que Leukón lo hace porque le das pena.

Se produjo un breve silencio en el que Calias me miró de un modo que no supe interpretar.

—¿A qué te refieres? —murmuré.

Él sonrió con aire de disculpa.

—No te ofendas, señora: eres bonita y a mí me gustas. Pero no creo que Leukón esté enamorado de ti, ni que quiera aprovecharse de tu situación. ¿Me entiendes, señora? ¿Entiendes lo que te quiero decir?

El chico se había sonrojado ligeramente mientras pronunciaba esas palabras. Yo le di una palmadita en la cara y suspiré:

—Entiendo lo que quieres decir, aunque no deberías pensar en esas cosas a tu edad. Y, si te digo la verdad, yo también creo que sus intenciones son buenas. Es solo que...

Volví a suspirar al recordar mi breve conversación con Leukón. Su petición de matrimonio debía de haber sido la más escueta de la historia.

«No soy el líder de los belos y los arévacos, ni siquiera soy uno de los ancianos, pero sé que todos me respetan», me había explicado. «Tanto los belos de Sekaisa como los arévacos de Numancia saben que lucharía por ellos hasta mi último aliento, por eso jamás osarían ponerle la mano encima a mi mujer. Si te casas conmigo, estarás a salvo».

Mi primera reacción había sido atragantarme. «¿Y qué hay de ti?», le había preguntado después. «¿Es que no te importa casarte conmigo? ¿No hay ninguna mujer en tu vida?».

«No estoy casado ni me interesa nadie».

«Yo estoy prometida en Ostia con un patricio llamado Máximo Escauro».

«Pues qué mala suerte ha tenido».

«Pero yo ya he...». No sabía si los celtíberos eran muy escrupulosos con respecto a la virginidad de sus mujeres. No debían de serlo, porque a Leukón le costó un poco entender lo que intentaba decirle.

«A mí no me importa», había contestado al cabo de un momento, «siempre y cuando a ti no te importe que yo...».

Tras una breve e incómoda pausa, le dije que no me importaba que no hubiese yacido con nadie antes que conmigo y él dio por zanjado el asunto y huyó en busca de los caballos. Kara me miró satisfecha y lo acompañó, y Calias y yo nos quedamos solos de nuevo.

Naturalmente, no esperaba una romántica declaración de amor por parte de Leukón, pero todo ese asunto me parecía deprimente, además de una traición a Máximo, a mis padres y a Roma. Pero esa traición era lo único que podía salvarme de la hoguera, y suponía que mis padres, al menos, preferirían verme casada con un bárbaro que muerta.

Calias me miró con paciencia.

—Señora, yo no sé mucho de maridos y mujeres, pero opino que una persona que está dispuesta a salvarte la vida es una buena elección, ¿no te parece? Además —añadió lentamente—, Leukón es joven, alto y fuerte. Y parece muy valiente, o lo suficiente como para arriesgarse por ti.

—No puedo creer que admires a un salvaje, Calias —dije chasqueando la lengua—. Pensaba que los griegos teníais más sentido común.

—¿A cuántos salvajes has conocido a lo largo de tu vida, señora?

—Creo que a los mismos que tú. —A pesar de todo, le di un cariñoso empujoncito—. A no ser que ahora me confieses que te criaron los lusitanos o los íberos.

—No, no tengo que confesarte nada. —Él sonrió un poco—. Pero yo no voy a juzgar a los celtíberos antes de conocerlos.

—¿Ni siquiera a los celtíberos que quieren quemarme en una pira?

—Estamos hablando de Leukón y, precisamente, él parece ser uno de los pocos que no quiere quemarte en una pira.

Solté un pequeño bufido, pero no contesté. Lo último que me apetecía era escuchar el sermón de un niño de diez años.

Entonces la puerta se abrió una vez más y Kara asomó la cabeza y nos hizo un gesto para que fuésemos con ella.

—Es la hora, señora —anunció Calias.

Comprendí que no tenía elección.

—Lo sé. Deséame suerte.

Me incliné sobre el muchacho y le di un rápido beso en la frente.

—Gracias por todo, querido —suspiré.

—No hay por qué darlas, señora. Pero hazme un favor.

—¿Cuál?

—No te vayas sin mí. —Me miró parpadeando—. Sea cual sea tu suerte, quiero compartirla.

Empezaron a picarme los ojos al escuchar aquello. Kara parecía impaciente, pero yo no me aparté de Calias todavía.

—Por supuesto que lo haré —prometí—. Nunca te dejaría atrás, ¿me oyes? Pase lo que pase, estaremos juntos.

—Gracias, señora. —Calias parecía aliviado—. Vete con Kara antes de que se enfade. Y buena suerte.

Pensé que la necesitaba, pero no lo dije en voz alta. Si realmente iba a hacerlo, si estaba dispuesta a casarme con Leukón de Sekaisa para salvar el pellejo, más me valía mantener la calma. Por eso arrastré los pies hacia Kara y, resignada, me dejé guiar por ella.

XII

Hispania Ulterior, 154 a. C.

Leukón nos esperaba junto a las puertas de la ciudad, protegido por la noche sin luna. Lo acompañaban dos caballos: Kara se acercó a uno de ellos y le acarició la testuz, y Leukón me ayudó a subir al suyo y montó detrás de mí.

—Buen chico —dijo en voz baja. Me ofendió vagamente que se dirigiese a su caballo antes que a mí, pero luego también me habló—: Tienes buen aspecto.

—¿Cómo lo sabes? Ni siquiera me estás viendo —contesté malhumorada.

En realidad, sabía que lo tenía. Kara me había obligado a cambiar mi vestido blanco por otro de lana marrón y me había entregado un *sagum* de mi tamaño que llevaba sujeto con una sencilla fíbula de bronce. Aun así, ese no era el atuendo adecuado para una novia; en cuanto a Leukón, apenas podía verlo en la oscuridad, pero me percaté de algunos detalles, como la túnica limpia y el pelo trenzado. Y la espada que llevaba colgada del cinto.

—¿Y qué más da? —Él no parecía molesto—. Siempre tienes buen aspecto, romana.

Abrí la boca para replicar, pero no se me ocurrió ninguna respuesta y volví a cerrarla. Leukón chasqueó la lengua y el caballo emprendió el trote al instante.

Cuando Kara abrió las puertas de la ciudad, un lobo aulló a lo lejos. Otros lo corearon mientras bajábamos el cerro y nos adentrábamos en el bosque, pero ni la joven ni Leukón dieron muestras de inquietud. Hablaban poco entre ellos; a mí me ignoraban por completo.

«Qué boda tan feliz», me dije con sorna.

Mientras el caballo emprendía el galope, comprendí que me asustaban menos los lobos que mi destino.

Incluso en la oscuridad, nuestras monturas parecían saber perfectamente hacia dónde se dirigían. No había camino ni senderos; alrededor solo se veían las siluetas negras de los árboles y, a través del tapiz de sus ramas, un cielo verdoso salpicado de estrellas. El paisaje me hubiese parecido hermoso de no haber sido por las pocas ganas que tenía de detenerme a contemplarlo.

El alba estaba cerca, ya había luz en el este. Para cuando el sol despuntara en el horizonte, yo ya sería la esposa de un guerrero hispano.

«Es la única manera de resolver esto», pensé para tranquilizarme. «Voy a casarme con Leukón para sobrevivir y, en cuanto pueda, huiré junto a Calias. Nos iremos de Numancia, volveremos a cruzar el Mediterráneo y todo lo que estamos viviendo en la Celtiberia no será más que un mal recuerdo». Me consolé preguntándome qué diría Melpómene cuando se lo contara todo: casi podía verla mirándome horrorizada y preguntándome si aquel salvaje melenudo me había dado mucho miedo.

Animada por ese pensamiento, me giré para mirarlo. Pero entonces él, sin mediar palabra, me empujó del caballo.

Caí dolorosamente sobre unos matorrales. Aunque amortiguaron el golpe, me arañé la cara y las piernas de todas maneras. Gateé por el suelo y, para cuando logré incorporarme un poco, el bosque ya se había llenado de gritos.

Retrocedí hasta chocar contra el tronco de un abeto. Un caballo pasó trotando junto a mí; apenas había luz, pero supe de inmediato que no era el de Leukón ni el de Kara. Por si acaso, decidí no abandonar mi escondite entre los arbustos.

Pronto a los gritos se les unió otro sonido escalofriante: el de las espadas. Se estaba librando una batalla.

Traté de localizar a Leukón entre los contendientes, pero no lo logré, solo distinguía bultos. Oía el entrechocar del metal, jadeos y algún gemido ahogado. Un caballo relinchó a mis espaldas y me hizo pegar un brinco.

«Bueno, Cassia, no puedes quedarte de brazos cruzados mientras matan a tu futuro esposo, ¿verdad?».

Si mataban a Leukón, yo también estaba muerta. Así que, encomendándome a cualquier dios que pasara por allí, me puse a escarbar en busca de alguna piedra grande que me sirviese como arma arrojadiza. Cuando me hice con una, entorné los ojos y traté de distinguir a los guerreros celtíberos de sus atacantes.

Por fin, localicé a mi prometido. Lo hice justo cuando estaba sacando su espada del estómago de un enemigo.

Qué bien.

Kara estaba a su lado. Al ver que otro guerrero se le acercaba por detrás, le lancé una de las piedras con todas mis fuerzas; mi puntería no fue muy buena, ya que le di en el muslo y no en el cráneo, como pretendía, pero el grito del hombre alertó a Kara, que se dio la vuelta y lo tumbó de un cabezazo. Después me buscó con la mirada y me sonrió. Le sangraba la nariz, pero no parecía importarle.

Entonces alguien tiró de mí bruscamente. Y, de pronto, me vi con un puñal en el cuello.

Grité al sentir cómo el filo se hundía en la carne. Un hilo de sangre caliente brotó de él y cerré los ojos con fuerza.

Pero el dolor no llegó. Oí un rugido a mis espaldas y, en cuestión de segundos, me vi liberada de aquel abrazo mortal.

—¡Cassia! —gritó Kara.

Me sostuvo antes de que me precipitara contra el suelo, pero yo apenas fui consciente de su presencia. Había cometido el error de mirar atrás justo a tiempo para ver cómo Leukón, manchado de sangre hasta los codos, limpiaba su espada en la túnica de mi atacante, en cuya garganta había abierto un profundo tajo horizontal. El corte parecía una sonrisa grotesca dirigida a mí.

Se me nubló la vista.

—Cassia... —empezó a decir Kara.

Pero, cuando terminó la frase, yo ya había perdido el conocimiento.

Desperté sobre el caballo. Leukón me acunaba suavemente entre sus brazos mientras murmuraba algo en su lengua.

—¿Estás bien? —me preguntó en voz baja al ver que abría los ojos.

Yo le sonreí débilmente. Me hubiese gustado decirle que me alegraba de que estuviese de una pieza y que le agradecía que me hubiese salvado, pero lo cierto es que, cuando abrí la boca, lo único que hice fue vomitarle encima.

Tardé minutos en sentirme con fuerzas para hablar.

—¿Quiénes eran? —balbuceé. Tenía la cabeza apoyada en el pecho de Leukón y la mirada perdida en las copas de los árboles, que pasaban a toda velocidad sobre nuestras cabezas.

—¿Esos? —El joven resopló—. Amigos de los romanos.

Claro, había pueblos indígenas que se habían aliado con Roma. Los que yo conocía eran íberos, pero quizá también hubiese algunas tribus celtíberas que los apoyaran. En cualquier caso, tenía la sensación de que aquel era un tema espinoso, por lo que decidí dejarlo correr.

—Por cierto —dijo Leukón entonces—, gracias por ayudarnos.

—¿Umm? —Me acomodé mejor contra su pecho—. Pero si no he hecho nada...

—Kara dice que le has tirado una piedra al hombre que estaba luchando contra ella. —Leukón me apartó un mechón de pelo de la cara con naturalidad. Aquel gesto fue tan parecido a una caricia que me costó concentrarme en sus palabras.

—Oh, sí, ha sido muy heroico por mi parte —murmuré finalmente. Seguía un poco mareada.

—Quizá no haya sido heroico —insistió él—, pero sí valiente.

Lo miré de reojo. Estaba sucio, ensangrentado y cubierto de vómito. Mi vómito.

—Siento haberte vomitado encima.

Él hizo amago de sonreír.

—Tenías motivos para hacerlo.

—¿Ah, sí? —Sacudí la cabeza, aunque me arrepentí al instante: ahora parecía que el bosque entero daba vueltas—. Que yo sepa, no vomité cuando asaltasteis la caravana, y eso fue peor. Ambón podría habernos matado a Calias y a mí.

—Lo habría hecho, pero tú no te permitiste el lujo de tener miedo entonces. Debías proteger a alguien, ¿recuerdas?

Claro que lo recordaba: al ver a Calias en peligro, había olvidado todo lo demás.

—Bueno, no fui de gran ayuda —suspiré—. Calias está en Numancia por mi culpa.

Leukón no dijo nada. Cuando me giré para mirarlo, vi que sonreía discretamente.

Pensé que no tenía motivos para hacerlo. Al fin y al cabo, íbamos a casarnos manchados de tierra, sangre y vómito, y ni siquiera estaba segura de que nos gustáramos mucho. Por no hablar de mi plan de huir de la ciudad, y de él, en cuanto tuviese la oportunidad de hacerlo.

Pero, por alguna razón, yo también sonreía.

XIII

El cielo ya clareaba cuando nos detuvimos junto a una cascada.

Yo ya me había calmado un poco. Los lobos habían dejado de aullar, los pájaros cantaban y la brisa traía un agradable aroma a plantas mojadas. El bosque despertaba perezosamente, como si intentara darnos un poco más de tiempo, y ya casi no me acordaba del hombre que había intentado matarme.

El rumor de la cascada también resultaba tranquilizador. Cuando Leukón me bajó del caballo, me quedé mirando el agua, que discurría hasta un arroyo lleno de piedras; las primeras luces del día las cubrían de destellos plateados.

Era una imagen hermosa.

Leukón dejó caer su espada al suelo y se quitó el *sagum* con movimientos bruscos. Después fueron las polainas. Yo me quedé observándolo sorprendida hasta que llegó el turno de la túnica de lana, que se sacó por la cabeza de un tirón; entonces desvié la mirada. Leukón, completamente desnudo y despeinado, se metió bajo el agua helada.

Volví a contemplarlo y, durante unos segundos, contuve el aliento mientras la espuma limpiaba su cuerpo. Él sorprendió mi mirada y alzó las cejas. Le di la espalda de inmediato.

Recordaba el descaro con el que había contemplado el cuerpo desnudo de Máximo. Conocía de sobra su piel morena, sus músculos y sus nervios, la tersura de su carne. Leukón era diferente: mucho más alto que Máximo, y más corpulento, tenía la piel pálida y cubierta de vello oscuro. Había algo atrayente en ese cuerpo, pero no me atrevía a mirarlo de la misma manera.

Kara parecía divertida, pero no hizo comentarios. Solo se acercó a mí y empezó a quitarme el *sagum*.

Cuando adiviné cuáles eran sus intenciones, me resistí:

—Ah, no, ni se te ocurra. No voy a meterme ahí.

Por toda respuesta, la mujer me arrancó el vestido de cualquier manera.

—¿Pero qué haces? —Traté de recuperarlo inmediatamente—. ¡Devuélveme eso!

Sin perder la sonrisa, Kara me empujó hacia la cascada. Cuando el agua mojó mi cuerpo, sentí como si un millar de agujas de hueso se clavasen en mi piel desnuda y empecé a maldecir en latín, sabiendo que Leukón podía entenderme y deseando que lo hiciera.

Sin embargo, él no se mostró demasiado impresionado. Tenía los rizos pegados al cuello y resoplaba como un caballo.

Yo me abracé a mí misma.

—¡Sois unos brutos, está helada...!

Me di cuenta de que estaba llorando.

¿Por qué lloraba ahora? No había llorado cuando los celtíberos nos atacaron, ni cuando descubrí que pretendían sacrificarme, ni cuando fuimos emboscados por «amigos de los romanos» en mitad de la noche.

Pero quizá era justo lo que necesitaba. Llorar tranquila, sin tener que esconderme de Calias o de cualquier otra persona, sin tener que fingir una fortaleza que no poseía realmente. Llorar por Ostia, por mis padres, por Máximo, llorar por cómo había cambiado mi destino sin que yo pudiese hacer nada por evitarlo. Llorar por mi futuro y por el miedo que le tenía en realidad.

Las lágrimas resbalaban por mis mejillas y eran arrastradas por el agua. Apenas podía ver, pero sentía. Sentí las manos de Leukón en mis hombros, frotándolos para mitigar el frío; y sentí...

—Shhh, romana. Todo irá bien.

Abrí los ojos y me encontré con los de Leukón. No eran negros, como yo había creído al principio, sino de un castaño tan oscuro que lo parecía en un primer vistazo. Y se habían vuelto tan cálidos de repente que, sin saber por qué, escondí la cara en el pecho del joven.

Él me acarició la espalda. Despacio. Con recato.

Ya no sabía si temblaba de frío, de nervios o de qué, pero algo me empujó a rodear la cintura de Leukón con los brazos. Sus caricias se detuvieron un instante y me pregunté si habría hecho mal, pero luego él me puso la mano en la cabeza y yo me relajé un poco. Lo suficiente como para que los latidos de mi corazón se acompasaran de una vez.

No sé cuánto tiempo permanecimos bajo la cascada; solo sé que, cuando Kara tiró de mí para sacarme del agua y me devolvió la ropa, yo seguía sintiéndome desnuda. Desnuda y vulnerable. La joven le dijo algo a Leukón en su lengua y, aunque él respondió con un gruñido, se echó a reír igualmente. Pero a mí me miraba con simpatía.

No tenía nada con lo que secarme, por lo que me puse el vestido encima de la piel mojada. Kara me hizo sentarme en una roca, desenredó mi pelo empapado y me trenzó la melena rápidamente. Yo me dejé hacer, sin atreverme siquiera a mirar al que iba a ser mi esposo. Ahora que se había roto el hechizo, me sentía un poco avergonzada de mi arrebato.

Leukón apenas tardó un minuto en ponerse la ropa y recogerse la melena. Kara era la única que seguía hecha un desastre, pero, al menos, nosotros dos volvíamos a parecer seres humanos.

Pensé que íbamos a montar de nuevo, pero no fue así: dejamos los caballos atados a un árbol y Leukón nos guio a través de un sendero semioculto entre la maleza. Yo caminaba entre los dos y me pregunté si lo hacían para asegurarse de que no escapaba en un descuido, pero, al ver lo escarpado que era el terreno, comprendí que solo intentaban que no tropezara cada tres pasos. En más de una ocasión, de hecho, Kara tuvo que sujetarme para impedirlo.

Tardamos varios minutos en llegar a un claro rodeado de robles. Las ramas retorcidas entretejían una cúpula sobre nuestras cabezas, a través de la cual se filtraba el pálido resplandor del alba.

La hierba era más oscura en el centro de aquel círculo. Leukón avanzó hasta allí y se irguió en toda su altura, que casi alcanzaba la del roble más joven. Kara me empujó suavemente hacia él.

El joven y yo nos miramos. Sus ropas estaban húmedas y llenas de manchas oscuras, pero él tenía la cara limpia y la expresión serena.

A mí me temblaba la barbilla, aunque no sabía si era por el viento helado o porque, en realidad, seguía asustada.

El gañido de un halcón rompió el silencio. Yo di un respingo, pero Leukón me tranquilizó:

—No te asustes, este lugar es sagrado. Los dioses lo protegen.

—¿Qué dioses? —pregunté, más por distraerme que porque me interesara la respuesta.

—El mío es Cernunnos —explicó él—. El tuyo...
—Se frotó los labios con los nudillos—. ¿Quién sabe? Lo averiguaremos pronto.

—Como sea Lug, podéis decirle que no se moleste, gracias.

No había olvidado la cara de Avaro, el druida de Numancia. Ni la hoguera que había mandado encender para quemarme viva.

Me pareció que Leukón iba a decir algo más, pero entonces oímos algo y nos giramos.

Una mujer había aparecido en el claro. No era joven ni anciana, y caminaba con una extraña dignidad. Sus pies se hundían en la hierba como si trazaran un camino, aunque bajo sus plantas desnudas no había ninguna huella. Llevaba un sencillo vestido de lana, pero su pelo estaba primorosamente recogido y adornado por una corona de campanillas. Tenía la cara redonda, los pómulos altos y unos ojos castaños que brillaban con inteligencia.

Cuando se clavaron en mí, me sentí muy pequeña e insignificante.

—Stena —saludó Leukón con una inclinación de cabeza.

Kara, que había recostado la espalda en un roble

viejo, también se irguió para inclinarse ante la mujer. Yo hice lo mismo por si acaso, con cierta torpeza.

—Ella es Stena —me explicó Leukón—. La sacerdotisa de Epona.

—¿Es una druida? —murmuré impresionada.

—No. Es una... No sé qué palabra utilizáis los romanos, pero nosotros la llamamos mujer sabia.

—Creo que sé a qué te refieres.

La mujer sabia dio un paso al frente. Entonces me fijé en su prominente barriga, que revelaba un embarazo relativamente avanzado. Volví a mirarla y vi que ella me observaba con una expresión indescifrable. Llevaba dos coronas entre las manos: una era de asta y la otra, de campanillas.

Leukón frunció el ceño al ver las campanillas y dijo algo en su lengua. Stena lo miró con curiosidad, pero contestó suavemente; sin previo aviso, mi futuro marido se metió entre dos robles y desapareció.

—Vaya —musité—, espero que no se haya arrepentido justo ahora.

Nadie dijo nada. Tanto Kara como Stena parecían tranquilas, por lo que deduje que Leukón volvería enseguida.

Lo hizo, en efecto. Con un buen manojo de algo en la mano.

—Lirios —me informó mientras se los entregaba a la mujer—. Te pegan más los lirios que las campanillas.

—¿Y eso por qué?

—Las campanillas crecen entre las piedras y a orillas de los caminos, abriéndose paso como pueden. Son pequeñas y discretas. Tú eres pequeña —sonrió—, pero no eres discreta en absoluto. Los lirios son diferentes: no tratan de ser llamativos, pero es imposible no verlos.

Algo en ese discurso me conmovió, por lo que intenté bromear para disimularlo:

—Nunca pensé que fueras un poeta, Leukón.

Él frunció ligeramente el ceño y desvió la mirada.

—Podemos empezar.

Me arrepentí de haber dicho aquello. Y me di cuenta de algo que me asustó: yo me casaba por pura supervivencia, porque casarme con un bárbaro me parecía mejor que morir quemada. Mientras que Leukón, además de salvarme la vida, esperaba otra cosa. No sabía qué pensaba él del matrimonio, pero, desde luego, parecía dispuesto a tomárselo en serio.

De repente, me sentí culpable por estar engañándolo. Yo no lo amaba, ni llegaría a amarlo nunca. De hecho, pretendía escapar de él cuanto antes.

«La culpa es suya», me dije tratando de acallar mi conciencia, «por haberme secuestrado. Si no lo hubiera hecho, no estaríamos aquí».

Pero, siendo justos, él ni siquiera me había secuestrado, solo había evitado que Ambón nos matara a Calias a mí. Y luego nos había protegido durante el viaje a Numancia y me había ofrecido su protección para que Avaro no pudiese convertirme en un puñado de cenizas. Si alguien tenía la culpa de todo aquello, ese alguien no era Leukón de Sekaisa.

Afortunadamente, Stena me sacó de mi ensimismamiento: ya había trenzado los lirios, formando con ellos una corona que estaba colocando ceremoniosamente sobre mi cabeza. Acto seguido, tocó a Leukón con la de asta.

Entonces nos obligó a entrelazar las manos. La de

Leukón era grande y áspera, con algunas heridas en los nudillos, y estaba agradablemente cálida. La mía parecía muy pequeña en comparación. Cuando nuestros dedos se entrelazaron, él me dedicó un suave apretón para calmarme.

Ya no había vuelta atrás.

Mis ojos volvieron a encontrarse con los suyos y me estremecí. Si no lograba huir de Numancia, ¿qué sería de mi vida? ¿Tendría que contemplar esos mismos ojos todos los días, cada amanecer y atardecer, sin descanso ni tregua? ¿Tendría que ver cómo se marchitaban al comprender que yo era una mentirosa, que solo quería salvar mi vida y la de Calias y que estaba dispuesta a utilizar a quien hiciese falta para conseguirlo?

Turbada, bajé la vista. Y la mujer sabia empezó a hablar.

—Stena está diciendo que nuestras manos unidas forman el símbolo del infinito —tradujo Leukón en voz baja—. Tu izquierda con mi derecha.

De nuevo, presionó suavemente sus dedos contra los míos. Yo lo imité, sobrecogida, y me obligué a mirarlo de nuevo. La mujer sabia extrajo un cordel del interior de su vestido y, sin dejar de murmurar aquella letanía, comenzó a enrollarlo alrededor de nuestras manos enlazadas.

—Ahora nos está explicando que el infinito no solo representa el amor entre dos personas, sino la posición de igualdad del hombre y la mujer —siguió diciendo Leukón—. Que el sol y la luna comparten el cielo, por lo que el hombre y la mujer deben repartirse la tierra...

¿De qué hablaba esa mujer? En Roma, las jóvenes éramos entregadas a nuestros maridos, puestas bajo su protección. ¿A qué se refería Stena con eso de la posición de igualdad y de repartirse la tierra?

Miré de reojo a Kara, que nos observaba con los brazos cruzados sobre el pecho. Mientras Stena oficiaba la boda, ella permanecía alerta, con la espada y el puñal preparados para cualquier ataque. Tal y como estaba, manchada de tierra y sangre seca, parecía una guerrera temible. Pero, cuando me miró, había un brillo cómplice en sus ojos azules. Aquello me hizo sentir reconfortada.

Comprendí, no sin asombro, que la presencia de Kara me transmitía seguridad. Y a Leukón también, pues solo bajaba la guardia cuando ella estaba vigilando. Eso me hizo ser verdaderamente consciente, por primera vez en todo ese tiempo, de que los celtíberos eran un pueblo muy diferente al mío; en Roma, por muy fuerte que fuese una mujer, ningún hombre le confiaría su seguridad.

Stena seguía hablando.

—Nuestro matrimonio será una unión, no un sometimiento —tradujo Leukón—. Tendremos la misma sangre, pero no el mismo espíritu.

Una brisa recorrió el claro y sacudió los bajos de mi vestido.

«Nuestro matrimonio», repetí para mis adentros. Como si aún no lo creyese del todo.

Llevaba toda la vida oyendo hablar de bodas y novios, de maridos e hijos, de familias y linajes. Me había prometido dos veces. Y, sin embargo, esa era la primera vez que tomaba conciencia del significado de aquello.

«Tendremos la misma sangre, pero no el mismo espíritu».

Al menos, esa parte de mí aún me pertenecía. Pero

iba a compartir todo lo demás, mi tiempo y mis palabras, mis costumbres y debilidades, mis noches y mis sueños, con un guerrero bárbaro.

Tratando de huir de aquellos pensamientos, apreté con fuerza la mano de Leukón. Entonces Stena calló y Leukón dijo unas cuantas frases en su lengua. Yo me había acostumbrado a su voz mientras viajábamos y a veces pensaba que parecía la de un hombre más dulce que él; me recordaba un poco a la de los poetas a los que había escuchado alguna vez junto al Tíber.

Cuando terminó de hablar, me tradujo lo que había dicho:

—Yo, Leukón de Sekaisa, hijo de Ama de Sekaisa y Tiberio Sempronio Graco...

Dejé de respirar.

¿Había dicho Tiberio Sempronio Graco? ¿Como el cónsul romano, el mismo al que anteriormente se había referido como «un zorro astuto, pero razonable»?

—Tomo a esta mujer por esposa —prosiguió casi desafiante— para que sea sangre de mi sangre.

Cerré los ojos y volví a abrirlos. Stena me miraba fijamente; Kara, también.

El bosque era el único que aún parecía respirar. El viento agitó las copas de los árboles, arrancándoles una canción suave y susurrante que penetró en mis huesos y en mi corazón. Supe que jamás olvidaría ese momento, ocurriera lo que ocurriese después. Y me escuché a mí misma diciendo:

—Yo, Cassia Minor, hija de Cassia Maior y Lucio Cassio Aquila, tomo a este hombre por esposo...

Se había formado un nudo en mi garganta. Pero Leukón estaba allí, mirándome, y yo ya no podía detenerme:

—Para que sea sangre de mi sangre.

El bosque seguía cantando.

Mi corazón latía con tanta fuerza que temí que los demás pudiesen oírlo.

Por fin, Stena desenrolló el cordel de nuestras manos y retrocedió un paso. Kara se acercó a Leukón y le dio una palmada en la espalda; a mí me hizo una reverencia un tanto exagerada y me guiñó un ojo. Después nos entregó una piel de venado enrollada y una sencilla fíbula de bronce, nuestros regalos de bodas. Leukón le dio las gracias en su lengua y yo intenté sonreír, pero no lo logré.

Por todos los dioses, ¿qué había hecho?

Entonces Leukón se giró para mirarme, se quitó el broche y lo prendió en mi *sagum*.

—Este es mi regalo, Cassia.

Yo rocé con el dedo el caballito de bronce. Aquel tacto familiar me pareció reconfortante.

—Gracias —murmuré—, pero yo no tengo nada para ti.

—No importa. —Él sonrió.

Por fin, conseguí devolverle una sonrisa. O algo parecido. Kara me dirigió una mirada de simpatía y echó a andar por el sendero; Leukón sujetó su propio *sagum* con la fíbula que ella acababa de regalarnos y se echó la piel de venado al hombro.

—Es hora de volver a Numancia.

—De acuerdo.

Stena nos despidió con una larga mirada y un comentario que, naturalmente, no entendí. Se quedó en el centro del círculo de robles, con las manos entrelazadas sobre la barriga en ademán protector, y no la perdimos de vista hasta que nos alejamos.

—¿Qué es lo que ha dicho? —le pregunté a Leukón.

Él parecía pensativo.

—Algo muy curioso.

—¿Ah, sí?

—Stena está segura de que tu diosa protectora es Epona.

—¿Y eso qué quiere decir?

El joven me contempló durante un momento. No supe interpretar su mirada.

—Nada.

Siguió caminando. Yo estiré el cuello por si aún podía ver a la mujer sabia a través de los árboles, pero fue imposible: el bosque era demasiado tupido. Cuando me di la vuelta, la espalda de Leukón ya apenas se veía entre la maleza.

—¡Espera! —dije sobresaltada.

Él se detuvo.

—¿Siempre eres tan lenta, romana? —preguntó—. Tendré que acostumbrarme a ti.

—¡No es que yo sea lenta, es que tú tienes las piernas muy largas!

Me pareció que reía entre dientes, pero comenzó a caminar más despacio por mí. Y así, con los pasos acompasados y el destino sellado, los dos iniciamos el regreso a Numancia.

XIV

Numancia, 154 a. C.

Lo había hecho. Me había casado.

Era vagamente consciente de la presencia de Leukón detrás de mí, a lomos del caballo, pero apenas le prestaba atención. Mi mente hervía de agitación; mi cuerpo, en cambio, yacía lánguido sobre la montura. El bosque pasaba junto a nosotros a toda prisa, pero yo tenía la mirada perdida.

El aroma a lirios había impregnado mi ropa. Eché la cabeza hacia atrás y contemplé el cielo, que la bruma matinal había teñido de blanco.

Al menos, era el mismo cielo que había sobre Ostia. Y sobre Roma.

Qué triste consuelo.

El caballo resopló como si él también estuviese nervioso. Yo me incliné hacia delante para acariciarle el lomo.

—No siente nada —dijo Leukón a mis espaldas. Su voz me sobresaltó: no había dicho una sola palabra en todo ese rato.

Su comentario me molestó un poco.

—¿Cómo no va a sentir nada? Es un animal, no una piedra.

Mi esposo rio entre dientes. Aún me parecía inconcebible pensar en él de ese modo.

—No me refiero a eso —dijo con tono conciliador—. Es que apenas lo has rozado.

Estiró el brazo y puso su mano sobre la mía para hacerme pellizcar con fuerza el lomo del caballo.

—Así. Así lo nota.

—¿Y no le duele? —Yo había contenido el aliento sin pretenderlo.

—Es mi caballo.

—¿Y?

—Es tan duro como yo.

—Tu *sagum* es el más duro, tu caballo es el más duro... —Alcé las cejas—. ¿Todo lo que tienes es lo más duro que...?

Dejé de hablar cuando me di cuenta de que Leukón estaba ahogándose de risa. Tardé una fracción de segundo en comprender el porqué, y entonces me aturullé:

—¡Dioses, Leukón, no me refería a eso en lo que estás pensando!

—¿En qué se supone que estoy pensando? —preguntó él con tono amable.

—¡Tú ya lo sabes! —Me ardían las mejillas.

—No, no lo sé. ¿Serías tan amable de explicármelo?

—No, no pienso ser amable —dije girándole la cara y cruzándome de brazos—. No me apetece ser amable.

—Pues no lo seas, no hay problema.

Leukón volvió a reír por lo bajo, lo cual me irritó y, al mismo tiempo, me ablandó un poco. Resultaba agradable oír la risa de un hombre como él, grande y temible. Me había parecido tan serio al principio...

Sacudí la cabeza. Por extraño que pareciese, había llegado a sentir simpatía por ese bárbaro. En cierto modo, lamentaría tener que traicionar su confianza.

Un momento, ¿en qué estaba pensando? Por supuesto que no lo lamentaría, estaba deseando largarme de esa tierra de salvajes.

Al cabo de unos minutos, Leukón rompió el silencio:

—Vaya, Trueno, parece que mi esposa ha decidido retirarme la palabra.

—¿Trueno? —Puse los ojos en blanco—. ¿En serio has llamado Trueno a tu caballo?

—¿Qué tiene de malo?

—Nada, es muy original.

Leukón sonrió con orgullo.

—¿Tú crees?

Me di cuenta de que no había captado la ironía.

—Sí —mentí con descaro. Después de haberme burlado de su discurso sobre las flores, no me apetecía volver a molestarlo.

Leukón chasqueó la lengua y le dijo algo a Trueno en su lengua. Después siguió dirigiéndose a mí:

—¿Cómo llamarías tú a un caballo?

—Preferiría que fuese una yegua.

—Me gusta escuchar eso.

—¿Por qué?

—Epona es la diosa protectora de los caballos, pero siente predilección por las yeguas.

—No sé si eso me deja en muy buen lugar. ¿Tengo que establecer algún tipo de semejanza entre las yeguas y yo?

—¡Qué cosas tienes, romana! —Leukón rio con ganas. Yo, a mi pesar, sonreí apretando los labios—. No, no quería decir eso. Pero Epona es una diosa muy poderosa. De hecho...

—¿Sí? —le pregunté al ver que dejaba la frase a medias.

Él me hizo agachar la cabeza para no chocar contra la rama de un árbol. Pensé que no iba a decir nada más, pero dirigió una fugaz mirada a Kara, que cabalgaba detrás de nosotros, y luego se inclinó para hablarme en voz baja.

—De hecho —murmuró junto a mi oído—, Stena, la sacerdotisa de Epona, es la única persona que puede pararle los pies a Avaro.

Yo intentaba prestar atención a sus palabras, pero la caricia de su respiración me impedía concentrarme. Me aparté de él con la excusa de volver a palmear el lomo de Trueno.

—¿Y a qué se debe eso? —dije como si nada. Aunque sentía un ligero calor en el rostro.

—La diosa Epona es casi tan importante como el dios Lug, por eso Stena puede hacer frente a Avaro de vez en cuando.

—De vez en cuando —repetí con cierto escepticismo.

Entonces mi esposo me tomó de la barbilla y me hizo volver el rostro hacia él. Estábamos tan cerca que mi frente rozó su barbilla, pero esta vez no me aparté, sino que eché la cabeza hacia atrás para observarlo. Tratando desesperadamente de mantener la mirada fija en sus ojos y no pensar en nada más.

—Avaro se enfadará cuando sepa que he arruinado su sacrificio —me explicó Leukón con calma—. Y no es un hombre que perdone fácilmente, así que tendremos que tener mucho cuidado con él. Intenta ganarte su respeto, ¿de acuerdo?

—Dime, ¿cómo me gano el respeto de alguien que se dedica a asar a los enemigos de su pueblo, entre los cuales me hallo? —bufé.

—No le hables como me hablas a mí. —Leukón enarcó las cejas—. Será un buen punto de partida.

Y, chasqueando la lengua, hizo que Trueno aumentara la velocidad.

Hicimos el resto del viaje en silencio. Cuando volvimos a divisar el cerro de Numancia, el viento aullaba y yo apenas podía oír los cascos de los caballos, y ya no digamos las voces de Leukón y Kara.

Lo primero que vi al cruzar las puertas de la ciudad fue la plataforma de madera. Estaba en mitad de una de las calles principales, solitaria, esperando a su víctima. Que daba la casualidad de que era yo.

Trueno aminoró la marcha hasta detenerse. Mi esposo desmontó y me bajó al suelo, pero me atrajo suavemente hacia él, como si quisiera indicarme sin palabras que no me alejara mucho. Yo, desde luego, no tenía la menor intención de hacerlo.

Varias personas nos vieron y empezaron a gritar. Solo distinguí una palabra: «Leukón».

—¿Qué dicen? —le pregunté con aprensión.

—¿Tú qué crees? —suspiró él—. «¡Leukón y la romana ya están aquí!».

La romana, esa iba a ser mi nueva identidad. Teniendo en cuenta que la alternativa era morir quemada, me dije que podría superarlo.

Kara también desmontó de un salto. Los tres echamos a andar rodeados de una pequeña muchedumbre; todos nos miraban y el griterío era casi insoportable, pero nadie se atrevía a detenernos. Alguien me tiró del *sagum* al pasar, pero una sola mirada de Leukón sirvió para hacer huir a quienquiera que fuese.

No veía a Avaro por ninguna parte. Yo le recé a algún dios, romano o celtíbero, para que no apareciese.

Para cuando llegamos a la que debía de ser la casa de Leukón, Karos de Sekaisa ya había sido advertido de nuestro regreso. Comprendí que, tal y como Calias y yo suponíamos, el hombre había sido elegido líder de los belos y los arévacos durante el tenebroso ritual que habíamos presenciado a escondidas; avanzó con aire imperioso, abriéndose paso entre la multitud, hasta detenerse frente a nosotros.

Yo estaba segura de que toda Numancia sabría ya que Leukón se había casado con la romana en secreto. Pero ¿qué pensaría su líder? ¿Tomaría medidas al respecto, nos castigaría de algún modo? ¿O, por el contrario, apoyaría a su compañero de armas? Aún no sabía gran cosa de las costumbres celtíberas, pero suponía que no era muy habitual casarse con sacrificios humanos.

Mi marido parecía sereno. Saludó respetuosamente a Karos y, a continuación, lo invitó a entrar en su casa. Él aceptó con una seca inclinación de cabeza.

Me quedé mirando la puerta abierta durante una fracción de segundo. A partir de entonces, pensé asombrada, esa también sería mi casa. Y la de Calias, por supuesto: no había visto al niño entre la gente, pero haría que se reuniese conmigo lo antes posible.

Entré detrás de Karos y Leukón, y Kara cerró la

puerta detrás de nosotros. Aquella casa también tenía tres estancias de distintos tamaños, pero, además, contaba con una pequeña cuadra para Trueno. Kara se ocupó de dejar en ella a los caballos (su yegua, Furiosa, era casi tan grande como el propio Trueno, por lo que los dos animales se enzarzaron en una amistosa lucha por el mejor sitio) y luego se unió a nosotros en la habitación más grande.

Leukón me indicó un sitio en el bancal de piedra. Yo me acomodé en él, tratando de no mirar con demasiada insistencia a Karos de Sekaisa. Este, por su parte, esperó a que mi marido desenrollara la piel de venado para instalarse sobre ella. Debió de alabar su calidad, pues Kara se mostró complacida; ella también se sentó en el suelo, pero Leukón prefirió hacerlo en el bancal, a mi lado. Su cuerpo se interponía entre su líder y yo, y eso hizo que me sintiese vagamente aliviada.

Una vez acomodados, los dos hombres empezaron a hablar entre ellos y yo me entretuve curioseando. El suelo estaba lleno de pieles de venado y las paredes, de adornos de asta. Recordé la corona que Leukón había lucido durante nuestra boda y me dije que probablemente su dios protector, Cernunnos, estaba relacionado con los venados, al igual que Epona estaba relacionada con los caballos.

Reprimí una sonrisa. Al paso que iba, acabaría aprendiéndome los dioses celtíberos.

Dejé de sonreír cuando me fijé en que había armas desperdigadas por todas partes: puñales, cuchillos, pequeñas rodelas y, naturalmente, espadas. La mejor estaba en el cinto de Leukón, pero había otras de repuesto. Observé que Kara también las miraba con interés.

Pese a todo, el conjunto me agradaba. Junto al fuego había ramilletes de tomillo y romero, y me gustó el olor que desprendían. Por lo menos, no apestaban a caballo mojado.

Tras unos minutos de conversación, Karos se inclinó sobre mi esposo y le dio una palmada en el hombro. Leukón inclinó la cabeza en señal de agradecimiento.

—¿Ha ido bien? —le pregunté.

—Eso parece. Su esposa ha intercedido por nosotros.

—¿Su esposa...? —empecé a decir, pero no pude acabar la frase.

Porque entonces comenzaron los gritos. Venían de la puerta y, aunque yo aún no conocía la lengua de los celtíberos, supe que no nos estaban gritando nada bueno.

Alrededor de la casa de Leukón se habían reunido un centenar de personas. Lo primero que vi fue la cara roja de Aunia; lo segundo, la expresión incrédula de Ambón.

Lo tercero, el pasillo que se abría entre la gente para dejar pasar a Avaro.

El druida contempló a mi esposo. Sus ojos eran de un color marrón verdoso, casi amarillo, que me trajo recuerdos del hedor de los pantanos. Alrededor tenían profundas ojeras. La boca, una línea recta, estaba torcida en un rictus amargo.

Cuando el anciano dio un paso al frente y habló, su larga cabellera blanca flotó tras él como un halo. Yo no tenía la menor idea de lo que estaba diciendo, pero estaba convencida de que, fuera lo que fuese, nos perjudicaba a Leukón y a mí.

Sus palabras no dejaron indiferente a nadie: hubo

quienes protestaron, pero la mayoría de la gente se limitó a contemplarnos con una clara hostilidad. Karos levantó las manos para pedir silencio y los gritos se convirtieron en murmullos, pero no cesaron.

Mi esposo se movió. Fue un movimiento discreto, casi imperceptible, que lo situó justo delante de mí. Aun así, Kara lo siguió con la mirada y ella también se desplazó ligeramente.

Cuando Avaro dijo algo más, los dedos de mi esposo rozaron la empuñadura de su espada.

«La *gladius hispaniensis* es la mejor espada que existe», repitió la voz de mi padre desde algún rincón de mi memoria. Yo reprimí un escalofrío: por mucho que mi esposo fuese un buen guerrero, Kara y él no tenían nada que hacer contra toda Numancia.

Sentí algo más que miedo: sentí rabia. Pero no solo contra Avaro y sus seguidores, sino también contra mí misma.

«Enhorabuena, Cassia: no solo te has metido en un lío tú, sino que has metido en él a un niño inocente y a dos guerreros valientes. Y ni siquiera te estás enterando de lo que sucede a tu alrededor».

Apreté los puños. Entonces Avaro me señaló con un dedo huesudo y Leukón desenvainó su espada con un grito de guerra.

No atacó, todavía no. Pero ese gesto hizo que todo el mundo diese un paso atrás.

Incluso Karos se había puesto pálido al oír ese grito. En cuanto al propio Leukón, ya no parecía el hombre que reía a lomos de su caballo: tenía una expresión feroz y sus ojos habían adquirido un brillo peligroso. De no haberlo conocido, yo misma me hubiese sentido intimidada al verlo.

Karos intercambió unas palabras con él. Kara añadió algo en voz baja, pero Karos no dejó de contemplar a mi esposo.

Él seguía empuñando su espada y oí el siseo del metal cuando dos o tres personas blandieron las suyas también. Pero, cuando parecía que el derramamiento de sangre era inevitable, alguien más irrumpió en la escena.

Stena llegó caminando con el mismo aplomo que había mostrado en el bosque, como si no tuviese frente a ella a dos titanes a punto de batirse en duelo. A un lado, un druida sediento de sangre; al otro, un guerrero dispuesto a rebanar cuellos.

Resultaba extraño pensar que ese guerrero dispuesto a rebanar cuellos era mi devoto esposo.

La mujer sabia se detuvo frente al druida y dijo algo. Lo hizo con voz pausada, pero firme, sin apartar la mirada de Avaro en ningún momento.

El anciano palideció de ira, pero no osó contradecirla.

—Vamos, Cassia.

Fue Leukón quien habló. Me había puesto la mano izquierda en el hombro, pero aún tenía la derecha cerca de su espada. Yo no entendía lo que acababa de suceder, pero estaba convencida de algo: nos habíamos salvado por muy poco. Por eso decidí no tentar a la suerte y me limité a seguirlo bajo la atenta mirada de centenares de ojos.

XV

Leukón cerró la puerta detrás de nosotros, apoyó la espalda en ella y exhaló un largo suspiro. Yo me abracé a mí misma sin dejar de mirarlo.

—¿Qué le ha dicho Stena a Avaro? —murmuré.

—Unas cuantas cosas, me temo.

—Eso ya lo sé, pero ¿cómo lo ha convencido de que nos dejara en paz?

Leukón volvió a suspirar. Luego caminó pesadamente hasta el bancal y se dejó caer en él, y me indicó que me sentara a su lado. Yo lo hice sin pensarlo dos veces.

—Le ha dicho que nos habíamos casado bajo la protección de los dioses —murmuró él—. Y que, como tú eres mi esposa, yo no puedo dejar que te hagan daño sin romper mi juramento divino. Así que le ha instado a no provocar un derramamiento de sangre.

—¿Y ha funcionado?

Por lo poco que conocía a Avaro, dudaba que tuviese problemas con los derramamientos de sangre.

—Stena ha dicho que, si yo rompía un juramento divino, deshonraría a los belos. Y los belos nos tomamos el honor muy a pecho. —Leukón sonrió con amargura—. Stena ha sido muy astuta: ha convertido un asunto personal en un asunto tribal. Si Avaro hubiese insistido en obligarme a luchar, otros belos se hubiesen unido a mí, y a Karos no le hubiese gustado presenciar una carnicería. Se supone que los belos y los arévacos estamos unidos bajo su mandato. Ahora mismo se sentirá muy aliviado.

—¿Eso quiere decir que él también está de nuestra parte?

—¿Tú qué crees? Stena es su esposa.

Eso sí que no me lo esperaba.

—Lo sé, son una extraña pareja. —Leukón se encogió de hombros—. Stena es mayor que él y sospecho que Karos no entiende la mitad de lo que dice, pero están bien avenidos.

—Bueno —dije lentamente—, tú y yo tampoco somos una pareja muy normal.

—Eso es cierto.

Leukón se quitó la cinta que sujetaba su melena, de manera que los rizos negros cayeron libremente sobre sus hombros. Después se puso en pie para colgar su *sagum* de un gancho que había en la pared.

—¿No vas a quitarte toda esa ropa? —me preguntó mirándome por encima del hombro.

Aquella pregunta me turbó. Él debió de darse cuenta, porque alzó una ceja.

—Me refiero al *sagum*. Pasarás calor hasta que el fuego se apague.

—Es que aún tengo que salir —dije rápidamente—. Para ir a buscar a Calias. Quiero que viva conmigo. Si no te importa.

—Y aunque me importe —adivinó Leukón.

—La verdad es que no pienso separarme de él. —Me crucé de brazos, dispuesta a defender mi postura, pero él se limitó a contemplarme con un brillo divertido en los ojos.

—Lo sé, por eso ya he enviado a Kara a buscarlo.

—Vaya. —Tardé un momento en reaccionar—: Gracias.

—De nada. —Él sonrió—. Ahora Calias también es parte de mi familia.

Bajé la vista. No sabía por qué sus palabras me afectaban tanto.

—Calias puede dormir en la despensa —sugirió Leukón entonces— y nosotros aquí, junto al hogar.

La despensa debía de ser el cuarto pequeño situado detrás de la habitación más grande, el que estaba separado por la cortina. Me pregunté si Leukón querría que Calias durmiese allí para que nosotros dos tuviésemos intimidad y esa idea me puso nerviosa.

Ajeno a mis pensamientos, mi esposo apoyó la espalda en la pared.

—Mañana deberías visitar a Stena y darle las gracias por habernos ayudado. Yo puedo traducir tus palabras.

—Por supuesto que lo haré. —Me sentí un poco avergonzada, se me tendría que haber ocurrido a mí sola—. Aunque, si te digo la verdad, todavía me asombra.

—¿Qué te asombra?

—Que nos haya ayudado. —Comencé a pasearme por la habitación—. Nos ha casado en secreto, dándonos la bendición de vuestros dioses, y luego nos ha defendido de Avaro delante de todo el mundo. —Me detuve y lo miré pensativa—. ¿Es muy amiga tuya?

—No.

La frialdad con la que habló me sorprendió un poco, aunque una parte de mí ya esperaba esa respuesta.

—Eso me parecía —admití—. Tengo la impresión de que Kara y tú sois buenos amigos, pero Stena...

—Kara es como una hermana para mí, mataría y moriría por ella. Y ella haría lo mismo por mí. —Leukón se pasó la mano por la cara—. Pero me temo que Stena y yo no tenemos una relación demasiado estrecha.

—¿Entonces? —insistí—. ¿Por qué ha sido tan generosa con nosotros?

—Espera algo a cambio.

—¿De ti?

—De ti.

Cuando iba a preguntarle a qué se refería, la puerta se abrió de nuevo. Una figura pequeña y desgarbada apareció en el umbral y, nada más verme, entró corriendo.

—¡Señora!

Abrí los brazos para recibir a Calias en ellos. El chico me estrechó con fuerza y frotó su nariz contra mi mejilla como un cachorro.

—¡Señora, lo has conseguido! —Rio—. ¡Te has librado de ese hombre horrible!

—Eso parece —admití sonriéndole—. ¿Cómo estás tú? —Me aparté de él para observarlo—. ¿Qué has hecho mientras yo estaba ausente?

Calias me miró con gravedad.

—He estado vigilando —aseguró—. El druida se puso furioso al ver que te habías ido, así que empezó a dar vueltas por ahí, gritando y braceando, mientras todos los demás lo miraban con cara de susto. ¡Hay que ver, un mequetrefe como él tiene atemorizada a toda una ciudad! —El niño alzó la barbilla—. Si yo tuviese una espada, le daría una buena lección.

—No vas a tener una espada —le advertí— ni vas a darle lecciones a nadie. Vas a vivir aquí, en casa de Leukón, hasta que podamos escapar juntos...

—¡Señora! —Calias me interrumpió sobresaltado y dirigió una mirada de circunstancias a Leukón y Kara, pero yo lo tranquilicé:

—No te preocupes, querido: no entienden una sola palabra de griego. —Le pasé la mano por el pelo revuelto—. Y ahora, si no te importa, voy a decirle a mi esposo que nos dé algo de cenar.

Pronuncié las palabras «mi esposo» con un orgullo inadecuado, dadas las circunstancias. Carraspeé, avergonzada, pero Calias debió de pasarlo por alto, porque se limitó a acomodarse sobre las pieles que rodeaban el hogar. Me di cuenta de que las acariciaba con evidente satisfacción.

«Hay que ver cómo se adapta», pensé, «no parece echar de menos nada... ni a nadie».

Pero ¿a quién iba a echar de menos? ¿Al capitán Alexis?

Mi corazón dio un vuelco al pensar en él. ¿Se habría recuperado de su enfermedad, habría podido salvar su barco y regresar a Ostia? Una parte de mí lo deseaba fervientemente; otra parte, más egoísta, temía que ya no tuviese la oportunidad de volver a casa. Aunque, de todos modos, yo no podía marcharme de Numancia.

Todavía.

Leukón nos sirvió un guiso de conejo para cenar. Además de carne, llevaba zanahorias y una hierba cuyo nombre latino ignoraba mi esposo. Estaba un poco picante, pero muy sabroso; yo devoré mi ración y Calias rebañó su cuenco con un pedazo de pan de avena.

Kara cenó con nosotros, pero se retiró enseguida. Leukón colocó unas pieles en la despensa para Calias y el niño cayó rendido en cuestión de minutos; cuando se durmió, mi esposo retiró la cortina y lo arropó. Después, volvió a correrla.

—No puedo arroparlo cuando aún está despierto —me dijo en voz baja—, pero sí cuando duerme.

—¿Por qué?

—Es un chico duro, no quiero ablandarlo.

—¿Qué tiene de malo ser blando? —protesté al darme por aludida.

Leukón rio discretamente.

—Nada... si te gusta morir joven.

—¿Tan difícil es todo aquí? —pregunté, medio en broma.

Mi esposo se sentó en el bancal de nuevo y apoyó las manos en sus rodillas. El fuego dibujaba sombras en su cara.

—No más que en cualquier parte —murmuró—. Al menos, no hay esclavos.

—¿Lo dices por Roma?

—Sí, la verdad. —Se echó hacia atrás hasta que su espalda tocó la pared.

—Yo tengo una esclava —dije acercándome a él—. Se llama Melpómene y es mi mejor amiga.

—¿En Roma soléis comprar a vuestros amigos?

Esas palabras me dolieron tanto que me detuve al instante.

—Perdona —dijo Leukón al ver mi cara—, eso no ha estado bien.

Me tendió la mano, pero yo no la acepté. Aunque, tras un instante de vacilación, me senté a su lado.

—La echo de menos, ¿sabes?

Le hablé con aspereza. Pensé que, si me enfadaba, me sentiría menos triste.

—Lo entiendo. —El tono suave de mi esposo dio al traste con mis planes—. Perdóname, es solo que... Bueno, me cuesta entender algunas cosas de tu pueblo. —Suspiró—. No me gusta la idea de que se compren y vendan seres humanos, nunca me gustará, pero tú no tienes la culpa, Cassia. No debo olvidarlo.

Levanté la cabeza para mirarlo, sorprendida al escuchar mi nombre, y sentí una punzada de culpabilidad. Mientras yo planeaba la mejor manera de huir del salvaje con el que me había casado para salvar la vida, él trataba de comprender a su nueva esposa y se disculpaba por haber herido sus sentimientos. ¿En qué lugar me dejaba eso?

Traté de apartar esos pensamientos de mi mente y decidí aprovechar aquel momento de intimidad para hacer averiguaciones:

—Leukón, necesito preguntarte una cosa.

—Adelante.

—Durante la boda, has mencionado los nombres de tus padres. Tu padre...

—¿Sí? —me alentó.

—¿Era Tiberio Sempronio Graco, el cónsul?

Sus labios se curvaron en una sonrisa divertida. Desvió la mirada y el fuego se reflejó en sus ojos oscuros.

—No, Cassia. No era el mismo Tiberio Sempronio Graco.

—¿Y no es mucha casualidad que se llame igual que él?

—Estábamos hablando de esclavos, ¿recuerdas?

—Sí, ¿qué tiene que ver?

—Tú sabes mejor que yo qué pasa cuando un esclavo es liberado por su amo romano...

Abrí los ojos de par en par. Por supuesto que lo sabía: cuando un romano liberaba a un esclavo, este se convertía en un liberto... y adoptaba un nombre romano. Habitualmente, el nombre de la persona que lo había liberado.

—¿Tu padre es un liberto de Graco?

—Lo fue. Murió hace tiempo.

—Lo siento.

—Yo también, era un buen hombre. —Frunció el ceño—. Y sí, fue un esclavo y después un liberto. Un liberto de Graco.

Había dejado de sonreír. Tenía el rostro vuelto hacia el hogar, pero yo sospechaba que no lo estaba viendo realmente, que sus pensamientos estaban muy lejos de allí. La expresión concentrada de su rostro le hacía parecer mayor de lo que era.

—¿Cuántos años tienes? —le pregunté impulsivamente.

—Diecinueve, ¿y tú? —Me miró de reojo.

—Veinte —dije lentamente—. Pensaba que eras mayor que yo.

—Yo pensaba que tú eras más joven que yo.

—¿Y tienes acaso algún problema con que no lo sea?

—Ninguno en absoluto. —Resopló y volvió a contemplar el fuego—. Yo tenía dos años cuando mi padre fue capturado por los romanos y vendido como esclavo en Ampurias. Graco lo compró al poco tiempo, pero no lo liberó hasta mucho tiempo después. —Hizo una pausa—. Para cuando regresó, mi madre ya había muerto. Entonces yo tenía doce años.

—Lo siento muchísimo.

—Yo también. —Él apretó los labios—. Mi padre estaba deseando volver a Sekaisa, pero las cosas habían cambiado en su ausencia. Algunos pensaban que era un deshonor haber sido capturado por los romanos.

—Pero si él no tuvo la culpa...

—Claro que no. —Leukón soltó un bufido—. Pero mi padre no era como yo. Aunque deseaba volver a casa, no odiaba a los romanos, ni siquiera a Graco. En cierto modo, incluso lo admiraba. Por eso me obligó a aprender latín.

—Me alegro de que lo hiciese.

—Yo también —admitió a regañadientes—. Pero me alegro ahora. En su día...

Hizo un gesto un poco grosero para indicar lo que le había parecido en su día.

—Entonces, ¿tú odias a los romanos? —quise saber—. ¿Tengo que dormir preparada para que me asestes una puñalada en el corazón?

Él me miró sobresaltado.

—No digas eso ni en broma. —Ya no había ni rastro de aquella expresión sombría en su rostro, solo una profunda determinación—. Nunca dejaría que te hiciesen daño.

—¿Por qué?

—Porque eres mi mujer.

—¿Y antes? —Me levanté del bancal.

—¿Antes?

Me acerqué a la ventana y retiré una esquina de la piel que la cubría. Necesitaba un poco de aire fresco... y huir de los ojos de mi marido.

—¿Por qué has hecho esto, Leukón? —dije en voz baja—. ¿Por qué te has casado conmigo? Y no digas que lo has hecho solo para ayudarme.

—No iba a decir eso. —Estaba de espaldas a él, pero hubiese jurado que sonreía—. No voy por ahí casándome con todas las personas a las que quiero ayudar.

—¿Entonces? —insistí—. ¿Por qué?

—Porque me gustas. No me importa estar casado contigo.

—¿No te importa? ¿Ese es un motivo para casarte?

—¿Pretendes que haga arder Troya por ti, Helena?

La referencia a *La Ilíada* me dejó asombrada: no esperaba oír hablar de un poema de Homero en la tierra de los salvajes. Me giré y vi que Leukón me observaba con una ceja enarcada y los brazos cruzados sobre el pecho.

—¿Cómo conoces *La Ilíada*? —le pregunté.

—Kara la conoce. Me la ha contado y me gusta, aunque, si quieres mi opinión, lo que hizo Paris con Helena fue un acto de cobardía, además de una estupidez. El verdadero héroe de Troya fue Héctor.

—¿Kara se sabe *La Ilíada*? Pero ¿cómo puede una celtíbera...?

—No estamos hablando de Kara, sino de nosotros dos —me interrumpió Leukón—. ¿Qué es lo que quieres saber?

—Pues... No sé, ¿qué esperas de este matrimonio?, ¿qué quieres de mí exactamente?

Durante unos segundos, él se limitó a observarme. Con tanta intensidad que yo tuve que girar el rostro y fingir que miraba por la ventana otra vez para calmar mi corazón acelerado.

Luego habló, y lo hizo en voz tan baja que apenas se le oía por encima del crepitar del fuego:

—Quiero muchas cosas, Cassia Minor —admitió con cautela—. Quiero que nos llevemos bien, que nos hagamos compañía. Quiero que comamos juntos, que bebamos y que celebremos los momentos importantes de nuestras vidas. Que riamos juntos, como hemos hecho antes, cuando cabalgábamos hacia aquí, y que no tengas miedo de llorar por tu esclav..., eh..., por Melpómene delante de mí.

Mis manos seguían posadas en el alféizar de la ventana, no me atrevía a moverme de allí. Ni siquiera me atrevía a respirar en ese instante.

Pero Leukón aún no había terminado:

—Quiero que me ames —concluyó con sencillez— y que me dejes amarte. Quizá no nos amemos todavía, pero me gustas. Y quiero gustarte, al menos, hasta que puedas sentir algo más por mí.

Dioses, no. No podía seguir escuchándolo.

Yo iba a marcharme de Numancia, no quería dejar un corazón roto detrás de mí. Ni siquiera un orgullo herido.

—Pero me has hecho dos preguntas —añadió Leukón momentos después—. Ya te he dicho lo que quiero, pero ¿qué espero? Nada. Tú no me debes nada.

Dando por finalizada la conversación, el joven guerrero se tendió sobre las pieles del suelo y cerró los ojos. Yo me quedé mirándolo en silencio hasta que su respiración se acompasó.

Sentía algo en el corazón. Algo molesto y de lo que, sin embargo, no me podía librar.

No sé cuánto tiempo pasé junto a la ventana; solo sé que, cuando me decidí a apartarme de ella, mi esposo ya estaba profundamente dormido.

Yo no tenía sueño. Me quité el *sagum* en silencio, cogí el caballito de bronce y me lo llevé al lecho de pieles. Leukón me había reservado la parte más caliente, lo cual me hizo sentir vagamente avergonzada una vez más. Tenía mucha más consideración conmigo de la que yo tenía con él.

Entonces recordé la moneda que Calias me había regalado. La saqué de mi botín y la sostuve junto al broche; los dos objetos adquirieron un brillo rojizo a la luz de las llamas. Los hice girar en mis manos durante unos segundos y después, siguiendo un impulso, me arrodillé junto a Leukón y deposité la moneda al lado de su cabeza.

Él no se movió. Despacio, alargué la mano para colocarle un rizo detrás de la oreja y me acosté a su lado. A una distancia prudencial de él, eso sí.

Seguro que a Calias no le importaba que le diera esa moneda, lo único que podía compartir en aquel lugar. Ya me había quedado claro que, en cierto modo, admiraba a Leukón.

Cerré los ojos y, justo antes de caer presa del sopor, me di cuenta de algo: aquella había sido mi noche de bodas.

«Pues qué romántica», dijo una vocecilla burlona dentro de mi cabeza antes de que el sueño me venciera.

XVI

Me despertó un olor agradable.

Abrí los ojos y me estiré. Leukón ya no estaba tumbado junto a mí, sino arrodillado frente al hogar. Cocinando. De ahí venía aquel olor, del pequeño caldero que mi esposo estaba removiendo con paciencia.

Estaba tan cómoda entre las pieles que me hice la dormida durante unos minutos más, hasta que el rugido de mis tripas me hizo sentarme.

—Buenos días. —Leukón levantó la vista y me sonrió brevemente—. ¿Has descansado bien?

—Sí, bastante bien.

Intenté peinarme con los dedos, pero no obtuve un gran resultado. Resignada, me asomé por encima de su hombro para ver el contenido del caldero: era una pasta blancuzca llena de grumos.

—¿Qué es eso? —Su aspecto me resultaba vagamente familiar.

—Gachas de avena.

—Ah, como el *puls*.

—¿El *puls*?

—Así llamamos los romanos a las gachas, pero las

nuestras son de trigo, no de avena —expliqué—. Tampoco las tomamos por la mañana, sino por la noche, y casi siempre les echamos miel para endulzarlas.

—Nosotros comemos gachas por la mañana y las mezclamos con manteca, pero podemos prepararlas por la noche, si lo prefieres, y añadirles miel.

—No, está bien así.

—Por cierto —dijo Leukón mientras daba vueltas a las gachas—, anoche se te cayó algo.

Señaló la moneda, que había colocado con sumo cuidado en el bancal. Verla me hizo recordar la noche anterior.

—No se me cayó, la dejé ahí para ti —admití con cierto nerviosismo—. Es una moneda del reino de Numidia y me parece bastante bonita. Me la dio Calias, pero no creo que le importe que ahora sea tuya.

—Pero ¿por qué me la das?

—Porque ayer no te hice ningún regalo.

—Eso da igual.

—A mí no me da igual.

Volvió a mirarme con un brillo extraño en la mirada. ¿Era cosa mía o tenía ganas de reír?

—En ese caso, te doy las gracias. —Volvió a concentrarse en la comida, pero luego añadió—: Sin embargo, me parece que en Numidia nunca han visto un caballo.

—¿Qué quieres decir?

—¿Has visto la cruz de la moneda? —resopló—. ¡Si eso es un caballo, yo soy una gallina!

—No es un caballo, hombre. —No pude reprimir una sonrisa—. Es un elefante.

—¿Un... qué? —Él arqueó las cejas.

—¿No sabes qué es un elefante?

—No, la verdad es que no.

Pasé los siguientes minutos tratando de darle una descripción más o menos detallada. Quizá exageré un poco, porque Leukón empezó a mirarme con cara de preocupación.

—¡Por Cernunnos! ¿Existen bestias de ese tamaño?

—Sí, eso me temo.

—¿Y no son peligrosas?

—Solo si las provocas.

—Ah, entonces son como yo.

Iba a soltar una carcajada, pero me di cuenta de que lo decía en serio y me contuve a tiempo.

—Sí, Leukón. Los elefantes son como tú.

Me di la vuelta para reír en silencio. En ese momento, Calias asomó la cabeza por detrás de la cortina.

—Llegas justo a tiempo para el desayuno —dije suspirando. Él me dirigió una mirada suspicaz, pero yo solté una última risa baja y fui a abrazarlo—. ¿Has dormido bien?

—Sí, señora, gracias. —Miró a Leukón por encima de mi hombro y vi que sus mejillas se habían teñido de rojo.

—Hola, Calias —Leukón le habló en latín y el niño se quedó mirándolo un tanto perplejo, pero después le sonrió con nerviosismo.

—No te entiende —dije yo.

—Ya lo hará. —Leukón no parecía preocupado—. Con el tiempo. Y tú también.

Dio una palmada en el suelo para indicarle a Calias que se sentara a su lado y los tres hicimos nuestra primera comida juntos. Fue tranquila, aunque a mí me cansaba un poco ir pasando del latín al griego. De todos modos, me alegraba de tener compañía; no olvidaba lo sola que me había sentido en la bodega del *Quimera*.

Parecía que habían pasado años desde entonces.

Por otro lado, las gachas estaban comestibles, lo cual fue un alivio para mí. No hubiese podido soportar alimentarme de pan seco y bellotas para siempre.

«Para siempre no, Cassia», me recordé a mí misma, «solo hasta que te vayas».

Sí. Solo hasta entonces. No debía olvidarlo, todo lo que estaba viviendo en Numancia pronto no sería más que un recuerdo.

Nada más desayunar, Leukón se levantó y se puso su *sagum*.

—Tengo cosas que hacer —anunció. Y, sorprendentemente, se dirigió también a Calias—. Tú también vienes.

—¿Cómo? —Yo me detuve frente a él con los brazos en jarras—. ¿A dónde vais?

—Calias tiene que conocer a los demás niños de Numancia —dijo mi esposo poniéndole las manos en los hombros. Calias me miró con aire confundido.

—¿Qué dice Leukón, señora?

—Que vas a conocer a los demás niños de Numancia.

—Ah, bueno.

—¿No te importa?

—Supongo que no tengo nada mejor que hacer. —Se encogió de hombros—. Y no quiero quedarme encerrado aquí.

Lo comprendía, desde luego. Entonces me pregunté si yo tendría que hacerlo.

—¡Espera, Leukón! —dije al ver que se disponía

a marcharse de inmediato—. ¿Puedo ir a ver a Stena esta mañana?

—Mejor no.

—Pero dijiste que debía darle las gracias...

—Y debes, pero iremos juntos más tarde, cuando yo vuelva.

—¿Y cuándo será eso?

—Al atardecer.

—¿En serio? —bufé—. ¿Voy a tener que estar todo el día sin hacer nada?

—Hay cosas que hacer en casa —dijo él sin perder la paciencia—. Puedes aprender a usar el telar, por ejemplo. Yo apenas tengo tiempo para eso y me vendría bien algo de ayuda.

Señaló el rudimentario telar que había junto a la puerta, casi sobre la trampilla de la bodega. Yo me quedé mirándolo durante unos segundos y suspiré.

—El telar —repetí confiada—. Bien.

Mal. Fue muy mal.

Nunca había usado un telar como ese. Mejor dicho: no solía usar ningún telar. A mi madre y a Melpómene les gustaba tejer, pero yo prefería cantar, tocar la lira o pintar mosaicos. Por desgracia, mi madre consideraba que cantar y tocar la lira eran actividades demasiado relajadas, y se suponía que pintar mosaicos era una tarea de hombres (como si las mujeres no tuviésemos dos manos para hacerlo).

Para colmo de males, el telar celtíbero no se parecía mucho al telar romano: el soporte era tosco y las pesas oscilaban en todas las direcciones, enredando los hilos. Una de ellas me golpeó la rodilla y me hizo maldecir de una forma que hubiese escandalizado a mi madre. Apenas logré tejer unas cuantas hileras antes de darme por vencida.

Aún era mediodía. Leukón no volvería hasta el atardecer; mientras tanto, yo debía quedarme en casa. O eso me había dicho él. Desobedecer era una posibilidad, naturalmente, pero lo cierto es que no quería arriesgarme a salir sola, en parte porque no entendía la lengua de los celtíberos y en parte porque podía encontrarme con Avaro, Aunia, Ambón o algún otro numantino deseoso de verme arder en la hoguera.

No, la idea de escabullirme no me seducía demasiado. Pero, una vez descartado el telar, tampoco se me ocurría nada que hacer en casa.

—Dioses —dije en voz alta—, no me había dado cuenta de lo inútil que soy.

Esa idea me dejó abatida. ¿Por qué nada de lo que se me daba bien servía de gran cosa a la hora de la verdad? ¿Por qué Leukón ni siquiera se había tomado la molestia de enseñarme a hacer cosas más prácticas, como cocinar? Estuve a punto de arriesgarme a husmear en la despensa para preparar algo, pero luego pensé que sería una lástima desperdiciar nuestros víveres si mi experimento salía mal. Y había muchas probabilidades de que saliese mal.

Entonces me fijé en algo que descansaba en un rincón: era un torno. Rudimentario, pero reconocible como tal.

—Esto ya me gusta más —sonreí sin darme cuenta.

Fuera había empezado a llover. Salí de casa con cautela, pero no fui más allá de la cuadra de Trueno: me agaché junto al aljibe (los celtíberos no tenían *impluvium*, como los romanos, sino un simple hueco cubierto de piedras lisas para recoger el agua de lluvia) y me hice con un buen puñado de tierra arcillosa. Satisfecha, decidí ponerme manos a la obra de inmediato.

—¡Por Cernunnos y Baelistos! —exclamó Leukón al entrar en casa.

Yo lo saludé con la mano desde el centro de la habitación. Cuando lo hice, esparcí trocitos de arcilla por todas partes sin querer.

—¡Vaya! —Dejé caer el brazo de inmediato.

Mi esposo me miraba con estupor. Se le había deshecho la trenza y un rizo le caía por la mejilla, pero se lo apartó con un gesto impaciente y entró en casa.

—¿Qué estás haciendo, mujer?

—Cosas de barro, ¿no lo ves? —Señalé la pequeña colección de vasos y vasijas que había ido esculpiendo y colocando con sumo cuidado a mis pies—. Cuando salga el sol, las pondré a secar. ¡Mira, esta de aquí la he decorado y todo!

Le mostré el pequeño recipiente, que había adornado con trazos geométricos, pero él no pareció muy entusiasmado.

—¿Qué pasa? —me impacienté—. ¿He hecho algo malo?

—No, no. —Él ni siquiera se quitó el *sagum*—. Pero no necesitamos recipientes, tenemos de sobra. Ropa, en cambio...

—Oye, he intentado usar el telar y es imposible.

—¿Lo es?

No me gustó el tono que empleó. Me quité un trocito de barro de la palma de la mano y me puse en pie.

—Te recuerdo que acabo de llegar a Numancia y no tengo ni la menor idea de cómo hacéis las cosas aquí. Si me hubieses enseñado a usar el telar antes de largarte, hubiese podido hacer algo con él.

—No me has pedido que te enseñara. —Leukón resopló—. Lo hubiese hecho gustosamente.

—He intentado ser útil de algún modo.

—Y te lo agradezco, pero... —Leukón abarcó la habitación con el brazo. Hasta ese momento, no me había dado cuenta de que había invadido (y ensuciado) casi toda la casa con mis creaciones.

Me sentí avergonzada. Y triste.

—Bueno, pues nada —suspiré—. No volveré a usar el torno.

—Puedes hacerlo cuando sea necesario —dijo Leukón con suavidad.

Intenté apartarme el pelo de la cara, pero solo logré ensuciármela de barro. Cada vez me sentía más ridícula.

—¿No te quitas el *sagum*? —pregunté por decir algo.

—Tenemos que ir a ver a Stena.

—¿Ya? ¿No puedo lavarme?

—Es mejor que no le hagamos esperar.

No tenía ganas de llevarle la contraria. Humillada y cubierta de arcilla, cogí mi propio *sagum* y lo seguí por una de las calles diagonales. Caía una ligera llovizna que me limpió el rostro, lo cual me devolvió una parte de mi maltrecho orgullo. Aunque solo tardamos unos minutos en llegar a casa de Karos y Stena, nos cruzamos con unas cuantas personas y todas ellas repetían la misma palabra al verme pasar.

—¿Qué dicen? —le pregunté a Leukón.

—Romana.

—Esperaba algo peor.

—¿Peor que eso?

Tragué saliva. A veces olvidaba que su pueblo estaba en guerra con el mío.

Por suerte, pronto llegamos a casa de Karos y Stena, y Leukón me hizo pasar en primer lugar. Llegué a la conclusión de que todas las casas de Numancia se parecían entre ellas; la de sus líderes poseía una diminuta bodega, un almacén discreto y una estancia más amplia en la que todo se distribuía alrededor del hogar. En ese sentido, no era muy distinta de la de Leukón, aunque había algo que revelaba el estatus de sus dueños: armas.

Había espadas y lanzas colgadas de las paredes. Rodelas con el símbolo del dios Lug, una especie de triángulo cuyos vértices acababan en espirales, pintado en el cuero. Puñales decorados y grebas abrillantadas. Karos de Sekaisa era un líder guerrero y no pretendía dejar que su gente lo olvidara.

Stena estaba sola cuando llegamos. No dijo nada al principio: al vernos entrar, nos indicó que nos sentáramos junto al fuego y nos sirvió dos vasos de un líquido de color amarillento. Mientras lo hacía, me fijé en que su melena castaña tenía algunas hebras plateadas. Definitivamente, era mayor que su esposo.

—Gracias —dije aceptando mi vaso.

Probé un sorbo de lo que contenía y estuve a punto de escupirlo, pero me controlé. Vi que Leukón disimulaba una sonrisa.

—¿Te gusta nuestra *caelia*, querida? —preguntó con tono amable.

Stena me miraba con interés.

—Sabe a orina —contesté sin perder la sonrisa—. ¿Esto es una trampa para envenenarme?

—No, solo es una cerveza un poco fuerte.

Mi esposo vació el vaso antes de devolvérselo a Stena. Yo contuve la respiración y lo imité.

Puaj. Aquel mejunje era imbebible.

—La *caelia* es muy popular aquí —añadió Leukón—. Más vale que te acostumbres a ella.

—Vete al infierno.

—¿Te parece elegante hablarle así a tu esposo?

—Lo que no es elegante es hablar en latín delante de Stena —observé—. Tradúcele mis palabras, por favor.

—¿Menciono que su cerveza te sabe a orina?

—Solo dile que le estoy muy agradecida por lo que hizo ayer.

Leukón le transmitió mi mensaje. Stena lo escuchaba con atención, pero me miraba a mí. Sus ojos me recordaban a los de una cierva, pero tenían la mirada de un búho, siempre atenta.

La mujer contestó algo.

—Stena dice que no le des las gracias, ya que se alegra de que estés entre nosotros. —Leukón apretó los labios ligeramente—. Algo trama.

—Pregúntale por qué se alegra. —Ignoré lo último que dijo.

Stena se lo explicó con voz pausada. Leukón tardó un poco en traducirla:

—Dice que confía en ti. Que sabe que vienes de un pueblo... *civilizado*. —Pareció costarle un gran esfuerzo pronunciar esa palabra—. Y que está deseando que habléis con calma.

—¿Sobre qué?

—No quiere decírmelo.

—¿Cómo...?

Stena me interrumpió para volver a hablar. Dio un breve discurso que Leukón tradujo arrastrando las palabras:

—Dice que no quiere que yo me meta en vuestros asuntos y que por eso debes aprender nuestra lengua lo antes posible. Ella te ayudará.

Noté que mi marido había tensado los hombros.

—Leukón, si Stena no te agrada... —empecé a decir, pero él levantó una mano para pedirme silencio.

—Eso da igual. Stena nos ha ayudado; de no ser por ella, no estaríamos aquí. Así que te aconsejo que hagas lo que te dice.

—Bien. De todos modos, quería aprender vuestra lengua igualmente.

Me di cuenta de lo que acababa de decir. ¿Por qué quería aprender la lengua de los celtíberos? Puesto que pretendía marcharme de allí lo antes posible, sería una pérdida de tiempo.

Ajena a mis pensamientos, Stena siguió hablando y, por primera vez en todo ese rato, sonrió levemente. También se inclinó para tocarme el brazo y comprobé que su mano estaba agradablemente tibia.

—Stena dice que cuentes con ella —tradujo Leukón una vez más.

Por alguna razón, sentí el impulso de tocar la mano de Stena yo también. Si mi gesto sorprendió a la mujer sabia, lo disimuló perfectamente; se limitó a responder con un pequeño apretón y después me soltó con delicadeza.

—Es hora de irnos —dijo Leukón.

Stena no se despidió de nosotros. Yo la miré por última vez antes de salir: no era una mujer hermosa, pero, cuando el fuego se reflejó en su cara pálida, tiñéndola de rojo y ámbar, entendí qué había visto en ella el joven y afamado Karos de Sekaisa.

Cuando volvimos a casa, Calias estaba de mal humor. Mi esposo tampoco parecía muy animado y yo volví a sentirme mal al ver los restos de mi obra esparcidos por el suelo. Coloqué el torno en su sitio y, con un suspiro, junté los vasos que había fabricado e hice una gran bola de arcilla con ellos.

—¡No hagas eso! —Leukón se las arregló para salvar el que yo le había mostrado—. ¿No decías que ibas a secarlos al sol?

—No —dije con orgullo—. Si a nadie le gustan, no tiene sentido que los guarde.

—Yo nunca he dicho que no me gustaran. —Mi esposo frunció el ceño y dejó aquel vaso con dibujos geométricos junto a él. Casi desafiante.

Yo le di la espalda, pero enseguida volví a mirarlo con disimulo. Había empezado a despellejar un conejo con el ceño fruncido y, mientras se enseñaba con el pobre animal, yo intenté hablar con Calias, pero el niño respondía con monosílabos y me cansé de él al cabo de unos minutos.

«Hombres», pensé fastidiada. Casi tenía ganas de volver con Stena, pero suponía que Karos ya se habría reunido con ella. Me senté junto al fuego y, durante un buen rato, solo se oyó el crujido del hogar y el desagradable sonido del cuchillo de desollar sobre la piel del conejo.

Hasta que, de pronto, oímos unos golpecitos en la puerta.

—Quizá sea Kara —comenté en voz alta.

—Lo dudo —rezongó Leukón—. Kara no sabe llamar sin echar la puerta abajo.

Me permití esbozar una pequeña sonrisa. Leukón se secó la frente sudorosa con el antebrazo, dejó el conejo y el cuchillo en el suelo y fue a abrir la puerta.

Oí cómo hablaba con una mujer, pero no la invitó a entrar. Yo no podía verla desde donde estaba y me parecía mal asomarme solo para curiosear, por lo que aguardé pacientemente hasta que Leukón se despidió y regresó junto al fuego.

Entonces vi que llevaba algo entre las manos. Era una pieza de tela y, cuando la desplegó, comprobé que se trataba de una túnica de lana.

—Qué bonita —comenté. La lana estaba sin teñir, pero tenía adornos bordados en las mangas.

—Es un regalo de Aunia —dijo Leukón doblándola con cuidado.

—¿De Aunia? —repetí con un bufido—. ¿La misma Aunia que colaboró con Avaro para quemarme en la hoguera?

—Ella solo hizo lo que le decían.

—Y gustosamente, por cierto.

Leukón me miró con recelo. Calias debió de notar que estábamos tensos, porque hizo ademán de decir algo, pero yo estaba demasiado pendiente de mi esposo como para prestarle atención.

—¿Qué quieres decir con eso? —bufó él.

—Tú viajabas con Aunia cuando nos conocimos. —hablé con tono ligero, pero no dejaba de mirarlo fijamente—. ¿Sois muy amigos?

—Somos compañeros de armas. —Leukón parecía reacio a seguir hablando del tema, pero yo no iba a rendirme tan fácilmente:

—¿Aunia tiene marido?

—¿Qué insinúas?

—¿Tiene marido o no?

—Es viuda —dijo Leukón con aspereza—, y no entiendo a qué viene esto.

—A que no me hace gracia que una mujer que ha intentado que me quemasen viva te regale túnicas.

—¿Pasa algo, señora? —preguntó finalmente Calias.

—¿Te pasa algo a ti? —repliqué—. Porque cualquiera diría que te has quedado mudo de repente.

Le hablé con tanta dureza solo porque estaba irritada con mi marido, pero él me giró la cara y tan solo gruñó:

—No, a mí no me pasa nada.

Estuve a punto de insistir, pero entonces Leukón volvió a la carga:

—No culpes a Aunia de los planes de Avaro —insistió—. Ella solo sigue órdenes.

—Kara estaba en su misma situación y me ayudó, tiró mi cena para que no me sacrificaran.

—Kara es valiente y Aunia teje túnicas. Cada uno hace lo que puede.

—¿Como colaborar gustosamente en el sacrificio de una persona inocente?

—No quiero seguir hablando de esto, Cassia.

Leukón arrugó la túnica de cualquier manera y la arrojó a la otra punta de la habitación. Luego se tumbó en las pieles y cerró los ojos.

Yo me quedé mirándolo durante unos segundos. Se me había ocurrido una idea muy desagradable.

—Leukón, ¿le has pedido a Aunia que te hiciese una túnica? —murmuré.

Mi esposo volvió a abrir los ojos y se incorporó bruscamente. Ahora sí que parecía enfadado de verdad.

—¿Qué? —dijo con tono incrédulo—. ¿A qué viene esto?

Yo levanté la barbilla para disimular mi nerviosismo.

—Como yo no sé usar el telar, quizá hayas pensado que...

—¿Crees que soy un inútil que no sabe hacerse sus propias túnicas? —estalló mi esposo—. ¡Por Cernunnos, Cassia, Aunia me ha hecho un regalo y lo he aceptado por cortesía, eso es todo!

—¡Pues muy bien! —Yo también estaba molesta—. ¡Acepta todos los regalos que quieras!

Me senté en el bancal, me abracé a mí misma y cerré los ojos solo para no ver a aquel maldito bárbaro delante de mí. Pero él habló al cabo de un momento:

—No irás a dormir ahí, ¿verdad?

—No veo por qué no —dije empeñada en mantener los ojos cerrados.

—Muy bien —le oí gruñir—. Como tú prefieras.

Oí sus pasos acercándose y, momentos después, sentí el roce áspero de su *sagum* en mis hombros. Acababa de echármelo por encima para que no tuviese frío, pero yo me deshice de él sin miramientos. Volvía a tener los ojos abiertos y estaba segura de que echaban chispas.

—Estupendo —suspiró él—. Congélate, si es eso lo que quieres.

Me dio la espalda y volvió a acostarse. Casi esperaba que dijese algo más, pero no lo hizo y yo decidí dejarlo en paz esta vez.

Entonces me di cuenta de que Calias ya se había

metido en sus pieles. Pensé que me hubiese gustado darle las buenas noches, pero ya era tarde para eso.

Resignada, recuperé el *sagum* de mi marido y me envolví con él. Estaba impregnado de su olor y, por alguna razón, eso me provocó una pena indescriptible. Una pena que no comprendía.

Una parte de mí deseaba fervientemente meterse en el lecho, abrazar a Leukón y pedirle disculpas por lo que le había dicho, por haber desconfiado de él de ese modo. Pero no fui capaz de hacerlo, por lo que me puse a rezar en silencio.

Pero no les recé a los *lares*. Ni a Júpiter, Juno ni Minerva.

«Hola, Epona. Tú eres la diosa que me protege aquí, ¿verdad? Siento no haberte hablado hasta ahora, pero no sabía por dónde empezar...».

XVII

Los siguientes días no fueron muy agradables.

Por la mañana, Leukón y Calias se marchaban y me dejaban sola. Después de haber discutido con mi esposo, no tenía ganas de aprender a usar el dichoso telar, pero la idea del torno tampoco me seducía demasiado. Por alguna razón, Leukón se había empeñado en colocar aquel diminuto recipiente de barro junto a nuestro lecho, y yo no sabía cómo sentirme al respecto.

Sea como fuere, ahora sí que tenía algo que hacer fuera de casa: visitar a Stena para que me enseñara la lengua de los celtíberos.

Mi lengua materna era el latín, naturalmente, y también había aprendido griego gracias a Melpómene. Pero solo conocía esas dos lenguas, y ninguna de ellas se parecía remotamente a la que hablaban los bárbaros de la Celtiberia.

Stena era una maestra implacable. Al principio yo no entendía nada de lo que me decía, pero a ella no parecía importarle, pues seguía hablando, acompañando sus palabras de gestos y señalando aquellos objetos que mencionaba específicamente.

La primera palabra celtíbera que aprendí fue «fuego» y la segunda, «casa». La tercera fue «guerra», lo cual me hizo comprender unas cuantas cosas. Y es que «fuego», «casa» y «guerra» resumían bastante bien cómo era la sociedad numantina. Las creencias de esas gentes giraban en torno al fuego, que asociaban a dioses como Lug y Baelistos, y su corazón estaba en el hogar, en torno al que se reunían con sus seres queridos. En cuanto a la guerra, era algo más que una ocupación para ellos: era una forma de vida.

Mientras Stena y yo conversábamos, también hacíamos otras cosas. Y así fue como, poco a poco, yo fui aprendiendo a cocinar algunos platos simples, como el guiso de conejo y la sopa de bellotas, y a remendar la ropa y abrillantar las armas. Eran tareas sencillas que me permitían concentrarme en las palabras de la mujer sabia.

Aquellos primeros días en Numancia fueron soportables gracias a Stena, por quien comencé a sentir un curioso afecto. Leukón estaba ausente la mayor parte del día y, en ocasiones, volvía después de cenar; en cuanto a Calias, se comportaba de un modo extraño.

Hacía poco tiempo que conocía a ese niño, pero juntos nos habíamos enfrentado a situaciones críticas. Hasta entonces, me parecía un muchacho avispado, amable y con un peculiar sentido de la lealtad; sin embargo, últimamente se encerraba en sí mismo y parecía irritado durante la mayor parte del tiempo. Primero eso me molestaba, pero pronto empezó a preocuparme, por lo que decidí hablar con él.

Escogí una tarde ventosa y gris. Yo había vuelto temprano de casa de Stena y estaba preparando una sopa de habas para la cena; Calias llegó arrastrando los pies, colgó su *sagum* del gancho y se tumbó en las pieles con un suspiro.

—¿Qué tal el día? —le pregunté en griego.

—Bien.

Mentía. Lo supe sin necesidad de mirarlo.

—Ven aquí y ayúdame a darle vueltas a la sopa, ¿quieres?

El niño se levantó. Estaba más arisco que de costumbre, pero no se había vuelto desobediente todavía.

—¿Va todo bien, querido? —le pregunté mientras le entregaba el cucharón.

Él tenía la mirada fija en el caldero que burbujeaba.

—Sí, señora.

—Me alegro. —Callé durante un momento—. A mí no me va tan bien, ¿sabes?

Calias dejó de remover la sopa y parpadeó un par de veces. Sin mirarme.

—¿No, señora?

—No —dije con sinceridad—. Me está costando mucho adaptarme a este lugar porque todo es nuevo para mí: la comida, las costumbres y la gente.

—No sé si me gusta la gente, señora —respondió él al cabo de un momento. En voz baja, como si temiera ser escuchado—. Creo que no.

Escogí con cuidado mis siguientes palabras:

—¿Qué te han parecido los otros niños de Numancia?

Calias frunció el ceño y, por fin, me miró.

—No me han parecido niños, señora.

No dije nada, tan solo aguardé. Sospechaba que estaba a punto de averiguar el motivo de su malestar, pero no quería presionarlo demasiado.

Momentos después, él sacudió la cabeza.

—No me gusta que los adultos piensen que los niños somos tontos o que no podemos valernos por nosotros mismos. Cuando un niño es rico, hay veces que las personas mayores que le rodean le impiden hacer cosas, creyendo que no va a saber hacerlas, y entonces ese niño rico nunca aprende y sigue siendo un niño durante toda su vida. Eso no es bueno.

—No, no es bueno —admití sin saber muy bien adónde quería ir a parar con todo ese discurso.

—Yo no soy tonto —siguió diciendo Calias— y puedo valerme por mí mismo. Lo he demostrado.

—Por supuesto, querido.

—He navegado con el capitán Alexis y he visto muchas cosas. No soy ningún blandengue, pero sigo siendo un niño, señora —suspiró—. Y los niños de Numancia no son niños, son como... guerreros pequeños.

Yo empezaba a comprender lo que intentaba decirme.

—¿Y han decidido declararte la guerra a ti, Calias?

Él bajó la vista y tragó saliva antes de contestar:

—Sí, señora. Pero no quiero que se lo digas a Leukón.

—¿Por qué no?

—Porque no quiero que piense que soy un blando.

—Verás, Calias, mi marido y yo no estamos de acuerdo con respecto a eso de ser un blando —dije con frialdad—. Él opina que un blando es alguien débil y yo opino que un blando es alguien que no necesita blandir su espada o dar alaridos para conseguir que lo respeten.

—¿Tú crees que a Leukón lo respetan porque blande su espada o da alaridos, señora?

Calias lo preguntaba en serio. Por si acaso, decidí no contarle que mi esposo se había comparado a sí mismo con un elefante.

—Supongo que lo respetarán por otras razones. Quizá porque es valiente o porque protege a los demás.

«Incluso a una romana como yo», pensé con cierta amargura.

—¿Tú lo respetas? —Calias me miraba con curiosidad.

—Sí, claro —dije sin mentir.

—Por favor, no le cuentes esto. Si se entera...

—No se lo contaré, puedes estar tranquilo. —Suspiré—. Pero me gustaría saber los nombres de los niños que te están molestando.

—Son todos, señora.

—¿Toda Numancia te está molestando? —Alcé las cejas—. ¿Estás seguro de eso?

—Bueno, no —confesó él—. Son solo dos niños, pero los demás no se atreven a llevarles la contraria, así que es como si fuesen todos.

—Dime sus nombres.

—Tiresio y Unibelos —reveló—. Los hijos de Aunia.

Aquella frase me dejó de piedra.

—¿Los hijos de... Aunia?

—De la misma que conocemos, señora, la de la túnica —dijo Calias con una sonrisa cargada de amargura—. Sus hijos son mellizos y tienen diez años, uno menos que yo.

Comprendí por qué no había querido decirme nada hasta entonces: debía de avergonzarle que dos niños más pequeños que él lograran atormentarlo.

Sentía pena por Calias, pero lo disimulé; Calias no necesitaba compasión, sino ayuda.

—¿Adónde vas, señora? —preguntó al ver que yo me ponía en pie.

—He olvidado decirle algo a Stena, pero volveré enseguida y seguiremos hablando.

Me eché el *sagum* por encima de los hombros, lo sujeté con el caballito de bronce y alcé la barbilla con dignidad. Luego miré a Calias por última vez y le sonreí.

—No te preocupes —dije con tono alegre—, no tardaré.

Encontré a Aunia en la forja. Ambón estaba fabricando una daga y Aunia coqueteaba con él; aunque el joven estaba de espaldas a mí, observé que no le hacía mucho caso. Llevaba el pelo rubio recogido en una trenza y tenía la piel brillante de sudor. Contemplé distraídamente los músculos de su espalda y me dije que, en una ciudad donde la gente daba tanta importancia a la fuerza bruta, Ambón debía de ser un hombre muy admirado.

Aunia me vio llegar antes que él y su sonrisa desapareció. Recordé la simpatía con la que me había mirado mientras me entregaba mi cena ritual y reprimí una mueca de disgusto; dijera lo que dijese Leukón, no podía evitar culparla a ella también.

Pero no había ido a verla por mí, sino por Calias. Repasé mentalmente las pocas palabras que había aprendido de Stena y me preparé para intentar comunicarme con ella.

—Hola, Aunia —saludé en primer lugar—. Hola, Ambón.

Por fin, el joven guerrero se dio cuenta de que estaba allí y dejó de golpear el metal. Sus cejas rubias se arquearon un poco, pero luego sonrió lentamente y murmuró algo.

Ese algo no debió de gustarle a Aunia, que puso cara de pocos amigos.

—Aunia... —empecé a decirle, pero ella me dio la espalda.

Me quedé mirando su larga melena castaña y, reprimiendo el impulso de arrancársela, le dije en voz alta:

—Aunia. Problema. Tus hijos.

A regañadientes, ella se giró de nuevo y me miró fijamente. Tenía los ojos de color miel y los llevaba pintados de negro.

—Mi hijo —continué, ya que no sabía de qué otra forma referirme a Calias—. Guerra. Tus hijos.

Aunia hizo un gesto con la mano y, aunque yo aún no conocía bien la lengua ni las costumbres de los celtíberos, entendí perfectamente a dónde nos estaba mandando a Calias y a mí. La risa de Ambón terminó de enfadarme.

—¡Aunia! —Levanté la voz—. ¡Guerra no!

Entonces alguien llegó corriendo y se detuvo junto a nosotros. Era una niña de unos diez años, rubia y de aspecto sólido. Tenía la cara tersa y rosada como un melocotón y el pelo pegado a la frente por culpa del sudor. Llevaba una túnica cuidadosamente bordada, unas polainas y unos botines, y lucía un *sagum* de color pardo sujeto con una fíbula decorada.

La muchacha pasó por mi lado empujándome con el hombro y se dirigió a Aunia. Las dos intercambiaron unas palabras y entonces reconocí un nombre: Unibelos. Aquella era la hija de Aunia, la niña que estaba molestando a Calias.

—Díselo —le ordené a su madre—. Guerra no.

Por primera vez, Unibelos me miró, primero con sorpresa y después con aire divertido. Hizo un comentario que provocó la risa de Ambón; tuve la certeza de que se estaba burlando de mi acento.

Su madre me miró de hito en hito, con grosería. Después contempló a su propia hija y le dijo algo en voz alta.

Entonces se encaró conmigo y me dio una pequeña bofetada. No me hizo daño, pero mi orgullo se hizo añicos cuando Unibelos soltó una carcajada y Ambón rio entre dientes. Tras dirigirles una mirada cómplice a los dos, Aunia volvió a hacerme el mismo gesto de antes sin perder la sonrisa.

No sé qué me pasó. Solo recuerdo que, momentos después, yo doblaba el cuello hacia atrás para propinarle un fuerte cabezazo a Aunia.

Oí su jadeo de dolor cuando mi frente se estrelló contra su nariz. Oí cómo Ambón maldecía... y volvía a reírse, esta vez a costa de su magullada compañera de armas. Y vi cómo Aunia se llevaba las manos a la nariz y empezaba a gritarme.

Pero yo la miraba, aturdida, como si aquello no fuese conmigo. No podía creer lo que había hecho, no podía creer que hubiese atacado a otra persona, a una guerrera bárbara. Y lo peor de todo era que ni siquiera me arrepentía.

Aunia me enseñó su puño cerrado y yo retrocedí instintivamente. Cuando miré alrededor, vi una cara conocida a menos de diez pies de distancia: Kara acababa de salir de una casa y contemplaba la escena con una mezcla de asombro y admiración.

—Buen golpe —alabó.

La hija de Aunia ya no se reía. Al ver a su madre sangrando, empezó a chillar «¡Tiresio!». Según me había dicho Calias, ese era el nombre de su hermano.

Entonces alguien gritó el mío:

—¡Cassia!

Stena estaba asomada a la ventana de su casa y me miraba con incredulidad. Tenía los ojos entornados y los labios apretados.

—¡Cassia, ven! —me ordenó con firmeza.

Yo miré a Kara una última vez, pero ella puso cara de circunstancias y se encogió de hombros. Stena volvió a llamarme y yo eché a correr hacia su casa antes de que las cosas se pusiesen feas.

XVIII

Leukón me observaba con incredulidad.

—Le has dado un cabezazo a Aunia.

No era una pregunta. Yo me puse a juguetear con el caballito de bronce para evitar una mirada.

—Sí, eso parece —comenté con tono ligero.

Los dos estábamos en casa, yo sentada en el bancal y él caminando de un lado a otro. Al oírme, frenó en seco y se cruzó de brazos.

—Delante de su hija —prosiguió con cierta aspereza—, Unibelos. Una niña de diez años.

—Una bestezuela de diez años —puntualicé sin dejar de toquetear el broche.

—¿A qué viene esto? —Leukón resopló—. ¡Cassia, tú no eres así!

—Mira, Stena ya me ha dado un sermón, así que...

—Yo no soy Stena —me interrumpió él agachándose para mirarme—, sino tu esposo. Y quiero una explicación.

Yo alcé la barbilla con desgana. Leukón aún tenía la cara manchada de tierra, ni siquiera le había dado tiempo a lavarse. Pero yo no me apiadé de él.

—¿Kara no te ha dado ninguna?

—¿Kara? —Mi marido parpadeó—. ¿Qué tiene que ver Kara con todo esto?

—Ella lo ha visto todo. —Me encogí de hombros—. Ha venido a verme después de que Stena y yo nos despidiéramos, dice que puede enseñarme a pelear. ¿Qué opinas? ¿Debería decirle que sí?

—¿Cómo? —Leukón parecía cada vez más asombrado.

—Le ha gustado mi cabezazo, supongo —dije con falsa modestia—. En realidad, no sé cuáles han sido sus palabras exactas, pero me ha señalado mientras me decía algo así como «tú guerra conmigo».

Leukón se pasó la mano por la cara y se irguió de nuevo. Parecía cansado y molesto, pero yo también lo estaba.

—Ya sé que Kara no tiene dos dedos de frente —gruñó por fin—, pero esperaba que tú fueses más sensata.

—Mira, se me ha ido un poco la cabeza... —Solté una pequeña risa—. ¡Nunca mejor dicho!

—¿Te parece divertido? —Mi marido parecía disgustado. Yo lo miré desafiante.

—Un poco sí.

—Pues a mí no. No te conviene hacer enemigos, no más de los que ya tienes.

—Oh, sí, todo es culpa mía. —Dejé de sonreír—. Es culpa mía que Avaro quiera sacrificarme y que Aunia me odie, supongo. Y es culpa mía que sus hijos estén...

Entonces recordé que le había prometido a Calias no decirle nada a Leukón sobre sus problemas con Tiresio y Unibelos y apreté los labios.

—¿Qué? —preguntó él—. ¿Qué están haciendo?
—Nada.
—Pero...
—Oye, no puedo cambiar lo que he hecho, ¿de acuerdo? —Me levanté del bancal para no sentirme tan pequeña a su lado, aunque no sirvió de gran cosa—. Y Stena ya me ha dicho lo que opina.
—No me interesa la opinión de Stena.
—A mí sí —dije con aspereza—. Al menos, ella me está ayudando a adaptarme.
—¿Por qué lo dices con ese tono?
—Porque, si no fuese por Stena, yo estaría todo el día metida en casa sin hacer absolutamente nada.
—Ya veo —gruñó él—. Debes de pensar que a mí me apetece más revolcarme por el barro que estar con mi esposa, ¿verdad?
—¿Eso es lo que haces durante el día, revolcarte por el barro?

Leukón se frotó el cuello. Parecía cansado y, si no hubiera estado tan enfadada con todo y con todos, me hubiese mostrado más comprensiva con él. Pero ya estaba harta de dar explicaciones, sobre todo, teniendo en cuenta que nadie se las pedía a Aunia ni a sus hijos.

—Dirijo partidas de exploradores, como bien sabes —dijo Leukón sacudiendo la cabeza—. Y he conseguido que no me hagan pasar más noches fuera pidiéndole a Karos que me deje estar contigo hasta que te acostumbres a Numancia. Lo creas o no —añadió mirándome fijamente—, me gusta tu compañía. Aunque sospecho que el sentimiento no es mutuo.

—¿Por qué dices eso?

Él me dirigió una mirada de circunstancias. Y yo decidí callarme.

Esa noche, mientras Leukón y Calias dormían, me puse a pensar en lo que me habían dicho Kara y Stena.

Mi conversación con Kara había sido muy breve: la joven guerrera me había esperado en la puerta de Stena, me había dicho aquello de «tú guerra conmigo» y me había dado una fuerte palmada en la espalda. Después me había acompañado a casa sin dejar de reír entre dientes. Tenía la impresión de que le había encantado ver cómo les bajaba los humos a Aunia y Unibelos.

Antes de eso, sin embargo, había estado un buen rato con Stena. Yo aún no tenía muy claro si ella quería hablar conmigo largo y tendido o tan solo dejar pasar el tiempo para que Aunia y su familia se fuesen a casa, pero, en cualquier caso, aprovechó ese rato para echarme una reprimenda.

—Guerra no buena —me dijo—. Tú no guerra.

Bueno, lo más probable es que ella no lo dijese así, pero fue todo lo que yo entendí.

—Tú mejor que guerra —insistió la mujer—. Tú paz. Tú y yo paz.

—¿Paz?

—Paz celtíberos y romanos.

—¿Cómo...? —murmuré en latín—. ¿Estás diciendo lo que creo que estás diciendo?

—Lug guerra. Baelistos guerra. Epona paz —concluyó ella, contemplándome con sus grandes ojos marrones—. Tú y yo paz.

Aunque no supiese interpretar del todo sus palabras, empezaba a sospechar cuál era el verdadero motivo por el que Stena había decidido ayudar a Leukón a salvarme la vida y se estaba tomando tantas molestias por mí. Pero, de momento, solo eran suposiciones. Lo único que tenía claro era que Stena no aprobaba mi comportamiento de aquel día, que no quería que me peleara con gente como Aunia.

¿Y yo? ¿Me sentía satisfecha?

No, en absoluto. Podía reírme y decirme que Aunia se lo había buscado, que alguien tenía que darle una lección, pero eso no me hacía sentir mejor. Tenía el estómago cerrado y aún me temblaban las rodillas; había probado la violencia y me había sabido demasiado amarga como para disfrutarla.

Abatida, me tumbé en las pieles y traté de conciliar el sueño.

Desperté cuando aún era de noche. Había soñado algo desagradable, aunque no recordaba exactamente qué era. Y casi lo prefería. Me senté en las pieles, cubierta de sudor frío, y solo entonces me di cuenta de que Leukón no estaba tumbado a mi lado, sino sentado en el bancal. Con un bulto entre los brazos.

Parpadeé y me fijé bien en él. No era un bulto: era Calias.

El niño dormía plácidamente y Leukón lo acunaba mientras murmuraba una especie de letanía, la misma que yo recordaba haber escuchado el día de nuestra boda, después de que aquellos amigos de los romanos nos atacaran. No podía llamarla canción porque no tenía melodía alguna, pero resultaba agradable escucharla.

Los ojos de mi esposo estaban perdidos en el fuego del hogar. Me quedé mirándolo hasta que él se dio cuenta de que estaba incorporada.

—¿Te he despertado? —susurró.

—No. —Me levanté despacio y me abracé a mí misma—. ¿Qué le pasa a Calias, está enfermo?

Leukón lo recostó contra su pecho y sonrió levemente.

—No, solo ha tenido una pesadilla.

—Oh.

—¿Qué hay de ti? También parecías dormir intranquila.

Mi marido apoyó la espalda en la pared. Ahora Calias tenía la mejilla pegada a su hombro y los labios entreabiertos; parecía más joven que de costumbre, y más vulnerable.

Reprimí el impulso de acariciarle el pelo para no despertarlo. En vez de eso, me senté junto a Leukón, aunque sin llegar a tocarlo. Él me estaba mirando de reojo.

—Me preguntaba si...

—¿Umm?

—¿Tiresio y Unibelos le han hecho algo a Calias?

Su pregunta me dejó perpleja durante unos segundos. ¿Cómo lo sabía?

—¿Te lo ha contado él? —susurré.

—No, pero no soy idiota. —Suspiró—. Sé que no eres una persona violenta, solo te he visto empuñar un arma en una ocasión y fue para defender a este muchacho. —Señaló a Calias con la cabeza—. Aunia no te gusta, pero has tenido que tener un motivo de peso para atacarla y, dado que se te han escapado los nombres de sus hijos, solo he tenido que atar cabos para llegar a la conclusión de que ellos eran los culpables del malestar de Calias. —Hizo una breve pausa antes de continuar—: A mí también me parecía que estaba raro últimamente, pero lo achacaba a que aún estaba adaptándose a Numancia. Tendría que haber prestado más atención.

—Yo también tendría que haberlo hecho. —Bajé la vista—. ¿Podemos hacer algo por él? No quiero que lo pase mal por culpa de esos chicos.

—Yo me ocuparé de eso.

—¿Hablarás con Aunia?

—Tengo una idea mejor. Confía en mí.

Volví a contemplarlo a la luz del hogar. Ya empezaba a acostumbrarme a las cicatrices de su cara y al perfil irregular de su nariz rota; y, cuando lo miraba bien, iba descubriendo otros matices: el brillo inteligente de sus ojos oscuros, su forma de fruncir las cejas cuando estaba pensativo, la suave curva de su boca.

—Está bien —dije intentando parecer animada—. Confiaré en ti.

Leukón tensó los labios en algo parecido a una sonrisa y se levantó para dejar a Calias en su lecho. Yo me acosté de nuevo en el nuestro y, al cabo de un momento, oí cómo él regresaba y se tumbaba detrás de mí con un bostezo.

Sentí que mi corazón se aceleraba en contra de mi voluntad. Estaba tendida de costado, dándole la espalda, pero podía notar el calor que desprendía su cuerpo. Un calor agradable y que, sin embargo, me provocaba cierta inquietud.

—¿Sigues despierta? —susurró él.

La caricia de su aliento en mi nuca me provocó un escalofrío.

Tras un instante de duda, me di la vuelta lentamente y vi que se había quitado el *sagum* y la túnica. La melena le cubría los hombros y le rozaba el pecho desnudo, y todo lo que llevaba encima ahora eran unos calzones de lana que dejaban poco a la imaginación.

En vez de sentirme turbada, me humedecí los labios sin pretenderlo. De pronto, yo misma era plenamente consciente de mi propia piel, erizada bajo la túnica áspera, y del sudor caliente que empezaba a cubrirla. Y me asaltó el deseo febril de que las grandes manos de mi esposo me arrancaran la ropa para recorrer mi cuerpo y librarme de ese calor insoportable.

Quería sentirme desnuda, vulnerable. Quería tumbarme en las pieles y que ese hombre me hiciese olvidar que yo no pertenecía a su mundo, que antes o después lo abandonaría para siempre y lo convertiría en un simple recuerdo. Pero no sabía cómo decírselo, así que me quedé mirándolo en silencio, con el cuerpo en tensión.

Él me sostuvo la mirada durante unos segundos y, finalmente, murmuró:

—Por Cernunnos, quiero besarte.

Pero fui yo quien lo hizo. Abrumada por todas esas sensaciones nuevas, me incorporé torpemente, le eché los brazos al cuello y presioné mi boca contra la suya en busca de respuestas.

Sus labios se abrieron y, momentos después, sentí el roce de su lengua buscando la mía. Ese contacto, dulce y contenido, fue suficiente para que yo sintiese humedad entre los muslos.

«Dioses, ayudadme», pensé con desesperación. Pero dejé que invadiese mi boca y, cuando puso sus manos en mis caderas y me sentó en su regazo con cierta ansiedad, gemí de pura necesidad.

Al oírme, dejó de besarme, pero no abandonó mis labios. Los suyos estaban ardiendo cuando susurró:

—Eres tan pequeña... No quiero hacerte daño.

Abrí los ojos y me encontré con su mirada encendida. Supe que me deseaba. Me estremecí y deseé fervientemente sentir su boca contra la mía, sus manos sobre mis pechos, su cuerpo empujándome contra el lecho. Nunca me había sentido así cuando estaba con Máximo, no sentía aquella necesidad física de que aliviaran mi excitación. ¿Y todo por un salvaje al que quería abandonar lo antes posible?

Espantada, comprendí lo que estaba a punto de hacer. No era lo mismo casarme para sobrevivir que rendirme a la pasión con un enemigo de Roma: si lo hacía, si me dejaba arrastrar por todo lo que estaba sintiendo en ese instante, yo también sería una traidora.

Ese pensamiento fue lo único que me convenció para apartarme de mi esposo rápidamente. Abandoné el calor de su regazo, esos labios que me habían hecho enloquecer durante unos instantes, y me quedé mirándolo con el corazón encogido.

No sabía cómo reaccionaría él. Lo conocía lo suficiente como para saber que no iba a forzarme, pero ¿insistiría? ¿Protestaría? ¿Se enfadaría conmigo por interrumpir aquello?

Por un instante, Leukón me miró con desconcierto. Pero luego parpadeó, esbozó una pequeña sonrisa y se tendió de espaldas sobre las pieles.

—Buenas noches, romana.

Eso fue todo lo que dijo. Después giró sobre su costado, me rodeó la cintura con el brazo en ademán protector y cerró los ojos.

Yo puse mi mano sobre la suya y traté de calmarme.

«¿Lo comprende?», pensé asombrada. ¿Lo comprendía, sabía qué era lo que tanto me atormentaba? ¿O tan solo me respetaba, a mí y mis deseos?

Leukón ya estaba dormido cuando una lágrima solitaria resbaló por mi sien y mojó las pieles. Cerré los ojos con fuerza y me encogí para no despertarlo mientras lloraba en sus brazos. Él murmuró algo en sueños y me pegó más a su pecho, y yo ahogué un sollozo. Pero no me sentía desgraciada.

No podía sentir lo que sentía, no debía.

Pero lo sentía. Profundamente.

XIX

Cuando quise darme cuenta, había pasado todo un ciclo lunar desde mi llegada a Numancia.

No había vuelto a tener problemas con Aunia: la joven parecía evitarme, o quizá fuese yo quien la evitaba inconscientemente. En cualquier caso, no volvimos a intercambiar una sola palabra, y yo lo prefería así. A veces, mientras recorría las calles de la ciudad, sentía que alguien me observaba y me encontraba con los ojos turbios de Avaro, siempre vigilantes y cargados de rencor. Pero ni Aunia ni él me causaban problemas, por lo que yo estaba decidida a olvidar la existencia de ambos.

Calias parecía mucho más animado que al principio. Se marchaba con Leukón cada mañana y no volvían hasta la hora de cenar; deduje que, después de todo, había empezado a llevarse bien con los otros niños de Numancia. No volví a preguntarle por Tiresio y Unibelos y él tampoco los mencionó, por lo que el asunto quedó prácticamente olvidado.

Yo, por mi parte, había ido familiarizándome con la lengua celtíbera. Ahora podía entender parte de lo que me decían e incluso construir frases sencillas; teniendo en cuenta el poco tiempo que llevaba en Numancia, podía decirse que avanzaba muy rápido. Calias no se esforzaba tanto como yo, pero me dije que, poco a poco, él también iría aprendiendo a comunicarse.

Mis progresos con la lengua de los celtíberos me permitieron tener conversaciones cada vez más interesantes con ellos, o más bien con los que estaban dispuestos a dirigirme la palabra, que no eran muchos. Cuando Leukón no estaba en casa, pasaba la mayor parte del tiempo con Stena o, en su defecto, con Kara.

Stena y Kara eran las dos personas a las que me sentía más unida en Numancia después de Leukón y Calias. Algo curioso, dado que las dos mujeres eran muy distintas. Stena era grave y reflexiva; Kara, noble y bromista. Stena se pasaba el día hablando de la guerra, la paz, el amor y otra media docena de temas profundos, mientras que Kara prefería armar jaleo, beber *caelia* y no perder el tiempo pensando demasiado. Las dos me gustaban, cada una a su manera: de Stena admiraba su mente y de Kara, su espíritu.

Por desgracia, ellas no estaban destinadas a entenderse.

—Leukón es un buen hombre, pero se equivoca —me dijo Stena en una ocasión—. Igual que Kara. Sus corazones son fuertes, pero su conciencia se debilita cada vez que mata. Ninguno de los dos ha elegido el camino correcto.

Me quedé mirándola durante unos segundos. Estábamos sentadas junto al fuego, cosiendo las mangas de una túnica; la manga que yo tenía entre manos estaba quedando mucho peor que la de Stena, pero la mujer sabia nunca me hacía sentir estúpida cuando me equivocaba. En ese momento, precisamente, estaba deshaciendo las puntadas e indicándome cómo volver a hacerlas correctamente.

—¿Y cuál es el camino correcto? —murmuré sin perder de vista sus dedos hábiles.

—La paz —ella habló sin mirarme—. Y tú y yo recorreremos ese camino... juntas.

Yo no tenía ni idea de cómo íbamos a hacerlo, pero Stena se negaba a darme más explicaciones por el momento.

—Todavía no —decía siempre que le preguntaba—. Pronto.

Quizá prefiriese esperar a dar a luz para compartir sus planes conmigo. Mi madre decía que las mujeres embarazadas estaban más sensibles de lo normal, que percibían cosas que las demás pasábamos por alto, pero yo no tenía tan claro que aquello fuese cierto. De todos modos, Stena parecía a punto de alumbrar a su hijo.

Kara, por su parte, era más escueta a la hora de referirse a Stena:

—Está como una cabra —decía llevándose el dedo índice a la sien—. Y tiene a Karos cogido por los...

—¡Kara! —le interrumpía yo, medio escandalizada, medio divertida—. No digas esas cosas tan vulgares.

—No son mentiras.

—No son mentiras, pero no está bien.

—La verdad siempre está bien.

Lo peor de todo era que me hacía gracia. No había maldad en sus palabras, solo una irreverencia que contrastaba profundamente con la gravedad de la mujer sabia.

Por otro lado, Kara insistía en enseñarme a luchar, pero yo no tenía ganas de aprender. Cada día que pasaba me sentía más culpable por haberle dado un cabezazo a Aunia: cuando rememoraba ese instante, ya no sentía deseos de reír ni me jactaba de lo que había hecho, sino que me sentía avergonzada de mí misma. Pero ya no había vuelta atrás, no conseguiría nada disculpándome: Aunia me había declarado la guerra y yo no podía impedírselo. Lo único que podía hacer era mantenerme alejada de ella.

En cuanto a Leukón...

Nuestra relación pasaba por un momento extraño.

Numancia se estaba preparando para el solsticio de invierno. En Roma celebrábamos las Saturnales, unas fiestas en las que todo el mundo participaba y que concluían con un banquete multitudinario en el foro de la ciudad. Durante aquellos días, se intercambiaban regalos y se relajaban las costumbres, y la gente siempre parecía de buen humor. El banquete que se celebraba en Ostia era espléndido; mis padres y yo asistíamos todos los años, naturalmente, y yo sentía una punzada de nostalgia cada vez que recordaba que, por primera vez, estaríamos separados en esas fechas.

Mi madre seguía en Roma, quizá preguntándose qué habría sido de su hija desaparecida misteriosamente. Mi padre estaría en algún lugar de la Hispania Ulterior, durmiendo en una tienda destartalada y preparando a sus hombres para enfrentarse a los salvajes. Y yo... Yo estaba en Numancia, junto a un bárbaro que se hacía llamar mi esposo. Y con el que, muy a mi pesar, yo me estaba encariñando.

¿Qué pasaría si no lograba marcharme de allí antes de que la guerra comenzara? ¿Me quedaría de brazos cruzados mientras Leukón se enfrentaba a mi padre en el campo de batalla? ¿Tendría que ver cómo uno de los dos moría a manos del otro?

No podría soportarlo, tendría que irme antes. Aunque tuviera que cruzar bosques sombríos y escalar cerros cubiertos de escarcha, aunque me arriesgara a encontrarme con amigos de los romanos. Cualquier cosa sería mejor que estar presente en esa guerra, fuera cual fuese el bando ganador.

Por lo pronto, el solsticio de invierno me mantenía ocupada. Como esposa del líder de Numancia, Stena era la encargada de organizar los preparativos, y yo le estaba echando una mano con lo que podía. En el banquete habría guiso de conejo especiado, gallinas rellenas de bellotas, cebollas asadas y sopas de ajo; ninguno de esos platos era muy difícil de preparar, pero, por si acaso, estuvimos practicando varios días antes. El plato dulce consistiría en leche cuajada con miel y, aunque a mí no me gustaba la leche cuajada, me animaba la perspectiva de volver a probar la miel.

La miel era una de las pequeñeces que extrañaba de Roma. La miel, los dátiles, el vino dulce, las túnicas ligeras, las sandalias, los espejos, las obras de teatro, los baños termales... Todas esas cosas tan cotidianas me recordaban a mi hogar, aunque lo cierto es que añoraba los baños calientes por razones más prácticas. Los celtíberos no se lavaban mucho, por lo que casi todos olían mal; Leukón era uno de los más aseados y, aun así, tenía que conformarse con el agua del aljibe y un cepillo de crin para quitarse la suciedad del cuerpo. Con todo, su olor corporal no me molestaba.

En realidad, su olor corporal me gustaba. Pero lo disimulaba, como casi todas las reacciones que me provocaba su simple presencia.

No habíamos vuelto a besarnos y dormíamos casi sin tocarnos. Nos llevábamos bien, cada vez mejor; lo único que se interponía entre nosotros era el hecho de que llevábamos una luna casados y aún no habíamos consumado el matrimonio.

Yo me obligaba a recordar los miedos que me habían bloqueado aquella primera noche, los remordimientos que había sentido al pensar que estaba a punto de traicionarme a mí misma para abrirme de piernas con un enemigo de mi pueblo. Pero, conforme pasaban los días, empezaba a tener otros pensamientos, pensamientos de lo más incómodos.

Como, por ejemplo, que yo no había tenido problemas para abrirme de piernas con Máximo Escauro, con quien apenas había intercambiado unas pocas frases a lo largo de mi vida. Sin embargo, Máximo nunca me había provocado una décima parte de la emoción que sentía cuando Leukón volvía a casa, metía a Trueno en la cuadra y se quitaba el *sagum* para sentarse junto al fuego. Máximo no me preguntaba cómo me había ido el día ni escuchaba lo que yo tenía que decirle, ni mucho menos reía conmigo ni resoplaba como un caballo cuando yo le gastaba una broma. Apenas me miraba cuando nos estábamos besando y, aunque se aseguraba de que yo sintiese placer cuando yacíamos juntos, no se esmeraba demasiado en todo lo demás. No es que fuese un hombre cruel o desdeñoso; solo era un hombre, y ninguna mujer merecía su consideración.

Así eran las cosas en Roma, pero Numancia me estaba enseñando algo distinto. Me estaba enseñando que había hombres que sí confiaban en las mujeres, que las admiraban, ya fuesen sus compañeras de armas, las mujeres sabias de la ciudad o simplemente sus amigas. Y Leukón de Sekaisa era uno de esos hombres.

Por las noches, cuando me acostaba junto a él, me sentía cómoda y a salvo. Sentía que nada malo podía sucederme en ese lecho de pieles, y entonces empezaba a tener calor. Anhelaba desprenderme de mi ropa y mis temores al mismo tiempo, de refugiarme por completo en aquellos brazos llenos de cicatrices y sentir el roce de esa piel áspera contra la mía, pero no me atrevía. Me quedaba mirando a Leukón hasta que el fuego se apagaba y luego cerraba los ojos y trataba de conciliar el sueño.

Hasta que sucedió algo que cambió las cosas.

Máximo me hablaba con tono acusador:

—*¿Por qué, Cassia? ¿Por qué me has traicionado?*

Estaba sentado junto al hogar. Yo no quería que estuviese allí: si Leukón volvía a casa y lo sorprendía, tendría problemas.

—*Tienes que irte, Máximo* —*dije arrodillándome frente a él.*

—*¿O qué?*

Máximo me miró con descaro y cruzó los brazos morenos sobre el pecho. Llevaba puesta una armadura de legionario y una espada descansaba a sus pies; era una gladius hispaniensis, *una de las que Roma les había copiado a los celtíberos.*

—*O mi marido se enfadará* —*le advertí.*

—*¿«Tu marido»?* —*Él bufó*—. *¿Ahora un salvaje es «tu marido»?*

No me gustó que hablara de Leukón en esos términos.
—¿*Tienes algún problema con eso?* —*salté.*
Máximo me miraba con incredulidad.
—*Por Júpiter, Cassia... Pensé que te habías casado con él para sobrevivir, pero realmente lo quieres.*
Cogió su espada y se puso en pie. Yo me abracé a mí misma.
—*Eso no es verdad* —*protesté débilmente.*
Pero Máximo parecía escéptico.
—¿*Seguro que no?*
—¡*No!* —*Sacudí la cabeza. No, no y no, yo no quería a ese hombre. No podía quererlo.*
—*En ese caso, vuelve conmigo a Ostia.*
Máximo dio un paso hacia mí y me tendió la mano que tenía libre, pero yo no la acepté.
—*No puedo.*
—¿*Por qué no?*
—*Yo... tengo que preparar el banquete del solsticio de invierno.* —*Bajé la vista*—. *Stena está embarazada y no puede hacerlo todo ella sola. Además, no puedo dejar solo a Calias, aún me necesita. Y Leukón...*
—¿*Él también te necesita?* —*Máximo habló con tono despectivo*—. ¿*O eres tú la que lo necesita a él?*

Desperté cubierta de sudor frío. Aturdida, busqué a Máximo con la mirada, pero no estaba allí; estaba en Ostia, a muchas millas de distancia, sin saber por qué su prometida había desaparecido sin dejar rastro.

Me abracé a mí misma. No hacía frío, pero estaba tiritando.

—¿Estás bien, querida?

La voz de Leukón rompió la oscuridad y ese «querida» vibró en mis oídos. ¿Por qué, por qué me hablaba con esa dulzura? Ojalá se hubiese dado la vuelta para dormirse otra vez.

—No, no estoy bien.

Mi esposo se sentó en el lecho pesadamente y se pasó las manos por la cara para despejarse. El fuego estaba apagado, pero un rayo de luna creciente se colaba a través de la piel de lobo y bañaba de luz blanca su perfil: la frente amplia, los pómulos altos, la nariz rota. Los labios entreabiertos.

Se volvió hacia mí y yo me encogí involuntariamente. Pero no porque no me gustara su cercanía.

—¿Qué te ocurre? —murmuró con suavidad—. Dímelo.

Bajé la vista. ¿Qué me ocurría, por qué sentía un peso en el estómago? ¿Qué era lo que me atormentaba tanto?

—¿Tú...? —No sabía cómo formular esa pregunta—. ¿Tú te arrepientes, Leukón?

—¿De qué hablas? —Mi esposo parpadeó confundido.

—¿Te arrepientes de haberte casado conmigo? —logré articular.

Hubo un instante de silencio. Después Leukón bufó:

—Por supuesto que no. —Fue rotundo—. Eres mi mejor amiga. Mejor que mi caballo, y eso ya es decir.

Sonreí con nerviosismo, pero mi corazón aún latía dolorosamente. Entonces Leukón me levantó la barbilla y no me quedó más remedio que enfrentarme a sus ojos oscuros.

Lo que vi en ellos me aceleró la respiración.

—Cassia, querida —suspiró—, no necesito yacer contigo para estar contento.

—¿No? —Yo me pasé la lengua por los labios sin darme cuenta—. ¿Y no tienes ganas?

Él dejó escapar un resoplido de risa entre los dientes.

—Por Cernunnos, qué pregunta... —Señaló hacia abajo con la cabeza. Yo no me atreví a mirar, pero sabía lo que intentaba decirme—. Claro que tengo ganas, me apetece mucho. Pero ¿qué le voy a hacer? Obligarte jamás será una opción. Si tú no me deseas...

—Ese no es el problema, Leukón, yo...

«Te deseo», pensé. Pero no se lo dije.

Las manos de mi esposo envolvieron mi cara con delicadeza. Su tacto me hizo cerrar los ojos un momento; cuando volví a abrirlos, los de Leukón me contemplaban con una intensidad que me secó la garganta.

—Cassia, te casaste conmigo para no morir quemada —murmuró él—. No me elegiste, no me amabas. ¿Qué clase de hombre sería si no comprendiese lo duro que tuvo que ser para ti?

Yo tragué saliva y puse mis manos sobre las suyas.

—Me casé contigo por eso, sí —admití—, pero...

Dioses, no, no podía decírselo. Si lo hacía, no habría vuelta atrás; si dejaba que lo que sentía se volviese real, ya no podría seguir engañándome.

Pero ¿acaso podía seguir huyendo de la verdad? ¿Acaso tenía sentido retrasar lo inevitable? ¿Acaso no sentía ya demasiadas cosas por Leukón de Sekaisa como para cerrar los ojos, taparme los oídos y encerrar mi corazón?

Lo veía todo envuelto en bruma, no sé si por culpa de la noche o de los sentimientos que se agolpaban en mi pecho. Dejé caer los párpados y eché la cabeza hacia atrás; y, cuando mis labios encontraron los de mi esposo en la oscuridad, un suspiro de alivio sacudió mi pecho.

Instantes después, nuestras lenguas se enredaban en un beso húmedo. Todo mi cuerpo temblaba, pero yo sabía que no era miedo lo que sentía. Ya no.

Una docena de imágenes invadieron mi mente: Leukón apareciendo a lomos de Trueno para salvarnos a Calias y a mí, Leukón curándome aquella herida mientras viajábamos por la Celtiberia, Leukón protegiéndome del frío con su propio *sagum*. Leukón cortando el cuello del hombre que me amenazaba y abrazándome bajo una cascada de agua helada, Leukón dispuesto a enfrentarse a toda Numancia por mí. Leukón conservando un cacharro de arcilla solo porque lo había fabricado yo y acunando a un niño que había tenido una pesadilla. Leukón besándome, Leukón durmiendo conmigo, Leukón excitado porque estábamos muy cerca.

Sus manos bajaron hasta mis muslos y se deslizaron por debajo de la túnica de lana. Ahogué un jadeo cuando sus dedos apretaron con cuidado mi trasero; después cerré mis manos sobre su pecho y le abracé las caderas con las piernas.

Él cayó de espaldas sobre las pieles. Desde allí me sacó la túnica por la cabeza y la arrojó a la otra punta de la habitación sin ninguna delicadeza, y sus ojos recorrieron mi cuerpo desnudo con tanta devoción que estuve a punto de sonrojarme.

—Maldita sea, eres perfecta —murmuró.

Yo reí con nerviosismo y me incliné para besarlo. Su mano atrapó uno de mis pechos, pero no protesté; la mía ya estaba acariciando el bulto de su entrepierna.

Leukón farfulló algo en su lengua y yo le mordí el labio inferior con suavidad. Después tiré de sus calzones hacia abajo y él jadeó.

—No... No tengo muy claro lo que..., bueno..., lo que viene ahora... —murmuró atropelladamente.

Cuando me aparté de él para mirarlo, vi que tenía las mejillas teñidas de rojo y una oleada de ternura se mezcló con el ansia que sentía. Puse mi mano en su rostro y le acaricié los labios con el pulgar.

—No te preocupes —susurré—. Yo te enseñaré.

Bajé mi mano hasta su garganta, la rodeé con delicadeza y volví a besarlo en la boca. Él respondió con ganas, gimiendo por lo bajo, y entonces atrapé su sexo con mi mano libre para asegurarme de que estuviese a punto.

—¿Prefieres que solo te acaricie esta noche? —Presioné suavemente para mostrarle a qué me refería—. Podemos ir poco a poco.

Leukón murmuró algo en su lengua. Tenía los ojos vidriosos.

—Lo quiero todo, Cassia —dijo con voz ronca—. Todo lo que tú quieras darme, esta noche y siempre.

Sus palabras me provocaron un calor violento. Con un jadeo, lo guie hacia mi interior para que me penetrara, quizá con más brusquedad de lo que hubiese debido. Pero, cuando nuestros cuerpos encajaron deliciosamente, Leukón gimió en voz alta y empezó a moverse por puro instinto.

Me quedé mirándolo fascinada, sin poder creer lo que estaba ocurriendo entre nosotros. Sin poder creer que ese hombre estuviese así por mí, sonrojado, sudoroso, moviéndose rítmicamente bajo mi cuerpo como si fuese todo lo que necesitaba en el mundo.

Quería ser delicada con él, pero pronto mi mente se nubló y ya no pude pensar en nada, solo sentir.

Así comenzó nuestra luna de miel, la de verdad. Y terminó de madrugada, cuando apoyé la cabeza en el pecho de Leukón y, por primera vez desde que el *Quimera* zarpó rumbo a Hispania, tuve un sueño largo y reparador.

XX

Numancia, 153 a. C.

Cien fuegos ardían en Numancia la noche del solsticio de invierno. Los hogares se habían apagado, pero las calles estaban salpicadas de hogueras: por una vez, los belos y los arévacos no cenarían en sus casas, con sus familias, sino bajo las estrellas, en compañía de toda la ciudad.

Yo estaba casi tan emocionada como ellos. Llevaba todo el día trabajando codo con codo con Stena y el resultado había sido bueno: el ambiente estaba impregnado del apetitoso olor de la carne guisada y la sopa humeante. Además de lo que habíamos previsto, Ambón y un pequeño grupo de cazadores habían traído tres venados, los habían despellejado y los habían asado ellos mismos. Ambón era un excelente cocinero, y su ayuda había resultado ser de lo más valiosa.

Mientras asábamos los venados, el guerrero se las arregló para quedarse a solas conmigo.

—Romana —me llamó—, quiero decirte algo.

Su tono no era agresivo, aunque sí un tanto socarrón.

—Adelante —dije con paciencia.

Ambón se pasó la mano por el pelo, húmedo por el sudor y negruzco por la ceniza.

—¿Recuerdas cómo nos conocimos?

—Claro, ibas a matarnos a Calias y a mí.

El joven esbozó una sonrisa de disculpa.

—Si te hubiese conocido, romana, no te hubiese tocado un pelo. Ni a tu hijo.

Todo el mundo sabía que, en realidad, Calias no era mi hijo, pero yo lo había adoptado y era más sencillo referirse a él de ese modo.

—Gracias, Ambón. Viniendo de ti, eso es muy amable.

—Tu hijo es más duro de lo que pensaba.

—¿Ah, sí? —me sorprendí—. ¿Por qué lo dices?

—¿No lo sabes?

—¿Hay algo que deba saber?

—No, supongo que no. Si Leukón no te lo ha contado...

Yo tosí discretamente; la rivalidad entre Ambón y mi esposo era conocida por todos. En verdad, yo no sabía muy bien de dónde venía, aunque lo achacaba al hecho de que los dos fuesen guerreros jóvenes y valientes. Curiosamente, Ambón era muy popular entre sus compañeros de armas, mientras que Leukón contaba con la admiración de los niños y el respeto de los ancianos. En cuanto a las mujeres, tenía entendido que consideraban que Ambón era el más hermoso de los dos, pero preferían a Leukón por su fortaleza. Algunas me habían felicitado por la boda, aunque la mayoría me miraban con cierta perplejidad, como si no entendiesen qué pintaba yo en Numancia. En cierto modo, yo tampoco acababa de entenderlo.

Por otro lado, en Numancia no tenían Senado ni

magistraturas, como en Roma, sino que el poder estaba repartido de un modo muy simple: había una Asamblea formada por hombres y mujeres de armas y un Consejo de Ancianos que tomaba las decisiones importantes. Los guerreros habían decidido que Karos sería su jefe en la guerra, pero Avaro, como sacerdote de Lug, era venerado por todos.

Y luego estaba Stena, la mujer sabia, que era la sacerdotisa de Epona y la mujer más influyente de la ciudad, además de «un dolor de cabeza» para Kara y algo parecido a una amiga para mí.

A pesar de todo, Ambón era alguien con quien debía llevarme bien. Por eso no quise irritarlo con más preguntas.

—¿Sabes? —dijo él entonces, contemplando la pieza que estaba cocinándose—. Leukón fue más listo que yo. Tendría que haberte reclamado como esposa antes que él.

Yo me alegraba de que Ambón hubiera sido tonto: había un matiz diferente entre casarse conmigo y «reclamarme como esposa». Lo segundo me hacía sentirme como parte de un botín de guerra y no me hacía gracia.

—Tengo cosas que hacer —contesté con toda la amabilidad que fui capaz de reunir.

Ambón abrió la boca para decir algo más, pero entonces dos niños se acercaron a él. Los reconocí enseguida: el pelo churretoso y la piel rosada eran inconfundibles.

Tiresio y Unibelos, los hijos de Aunia, iban engalanados para el solsticio de invierno. Tiresio llevaba la melena trenzada y un broche con forma de jinete; Unibelos, por su parte, lucía una túnica bordada y pendientes de aro. Los dos tiraron de Ambón para alejarlo de mí.

Recordé el aire burlón con el que Unibelos me había mirado el primer día y casi me alegré de haber golpeado a su madre. Después me di cuenta de lo cruel que era golpear a una madre delante de su hija y me sentí una persona horrible.

—¿Estás bien, querida? —La voz de mi esposo me arrancó de mis pensamientos.

Me giré para mirarlo y me llevé las manos a la cabeza.

—Por Epona, ¿qué te ha pasado?
—Me he lavado.
—Y tanto que te has lavado, ¡estás chorreando!

Leukón sonrió con timidez. Tenía el pelo pegado a la cara y una gota de agua le resbalaba por la nariz.

—Sí, bueno.
—¿Has metido la cabeza en un cubo de agua?

Su expresión culpable lo delató.

—Leukón, ¿cuántas veces tengo que decirte que no hace falta meter la cabeza entera? ¡Basta con echarte un poco por la cara!

—¡Es que mi cara es muy grande!

Con un suspiro, lo acompañé a casa a secarse. Calias nos esperaba allí; lo primero que hizo fue mostrarnos una diminuta trenza que exhibía con orgullo. Había decidido dejarse el pelo largo, como Leukón, y yo sabía que era inútil tratar de convencerlo de que se lo cortara un poco.

—Parecías triste cuando te he encontrado ahí fuera —comentó mi esposo mientras él mismo se peinaba—. ¿Ha pasado algo?

—Estaba pensando en Aunia, cada día me siento peor por haberle pegado. —Leukón no dijo nada y yo me froté los labios con los nudillos—. Lo hice delante de su hija.

—Bueno, tampoco es para tanto. —Leukón se encogió de hombros—. Aunia es una guerrera, le han pegado mucho más fuerte que tú y con más saña. En cuanto a Unibelos...

Al oír ese nombre, Calias miró a Leukón. Juraría que mi esposo disimuló una sonrisa.

—En cuanto a Unibelos, tampoco te preocupes por ella —concluyó—. Quizá, después de todo, Aunia y sus hijos necesitaban que alguien les diese una lección.

—Pero tú dijiste...

—Olvida lo que dije entonces y quédate con lo que digo ahora.

Calias seguía mirándonos con interés. Empezaba a entender algunas palabras en latín, pero con Leukón solía comunicarse por gestos, ninguno de los dos era demasiado hablador. A veces yo me sentía molesta por no poder seguir sus conversaciones.

—¿Qué me estáis ocultando? —pregunté, primero en latín y después en griego.

—Nada —dijeron los dos al mismo tiempo.

—Es hora de irnos —anunció Leukón.

Los tres estábamos listos. Yo apenas me había arreglado: solo me había recogido el pelo en dos trenzas y había sacado brillo al broche de Leukón. A pesar del fuego, necesitaríamos llevar puesto el *sagum* si cenábamos al aire libre.

—Bueno —concedí. Pero, por si acaso, tomé buena nota de aquella conversación.

La celebración del solsticio de invierno era algo más que un banquete: había cánticos, danzas y juegos, y algún que otro discurso, también. En cuanto nos reunimos con los demás, recibimos un vaso de *caelia* y un pedazo de pan tierno y nos instalamos junto a una de las hogueras. Karos y Stena nos habían reservado un sitio a su lado, lo cual era todo un honor para nuestra familia.

Nuestra familia. La mía y la de Leukón.

Pero no era una familia de verdad, ya que se rompería antes o después, cuando yo me fuese de Numancia. Pero no quería pensar en ello, no esa noche.

Estaba bebiendo el primer sorbo de *caelia* cuando los hombres que había alrededor empezaron a cantar. Kara llegó corriendo y se les unió con entusiasmo: la canción hablaba de la guerra y el honor, pero Stena se puso a decirme algo y apenas pude prestar atención a la letra.

Los celtíberos acompañaban sus voces con panderos y tambores de piel. No había visto instrumentos como la lira en Numancia y dudaba que los hubiese. El estruendo hizo que Stena se callara, y mi marido decidió aprovechar ese momento para deslizar la mano por debajo de mi túnica. Traté de seguir bebiendo como si nada, pero, cuando hundió dos dedos entre mis muslos, derramé parte de mi bebida en las faldas de la mujer sabia. Dirigí una mirada de disculpa a Stena mientras clavaba el codo en las costillas de Leukón, que estuvo a punto de ahogarse de risa.

Cuando me disponía a pedir más *caelia*, Karos mostró algo a la multitud y todos fueron callando. Era una especie de bastón; uno de los extremos tenía forma de jabalí con las fauces abiertas y el otro consistía en una especie de boquilla.

Karos puso los labios alrededor de la boquilla y sopló con fuerza. Un prolongado lamento recorrió las hogueras, enmudeciendo a los presentes y creando una atmósfera solemne.

Stena se había puesto rígida. Miraba a su esposo, pero no parecía verlo; yo me fijé en el brillo de sus ojos y me pregunté en qué estaría pensando.

Cuando el instrumento dejó de sonar, los numantinos prorrumpieron en gritos y vítores.

—¿Qué era eso? —le pregunté a Stena en voz baja.

—Un *carnyx* —susurró ella—. Un instrumento de guerra.

—Oh.

Karos sorprendió la mirada de su mujer y apretó los labios. Stena ignoró ese gesto y me habló en voz baja:

—Epona sabe que lo amo, Cassia, pero está equivocado. Todos menos nosotras lo están.

La mujer sabia me cogió de la mano. Yo busqué a Leukón entre la gente, pero no lo vi por ningún sitio.

Por suerte, el *carnyx* fue velozmente reemplazado por el sonido de los tambores. Algunas personas se levantaron y se pusieron a bailar; otras se quedaron sentadas, batiendo palmas y bebiendo sin parar. Entonces sentí que alguien tiraba de mí.

—¡Kara, me has asustado! —exclamé en latín sin darme cuenta.

Ella me miraba con una sonrisa. Llevaba la trenza medio deshecha y se había quitado el *sagum*, por lo que sus brazos morenos quedaban a la vista.

—Kara, me has... —empecé a repetirle en su lengua.

—No seas tan blanda, romana. —Rio ella—. ¡Ven a bailar conmigo!

La joven me arrastró entre las hogueras. Cuando llegamos a un sitio en el que no había gente sentada, se puso delante de mí y empezó a dar patadas en el suelo al ritmo de los tambores. El sudor brillaba en su piel a la luz del fuego.

Yo no la imité. Aún tenía la boca abierta.

—¿Qué te pasa, romana? —preguntó Kara sin perder la sonrisa—. ¿Has visto un fantasma?

—Tú..., tú... —tartamudeé—. ¡Estás hablando en latín!

—Sí, eso parece. —Sin darme tiempo a reaccionar, empezó a hablar en griego—: También conozco esta otra lengua, ¿cuál prefieres que utilice?

La joven seguía pateando el suelo al son de los tambores. Ambón pasó por su lado y le dio un amistoso empujón; ella se lo devolvió con una carcajada.

—Dioses, Kara... —murmuré en latín—. ¿Cómo sabes hablar latín y griego? ¿Y por qué has fingido que no entendías nada?

Comprendí con espanto que, durante todo ese tiempo, Kara había estado escuchando mis conversaciones con Calias, incluidas aquellas en las que yo dejaba clara mi intención de marcharme de Numancia. No sabía con qué cara mirarla ahora, pero ella parecía tranquila.

—Primero responderé tu segunda pregunta —dijo dejando de bailar—: antes de contarte la verdad, quería saber si podía fiarme de ti.

—¿Y a qué conclusión has llegado?

Kara me cogió de las manos y me apartó de la hoguera. Dejamos a la gente bailando y nos detuvimos en una esquina envuelta en sombras, donde podíamos gozar de cierta intimidad.

—He llegado a dos conclusiones, en realidad —dijo ella con calma—. La primera es que sí, eres de fiar.

—¿Y la segunda?

—Que, digas lo que digas, no quieres irte de aquí.

De modo que lo sabía, lo había sabido durante todo ese tiempo. Me obligué a sostener su mirada a pesar de la vergüenza que sentía.

—¿Se lo has dicho a...?

—¿...Leukón? —adivinó ella—. No ha hecho falta, él lo sabía desde el principio.

Esa revelación me causó una profunda impresión.

—¿También sabe griego?

—Oh, no, no entiende una sola palabra —bufó Kara—. Pero no es tonto, ¿sabes?

—No lo comprendo —murmuré—. Si siempre lo ha sabido, ¿por qué...?

La joven me apretó las manos con cariño.

—Él confiaba en que fueses feliz aquí. Después de todo, te encontró escondida en un arcón; eso le hizo pensar que tenías problemas con los romanos. Pensó que, si te enseñaba cómo vivíamos y te hacía sentir parte de nuestro pueblo, tú querrías quedarte.

No sabía cómo tomarme aquello, pero Kara siguió hablando:

—Me dijo que, si tratabas de huir en mitad de la noche, no te lo impediría. —Se encogió de hombros—. Pero la verdad es que ni siquiera lo has intentado. Has preferido quedarte a su lado, y eso me alegra.

Suspiró y, por fin, soltó mis manos. Las mías temblaban.

—Quiero a Leukón, Cassia. Es más que un hermano para mí, aunque no llevemos la misma sangre. —Parpadeó—. Con respecto a tu otra pregunta...

Volvimos a mirarnos. Sus ojos azules parecían amarillos a la luz de las hogueras; los míos estaban ligeramente empañados.

—Conozco Roma mejor de lo que me gustaría —gruñó momentos después.

—Sea cual sea el daño que te ha hecho mi pueblo, Kara, no sabes cuánto lo siento.

—No fue culpa tuya. No tengo nada en tu contra. —Kara hizo un gesto con la mano para restarle importancia al asunto—. En realidad, ni siquiera eres la primera romana que se gana mi respeto ni mi amistad. —Su expresión se endureció—. Sin embargo, si sigues pensando que Roma es «tu pueblo», lo mejor será que te vayas lo antes posible. Por el bien de Leukón y el de todos.

La joven suspiró una vez más y me dio una palmada en el hombro. Luego se marchó sin mirar atrás y volvió a unirse a los danzantes como si nada.

Yo contemplé cómo se alejaba.

Tenía razón: yo solo estaba prolongando la agonía. Cuanto más tiempo permaneciese en Numancia, más me costaría marcharme de la ciudad y dejar atrás a todas las personas a las que había conocido allí.

Estuve a punto de tomar una decisión en ese mismo momento. Pero entonces oí gritos y, alarmada, eché a correr hacia el lugar del que provenían.

—¡Por Epona! —grité al ver lo que estaba ocurriendo.

Traté de abrirme paso entre la multitud, pero unos brazos fuertes me sujetaron.

—Tranquila, mujer —rio Ambón estrechándome contra su cuerpo—. Solo están aprendiendo.

Le propiné un empujón y me alejé de él. Alrededor de una hoguera de tamaño mediano había un círculo dibujado en la tierra en el que se estaba librando un combate cuerpo a cuerpo; eso no me hubiese preocupado tanto de no haber sido un combate entre niños.

Uno de ellos era Tiresio, el hijo de Aunia.

El otro era Calias.

—¡Calias! —lo llamé.

Estaba dispuesta a intervenir, pero no fue necesario: con un grito de guerra, Calias se agachó, rodeó la cintura de Tiresio con los brazos y lo arrojó por encima de su cabeza.

Tiresio cayó de bruces fuera del perímetro del círculo. Cuando se incorporó, le sangraba la nariz. Calias y él se miraron. Por un momento, pensé que Tiresio iba a abalanzarse sobre Calias.

Pero, en vez de eso, el hijo de Aunia esbozó una sonrisa.

—Tú ganas —le dijo a Calias.

Atónita, observé cómo los dos niños intercambiaban un puñetazo amistoso y despejaban el círculo para dar paso a Unibelos y a una muchacha pelirroja. Cuando las dos niñas empezaron a darse puñetazos, yo me dirigí hacia Calias.

—¿Puedes explicarme lo que acabas de hacer? —le espeté.

Al verme, el niño me miró con una mezcla de culpabilidad y orgullo.

—Acabo de machacar a Tiresio.

—¿Con qué objetivo?

Mi tono debió de ser muy frío, porque el muchacho se encogió un poco.

—Quería demostrarles a todos que soy fuerte.

—¿Y para eso has tenido que romperle la nariz a Tiresio?

—Se la he torcido un poco, no he llegado a rompérsela.

—¡Pero podrías haberlo hecho!

—A Leukón le rompieron la nariz cuando tenía mi edad, señora. Es algo habitual entre los celtíberos más jóvenes.

Yo no podía creer lo que estaba oyendo.

—¿Es así como os divertís? —bufé—. ¿Pegándoos los unos a los otros?

—Para ellos es normal, señora —protestó Calias—, y yo quiero ser como ellos.

—¿Quieres ser como ellos? —Yo lo miraba sin dar crédito—. ¿Quieres ser un salvaje, por todos los dioses?

—¡Sí! —El niño se había puesto rojo de repente—. ¡Quiero ser un salvaje y quiero vivir aquí para siempre!

Sus palabras me provocaron una punzada de angustia.

—Oh, Calias...

Sin darme tiempo a decir nada más, él me abrazó con fuerza. Me dio la impresión de que había crecido varias pulgadas desde que llegamos a Numancia.

—Por favor, señora —gimió—, quiero quedarme aquí. Y quiero que tú te quedes conmigo. Por favor, no te vayas, ahora esta es tu casa.

—Calias, yo ya tengo una casa...

—¡No, no la tienes! —Él se separó bruscamente de mí—. ¡Tu padre está en la guerra y tu madre iba a entregarte a ese... Máximo! —pronunció su nombre con un odio impropio de él—. ¡Me niego a creer que ese hombre es mejor que Leukón de Sekaisa, señora! ¡Me niego, me niego y me niego!

Yo tenía un nudo en la garganta.

—No es mejor, pero... Roma es mi hogar.

Calias sacudió la cabeza.

—Eso no es verdad, señora. Lo que pasa —continuó en voz baja— es que te da miedo tomar tus propias decisiones.

—Calias...

—Siempre has hecho lo que te decían, ¿verdad? —El niño se cruzó de brazos de una forma que me recordó dolorosamente a Leukón—. Te da miedo equivocarte y piensas que, si tomas una decisión y te equivocas, no podrás echarle la culpa a nadie más. Pero ¿sabes qué? No te equivocas queriendo estar aquí. —Levantó la barbilla con aire desafiante—. Yo amo este lugar y sé que tú también, señora. Lo sé porque te quiero mucho más que cualquier estúpido romano.

Vi que tenía los ojos empañados y quise abrazarlo de nuevo, pero él me dio la espalda y echó a correr.

—¡Calias...! —Quise detenerlo, pero no pude. Sus palabras me habían golpeado con tanta dureza como las de Kara.

¿Quién de los dos tenía razón? ¿A quién debía escuchar?

¿Y si Calias estaba en lo cierto, y si me tomaba tan a pecho las palabras de los demás porque me asustaba decidir por mí misma?

Me quedé mirando el fuego con el corazón en un puño y me dije que no podía seguir alargando aquella situación.

Calias ya se había decidido: él permanecería en Numancia, y yo no podía (ni quería) obligarlo a hacer otra cosa. Pero, gracias a Kara, ahora yo sabía que podía irme. Si huía en mitad de la noche, mi esposo no trataría de impedírmelo.

Por los dioses, no. ¿Cómo iba a abandonar nuestro cálido lecho para escabullirme en la oscuridad? ¿Cómo iba a salir de la vida de Leukón sin decirle adiós siquiera?

¿Cómo iba a traicionar a un hombre que me amaba... y al que yo amaba?

Sí, lo amaba. Y quería quedarme con él en Numancia.

Cerré los ojos, tratando de asimilar la decisión que acababa de tomar. Me quedaría en Numancia con Leukón, con Calias, con mis nuevas amigas. Me quedaría en el lugar en el que había descubierto que mi opinión importaba, que podía ser algo más que una buena hija y esposa. Que había personas dispuestas a arriesgarse por mí, a estar a mi lado a pesar de todo, a darme la oportunidad de escoger.

Quería ir a contárselo a Calias, a Kara, a todos. Y quería hablar con Leukón lo antes posible. Pero, cuando me disponía a hacerlo, oí mi nombre.

Era la voz de mi esposo, pero no me estaba llamando. Estaba hablando de mí con otra persona.

Agucé el oído. La voz de Leukón no provenía de las hogueras, sino de un callejón que había entre dos casas, tenuemente iluminado por el lejano resplandor del fuego.

No tendría que haber mirado, pero lo hice.

XXI

La sombra de mi esposo se proyectaba en la pared de piedras irregulares. Estaba de espaldas a mí y Aunia, de frente.

La joven no me vio llegar. Tenía la cabeza inclinada y el pelo le tapaba los ojos. Pero yo no me estaba fijando en su rostro, sino en su prominente barriga.

Aunia se había retirado el *sagum*, exhibiendo un vientre abultado por la quinta o la sexta luna de un embarazo.

—Por favor —le dijo a Leukón—, tienes que hacerlo.

—No —contestó mi marido—. No tengo que hacerlo y no lo haré.

—¡Necesita un padre! —Aunia levantó la barbilla y lo miró con los ojos vidriosos—. Los dos te necesitamos...

—Búscate a otro para eso —Leukón le habló con aspereza. No podía verle la cara, pero jamás había empleado ese tono conmigo.

La expresión de la joven pasó de la desesperación a la furia en cuestión de segundos.

—Si no lo haces, se lo diré a tu mujer —le espetó—. Le diré que es tuyo.

Esas palabras me cortaron el aliento. ¿Se refería a...? No, no podía ser cierto.

—Puedes decírselo a Cassia —contestó Leukón sin perder la calma—, pero no te creerá.

—¿Estás seguro de eso? —Aunia entornó los ojos y se acarició el vientre—. ¿Y si le digo que fue durante una de nuestras exploraciones, que me tomaste con palabras dulces y caricias y que yo creí que no me abandonarías después de eso?

Palabras dulces y caricias. Aquello me resultaba dolorosamente familiar.

—No te creerá —insistió Leukón con el mismo aplomo.

Yo decidí que ya había escuchado suficiente y me alejé del callejón sin ser vista. Me temblaba todo el cuerpo, pero eso no era nada en comparación con el frío que sentía de pronto. Toda mi alegría se había esfumado como el humo de las hogueras.

Eché a andar en dirección a mi casa, esquivando a los celtíberos que bailaban e ignorando a los que me llamaban al pasar. El corazón me golpeaba las costillas; apenas podía ver nada de lo que sucedía a mi alrededor.

Aunia iba a tener un hijo, un hijo de Leukón. Y, por lo que había podido deducir de la conversación que había escuchado, mi esposo se negaba rotundamente a reconocerlo.

Hice cálculos mentales. Aunia parecía a punto de dar a luz, por lo que Leukón y ella debían de haber engendrado al niño hacía varias lunas, antes de que Leukón y yo nos casáramos. Quizá la joven ya hubiese sabido que iba a tener un hijo entonces, quizá por eso se había tomado tan mal nuestra boda y se había mostrado tan hostil conmigo. Porque yo había aparecido en el peor momento posible.

Aunia era viuda; si Leukón se casaba con ella, sus tres hijos tendrían un padre. Pero yo me había interpuesto en su camino.

Sí, ahora entendía por qué me odiaba.

Pero ¿por qué Leukón se había comportado de ese modo? A mí no me hubiese importado saber que se había acostado con otras mujeres antes de casarse conmigo, ni siquiera me hubiese importado saber que las había amado.

Lo que me importaba, y mucho, era que me hubiese mentido. Que me hubiese dicho que era virgen y que no había nada entre Aunia y él.

Quería creer que todo aquello era una mentira de la joven, pero Leukón ni siquiera había negado que el niño fuese suyo. Solo le había asegurado que yo no iba a creer nada de lo que me dijese. Después de todo, mi esposo sabía el rechazo que me provocaba esa mujer.

Entré en mi casa y me puse a encender el fuego con el único objetivo de mantener las manos ocupadas. Si no las usaba para hacer algo útil, me pondría a romper cosas.

Cuando la primera chispa prendió la madera, yo me quedé contemplando las débiles llamas, quieta como una de las estatuas del foro romano. No sé cuánto tiempo pasé así, mirando el fuego y tratando de no pensar en nada, pero sentí como si hubiese envejecido varios años de golpe.

Calias tenía razón: hasta ese momento, yo había temido tomar las riendas de mi vida. De algún modo, esperaba que alguien me devolviese al mundo que conocía, el mundo de las calzadas y empedrados, los barcos mercantes y los baños termales. El mundo romano, moderno y civilizado, con el que yo ya estaba familiarizada. Pero yo había conocido otro mundo, uno salvaje y hermoso, y había llegado a querer formar parte de él. Sí, había llegado a desear brevemente ser una numantina más.

Pero ahora todo se rompía. Leukón, la persona que me había hecho amar el mundo hispano, me había traicionado. No porque se hubiese acostado con otra mujer, sino porque me había engañado a mí y ahora pretendía desentenderse de la criatura, que no tenía la culpa de nada. ¿Esa era la persona con la que quería compartir el resto de mi vida, un hombre capaz de ignorar a la madre de su hijo y de renegar de este? ¿Uno que me tomaba por idiota?

Decidí que no iba a quedarme esperando a que a mi esposo le pareciese oportuno volver a casa: iría en su busca y le obligaría a asumir las consecuencias de sus actos, le gustara o no.

Justo cuando me ponía en pie, la puerta se abrió y él apareció en el umbral.

—He visto el fuego desde la calle —dijo con suavidad—, ¿te encuentras bien?

—No.

Leukón dejó de sonreír.

—Vaya. —Dio un paso al frente—. ¿Puedes explicarme qué está pasando?

Yo retrocedí para mantenerme alejada de él.

—Creo que eres tú quien me debe una explicación.

—No te entiendo.

—Entonces, seré clara: no me molesta que te acostaras con Aunia, pero no entiendo por qué me lo has ocultado todo este tiempo. Y me parece vergonzoso que ahora pretendas ignorar a vuestro hijo.

Cuando pronuncié esas dos últimas palabras, Leukón exclamó:

—¿Qué?

Su tono no revelaba enfado ni vergüenza, solo una profunda incredulidad.

—¿Cómo que «nuestro»? —repitió perplejo—. ¿Desde cuándo yo voy a tener un hijo con Aunia?

Resultaba tan convincente que sentía deseos de creerlo, pero me obligué a recordar la conversación que había escuchado y me mantuve firme:

—Desde que te acostaste con ella durante una de vuestras exploraciones.

Leukón abrió los ojos y la boca al mismo tiempo.

—Eso es...

—Eso es lo que ella te ha dicho antes. —Apreté los puños—. Parecías muy convencido de que yo no iba a creerla.

—¿Y la crees? —dijo mi esposo sin aliento—. Por Cernunnos, Cassia, no puedo creer que hayas estado espiándome...

Aquello me hizo sentir una punzada de culpabilidad, pero me sobrepuse:

—Ahora entiendo por qué siempre defendías a Aunia —dije sacudiendo la cabeza—. Tendría que haberlo sospechado desde el principio, pero quería creer que tú y yo...

—¿La crees? —repitió él interrumpiendo mi discurso—. ¿Te estoy diciendo que el hijo de Aunia no es mío y tú *la crees*?

—Os he escuchado, Leukón.

—Pues no lo has escuchado todo. —Mi esposo soltó un resoplido incrédulo—. El hijo de Aunia no es mío, sino de Ambón.

—Qué casualidad que me haya perdido esa parte.

Leukón me miraba entre dolido y desconcertado.

—Cassia, es la verdad —insistió—. Ambón no quiere casarse con Aunia, nunca ha querido hacerlo. Por eso Aunia pretende que yo me haga cargo de su hijo, cosa que no pienso hacer, por cierto. Ese niño no es mío.

—¿Cómo lo sabes?

—¡Porque yo jamás le he puesto una mano encima a esa mujer, por Cernunnos! —estalló Leukón—. ¡Jamás!

Golpeó la pared con el puño con todas sus fuerzas. Yo parpadeé con lentitud.

—No golpees cosas mientras discutimos —le advertí.

—¿Qué quieres que haga si mi esposa cree antes la palabra de esa embustera que la mía? —Él volvió a golpear la pared y aquello terminó de enfadarme.

—¡Escúchame, bárbaro! —grité para igualar mi tono de voz al suyo—. ¡Me da igual lo que haya pasado, no te permito que me levantes la voz ni que te pongas violento!

—¿Violento? —Leukón entornó los ojos—. Pero si solo le he pegado a la pared...

—Ah, menos mal —dije con frialdad—. ¿Tengo que darte las gracias por no pegarme a mí?

Leukón se plantó a mi lado en tres zancadas. Se había puesto rojo, pero no intentó tocarme.

—Antes me cortaría la mano —siseó—. ¿Me oyes, Cassia Minor? Antes me cortaría la mano que ponértela encima.

—Y más te vale.

—¿Crees que te haría daño? —Sus ojos ardían; yo sospechaba que los míos se apagaban por momentos—. ¿De verdad crees que podría hacerlo?

Sacudí la cabeza con lentitud.

—Ya no sé qué creer, Leukón. Ya no lo sé.

De repente, ya no estaba furiosa, solo cansada y

decepcionada. Justo cuando creía que iba a comenzar algo nuevo, algo que cambiaría mi vida para siempre, descubría que había terminado antes de empezar siquiera. Que yo había estado a punto de construir ese algo sobre mentiras y silencios.

Leukón desvió la mirada. Él también parecía agotado.

—Nunca has querido estar aquí, ¿verdad? —murmuró.

—Vine a la fuerza y me quedé por obligación —admití—. Y ahora...

—¿Ahora...?

Miré alrededor. Cada rincón de esa casa me traía recuerdos: el fuego junto al que nos habíamos sentado la primera mañana, el bancal de piedra en el que Leukón había dormido a Calias cuando tenía pesadillas, el torno en el que yo había fabricado aquella primera remesa de cacharros de arcilla. El gancho del que colgaba mi *sagum* y la moneda de Numidia que reflejaba las llamas anaranjadas. El lecho de pieles en el que habíamos dormido y yacido juntos tantas veces ya.

—Ahora todo esto me hace sentir dolor —dije finalmente. Y estaba siendo dolorosamente sincera con él.

—Bien. —Leukón me dio la espalda—. Eso era lo que necesitaba saber.

—¿Te vas?

—Sí. Y tú vienes conmigo.

—Pero...

Él se detuvo y me miró por encima del hombro.

—Cassia, por favor —dijo en voz baja—. Déjame hacer una cosa bien, al menos.

No me convencieron esas palabras, sino el tono con el que las dijo. Y, pisoteando los últimos restos de nuestra breve felicidad, fui tras él.

XXII

Hispania Ulterior, 153 a. C.

Trueno recorría el bosque al galope, quebrando ramas y golpeando troncos con sus flancos. Leukón me sujetaba con firmeza, pero, por si acaso, yo también me agarraba al pelaje del caballo. Encogida en mi *sagum*, trataba inútilmente de protegerme del viento helado que sacudía mi ropa y parecía colarse bajo mi piel.

Los fuegos de Numancia habían quedado atrás. Solo miré por encima del hombro una vez: la ciudad aún estaba envuelta en humo dorado, pero las hogueras se iban apagando poco a poco. La fiesta había terminado.

Leukón había despertado a Trueno, me había subido en él y lo había guiado fuera de Numancia en silencio. No se había despedido de nadie, y yo sospechaba que había tratado de pasar desapercibido.

—¿A dónde vamos? —le había preguntado yo.

Pero Trueno iba tan deprisa que Leukón no podía escucharme.

Cabalgamos durante un buen rato. Aterida de frío, yo me debatía entre la rabia y la decepción que sentía.

Una parte de mí detestaba a Leukón por lo que había hecho, por haberme mentido en primer lugar y haber reaccionado brutalmente a continuación; otra parte, la que iba ganando la partida, solo quería cerrar los ojos y olvidar las últimas horas.

Conforme avanzamos, sin embargo, aquel dolor se volvió sordo. El frío y el sueño me debilitaban, mi cuerpo estaba entumecido y mis párpados se cerraban solos. Solo deseaba dar media vuelta, volver a Numancia, meterme en mis pieles y no salir de ellas en unos cuantos años. Pero Leukón, implacable, seguía dirigiendo a Trueno hacia lo desconocido.

No le importaba, nada de lo que había ocurrido le importaba lo más mínimo. Ni tampoco yo. No se había disculpado por sus mentiras ni por la escena que había montado en casa, golpeando las paredes como una maldita bestia. ¿Qué clase de hombre se comportaba así? No parecía el mismo con el que había dormido tantas noches.

Nos detuvimos en un claro diminuto. Leukón me ayudó a desmontar y ató a Trueno a un tronco. Nos rodeaban pinos tan altos como diez hombres; me quedé mirando el círculo de luz azul que se veía entre las copas, un cielo sin luna ni estrellas, mientras mi esposo le murmuraba algo a su caballo. Después se dirigió a mí:

—Ven conmigo, Cassia. Quiero mostrarte algo.

—¿Qué es?

Pero Leukón no respondió. Evitaba mirarme desde que habíamos salido de Numancia, pero yo no creía que estuviese avergonzado de sí mismo. Lo miré con rencor, pero él echó a andar y no tuve más remedio que imitarlo. Quedarme con Trueno en aquel claro no parecía razonable.

Caminamos entre los árboles durante algunos minutos, hasta que Leukón se detuvo y apartó una rama baja para dejarme ver lo que había al otro lado.

—Ahí está.

Un resplandor dorado me cegó y parpadeé con fuerza para acostumbrarme a la luz.

Ahogué un grito. Delante de nosotros, a menos de cien pasos de distancia, había un centenar de hogueras repartidas en hileras que se cruzaban perpendicularmente. Conocía perfectamente aquella disposición, y verla delante de mí me provocó un estremecimiento.

—El campamento de Nobilior —anunció Leukón, aunque no era necesario—. Los romanos ya están aquí, Cassia. Casi a las puertas de Numancia.

—Dioses —murmuré asombrada.

Mi esposo dio un paso atrás.

—Eres libre.

—¿Cómo?

Busqué su cara en la oscuridad, pero solo vi su silueta. Negra, inmóvil, tensa como la cuerda de un arco a punto de disparar una flecha mortal. Había apoyado el antebrazo en el tronco de un árbol y estaba ligeramente encorvado hacia delante.

—Puedes irte con ellos.

—Pero...

—Eres libre —repitió Leukón— para volver a casa.

Sus palabras me provocaron una pena indescriptible. Pero la rabia volvió antes de que pudiese dejarme llevar por ella.

—¿Eso es lo que quieres, librarte de mí? —estaba hablando en voz demasiado alta, pero no me importaba.

—¿Eh...? —Mi esposo parecía confundido. Yo sentí deseos de zarandearlo.

—¿Por eso me has traído hasta aquí, para que me marche y deje de molestarte? —Apreté los puños—. ¿Planeas casarte con Aunia cuando lo haya hecho?

La voz de Leukón se quebró:

—¡Basta ya, por favor!

Se acercó a mí en tres zancadas. Pude ver cómo tensaba los músculos, cómo su pecho ascendía y descendía velozmente debajo del *sagum*, y me encogí involuntariamente.

—Te he traído hasta aquí porque mereces ser libre —gruñó—, pero eso no quiere decir que no me rompa el corazón. Sin embargo, si vas a irte...

—Leukón... —empecé a decir, pero él me interrumpió:

—No, espera. Tú ya has hablado, así que déjame terminar. Si vas a irte —repitió—, no quiero que tus últimas palabras sean una mentira. Yo nunca he estado con Aunia de esa manera, hemos sido compañeros de armas y nada más. Ella quiere que me ocupe de su familia y no se lo reprocho, tiene que ser duro cuidar de tres niños sin ayuda, pero los dos sabemos de sobra que ese hijo no es mío. Y tú tienes que creerme, por favor. Aunque vayas a irte.

Terminó de recorrer la distancia que nos separaba y me agarró del brazo con cierta brusquedad, pero sin violencia. Me atrajo hacia su cuerpo e inclinó la cabeza hasta que pude notar la caricia de su aliento en los labios. Por primera vez, la débil luz proveniente del campamento iluminó sus ojos, tiñéndolos de ámbar en la oscuridad.

—He hecho cosas terribles, Cassia —susurró sin dejar de contemplarme—. He matado a hombres armados y he asesinado a sangre fría, he asaltado caravanas y he robado lo que he querido. He sido un bruto y un violento, también; tú tenías razón en todo eso. —Su mirada descendió hasta mi boca—. Pero no soy un mentiroso ni un cobarde. Eso sí que no.

Cerró los ojos con fuerza y me empujó contra el árbol más próximo para devorar mis labios. Respondí instintivamente, dejando que nuestras lenguas se entrelazaran, que su boca hambrienta me robara el aliento una vez más. Pero apenas me dio tiempo a ponerle las manos en el pecho: para cuando quise darme cuenta, él ya me había soltado y estaba dándome la espalda.

—Que los dioses se apiaden de mí —murmuró. Y ya no dijo nada más.

Yo aún sentía la huella ardiente que ese último beso había dejado sobre mis labios y me pregunté si realmente sería el último. ¿Así terminaba todo, así terminaba mi historia con el hombre que me había salvado del acero y el fuego, que me había ofrecido su hogar y su cuerpo? ¿Esas iban a ser sus últimas palabras para mí?

«Pero no soy un mentiroso ni un cobarde. Eso sí que no».

—No, no lo eres —dije con un hilo de voz—. Y te creo.

Leukón resopló. Pude ver cómo se giraba para buscar mis ojos en la penumbra.

—¿Me crees? —repitió con cautela.

—Sí. —Parpadeé para ocultar las lágrimas—. Sí, te creo.

De nuevo, el fuego lejano alumbró su rostro y pude ver cómo su expresión se suavizaba.

—Gracias, Cassia. —Inclinó la cabeza—. Ahora me duele menos separarme de ti. —Hizo un gesto hacia los árboles—. Vamos, deprisa. Estarás impaciente por reencontrarte con los tuyos.

Algo se removió en mi interior al escuchar eso.

—Leukón, yo no...

Dejé de hablar cuando oí un ruido a mis espaldas. Leukón también debió de oírlo, porque me agarró del brazo y me puso detrás de él sin decir nada.

Agucé el oído.

—Es su caballo. —Escuché decir a un hombre en la lengua de los celtíberos.

—¿Lo matamos? —dijo otro hombre distinto.

Leukón soltó un bufido y contestó con voz potente:

—¡Si tocáis a mi caballo, os cortaré las manos! —Se volvió hacia mí y me puso las manos en los hombros—. Quédate aquí o ve al campamento, pero no me sigas.

Me soltó y echó a correr. Y, naturalmente, yo no le hice caso.

En el claro nos esperaban tres hombres.

Eran tres celtíberos. Recordaba vagamente sus caras; de hecho, uno de ellos había viajado con nosotros a Numancia. No recordaba si era Corbis o Lubbo. Los tres portaban antorchas e iban armados; no vi sus caballos por ninguna parte, pero podían haberlos dejado atados un poco más atrás.

Corbis (o Lubbo) fue el primero en adelantarse:

—No esperaba esto de ti, Leukón.

Mi marido sostuvo su mirada con tranquilidad. No sé si era consciente de mi presencia justo detrás de él, pero se las arregló para situarse justo entre los hombres y yo.

—¿A qué te refieres, Lubbo? —preguntó.

Sí, era Lubbo. Corbis era el tipo de las hierbas medicinales. Él me caía mejor.

—Sé que tú no has tenido la culpa. —Lubbo hizo ademán de caminar en círculos, pero la mirada que le dirigió mi esposo le hizo detenerse de inmediato—. Ha sido esa zorra a la que tomaste por esposa.

Definitivamente, ese hombre no me caía bien.

Leukón se cruzó de brazos sin perder la calma.

—Si hablas así de mi esposa, Lubbo, tendré que arrancarte la cabeza. Ahórranos eso a los dos, ¿quieres?

Lubbo se encogió involuntariamente al escuchar aquello. Por una vez, me alegré de que Leukón fuese tan directo.

—Ella te ha engañado —masculló Lubbo—. Es lo que hacen las mujeres de su calaña: como no saben blandir una espada, usan su astucia para dominar a un hombre y, ¡zas!, se salen con la suya.

—No sabía que tuvieses tanta experiencia con las mujeres, Lubbo. Más bien tendía a pensar lo contrario.

Los compañeros de Lubbo rieron entre dientes, pero uno de ellos también se encaró con mi esposo:

—Leukón, tu lengua no te salvará esta vez. Te hemos descubierto.

—¿Haciendo qué? ¿Es que no puedo ir al bosque con mi mujer?

—No al campamento de los romanos, viejo amigo —respondió el guerrero—. Lo siento, pero debes volver a Numancia y entregarnos a tu esposa.

—No.

—Escúchame, Leukón...

—No, escúchame tú: hice un juramento ante los

dioses. —Leukón se irguió en toda su altura, que superaba la del más alto de aquellos hombres—. Juré que protegería a mi esposa y, si intentáis hacerle daño, tendré que mataros. Es así de simple.

Lo decía con tanta tranquilidad que resultaba escalofriante. Yo, por mi parte, estaba calculando nuestras posibilidades: sabía que Leukón era un bravo guerrero, pero, si esos hombres se empeñaban en llevarme con ellos, serían tres contra uno.

—¿Existe la posibilidad de que vaya con ellos? —le pregunté en latín.

—No sin que corras peligro —contestó él sin mirarme—. No lo permitiré.

—Pero...

—Cassia —me interrumpió—, no lo permitiré.

Supe que no iba a cambiar de idea, por lo que me alejé discretamente de él y me acerqué a Trueno, que se agitaba con nerviosismo.

—Eres igual que Karos —le espetó Lubbo a Leukón—. Habéis dejado que dos mujeres os dominen.

—Que tu mujer pueda opinar no quiere decir que te domine, Lubbo —contestó mi esposo con voz pausada—. Aunque supongo que ninguna mujer se ha acercado a ti lo suficiente como para que puedas escucharla.

Intentaba ganar tiempo, pero se nos estaba agotando.

—Esto no va de mujeres, Lubbo —intervino el otro guerrero—. No dirías eso delante de Kara o Aunia. —Se volvió hacia Leukón y sacudió la cabeza con pesar—. Esto va de romanos, y me temo que o tu esposa te ha engañado o tú has decidido traicionarnos por ella. En cualquier caso, no podemos dejaros marchar.

—¿Creéis que os he traicionado solo porque estamos en el bosque? —Leukón arqueó sus pobladas cejas—. ¿Nunca habéis ido con una mujer al bosque?

—¿Y si dice la verdad? —murmuró el tercer hombre, el más joven, que no había hablado hasta ese momento—. No creo que Leukón de Sekaisa sea un traidor.

Por un momento, el más razonable de sus compañeros pareció dudar. Pero Lubbo no iba a permitir que la balanza se inclinara a favor de mi marido:

—¡Ya basta de charla! —ladró—. ¡Entréganos a la romana, Leukón, o serás acusado de amigo de los romanos!

Mi esposo exhaló un suspiro cansado.

—Voy a tener que matarte, Lubbo.

—¿Serás capaz de hacerlo? —Ahora el joven lo miraba decepcionado.

—Parece que Avaro tenía razón, después de todo. —El tercer hombre miró a Leukón con pesar—. Lo siento, amigo.

Los tres numantinos arrojaron las antorchas y desenvainaron sus espadas. Leukón ya tenía la suya preparada.

—Cassia, corre —me ordenó.

Pero yo tenía una idea mejor.

Todo pasó muy deprisa: los hombres echaron a correr hacia mi esposo y yo, hacia Trueno, que levantó las patas delanteras y cayó sobre Lubbo, pisoteándolo con sus cascos.

Oí el desagradable crac de los huesos partiéndose; momentos después, el ruido metálico de las espadas se mezcló con los gritos de guerra de mi esposo. Se estaba enfrentando a los dos hombres que quedaban en pie.

Las antorchas se habían apagado al caer sobre el manto del bosque. Yo rodé por el suelo, apartándome de los guerreros, y traté de ver algo en la penumbra. Trueno relinchaba y piafaba con nerviosismo mientras los hombres seguían cruzando sus espadas.

El primer guerrero cayó con un alarido y mi corazón dio un vuelco, pero supe que no era Leukón porque los que quedaban en pie siguieron luchando. Para no distraer a mi esposo, me acerqué a Trueno e intenté calmarlo, pero no fui capaz y, derrotada, me alejé de él para que no me pisoteara a mí también.

Momentos después, oí un gemido. Me di la vuelta y vi una imagen horrible.

—No —gemí.

Uno de aquellos hombres estaba inclinado sobre Leukón; mi marido estaba tumbado en el suelo, inmóvil, mientras el otro jadeaba sobre él. Entre los dos cuerpos había una espada erguida verticalmente.

—¡No! —grité desesperada.

Mis ojos se llenaron de lágrimas y el guerrero numantino farfulló algo. Sus hombros se sacudieron y, momentos después, su cuerpo se relajó y cayó al suelo como un fardo.

Leukón rodó sobre su costado y se incorporó. Entonces me di cuenta de que aquella espada no estaba clavada en su pecho, sino en el vientre de su oponente.

—¿Cassia? —murmuró mi esposo.

Yo caí de rodillas junto a él.

—¿Estás vivo? —pregunté con un hilo de voz—, ¿estás herido?

—Estoy bastante herido, la verdad —gruñó él—, pero creo que sobreviviré.

También se puso de rodillas para observarme. Apenas podía verlo, pero distinguí las salpicaduras de sangre de su rostro y su ropa y me mareé.

—¿Cómo estás tú?

—Mal.

—¿Te han hecho daño? —Leukón se inclinó hacia mí con aire preocupado.

—Leukón, yo pensaba... Oh.

Las lágrimas inundaban mis mejillas. La expresión de mi esposo se dulcificó al verlas.

—Ah, querida, ¿estabas llorando por mí?

Leukón me apoyó suavemente en su pecho y me acarició el pelo. Yo me aferré a él entre sollozos; me sentía más aliviada que triste, pero su proximidad era como un bálsamo para mí.

—Pensaba que ese hombre te había matado...

—Quizá lo hagan otros cuando vuelva a Numancia —admitió él—, pero moriré feliz sabiendo que tú estás a salvo. Tu gente te protegerá, y no tendrás que vivir esta guerra.

—Te equivocas —susurré—. Voy a vivirla.

Levanté la cabeza para mirarlo. A pesar de la oscuridad, creí distinguir el brillo de sus ojos.

—Leukón de Sekaisa, hiciste un juramento ante los dioses —le recordé—. Soy tu esposa y no puedes deshacerte de mí tan fácilmente.

—Cassia...

—Voy a volver contigo. —Levanté la mano para acariciarle la mejilla áspera—. Voy a volver a casa, a nuestra casa. Y ya veremos cómo nos las arreglamos.

Leukón me dirigió una larga mirada. Después puso su mano sobre la que yo tenía apoyada en su cara.

—Escúchame, Cassia: voy a tener que explicar la muerte de estos hombres. Avaro los ha enviado, pero ellos no volverán y yo sí. Lo cual me deja en una posición delicada, dado que Avaro sospecha que estoy dispuesto a traicionar a mi gente para que los romanos ganen la guerra.

—Sé que tener una esposa romana es un inconveniente para ti —admití—, pero prefiero volver contigo.

—¿Estás segura?

—Completamente.

—Pero, ¿qué te ha hecho cambiar de opinión?

Aunque no podía verme, sonreí.

—Hace tiempo, Calias me dijo algo muy inteligente.

—¿Sí? ¿Qué te dijo?

Había cierta admiración en su tono de voz. Yo ya sabía que Calias y él estaban muy unidos, pero me sentí conmovida de todas maneras.

—Que una persona que está dispuesta a salvarte la vida es una buena elección —dije reprimiendo un suspiro. Parecía que habían pasado años desde aquella conversación.

—¿Eso es lo que te ha hecho cambiar de idea? —murmuró Leukón—. ¿Un consejo de nuestro muchacho?

Me gustó que dijese que era nuestro.

—No, no ha sido eso. Solo lo recordaba.

—¿Entonces? —insistió él—. ¿Por qué has cambiado de opinión?

Yo reí y, al mismo tiempo, volví a llorar:

—Ah, querido, yo no he cambiado de opinión. Yo no quería marcharme.

—¿Cómo...?

—Antes de lo de Aunia, iba a decirte que quería quedarme en Numancia a pesar de todo —confesé—.

Sé que estabas al corriente de mi plan de huida, Kara me lo ha contado todo. Pero, como puedes comprobar, he fracasado. —Sonreí otra vez, con cierto apuro—. No quiero marcharme, Leukón, ya no.

—Escuchar eso me hace feliz. —Sospechaba que él también estaba sonriendo—. Pero ¿y lo de Aunia?

—Olvidémonos de ella —zanjé—, tenemos problemas más graves que sus intrigas.

—Los tenemos, pero... Por Cernunnos, Cassia, ¿estás segura de que esto es lo que quieres?

—¿Cuántas veces tengo que decírtelo?

Esta vez, fue mi esposo quien rio.

—Está bien, está bien.

Se acercó a Trueno con cautela. El caballo seguía nervioso, pero pareció calmarse al ver a su dueño, que le murmuró algo en su lengua.

—Oye, Leukón —le dije al ver que se disponía a montar—, ¿no deberíamos hacer algo con ellos?

Lubbo y los demás no me inspiraban simpatía, pero no me parecía bien dejar sus cadáveres a merced de los depredadores.

Curiosamente, a Leukón sí:

—No, aún no. Han muerto en combate: es justo que los buitres los descarnen para que alcancen el Más Allá lo antes posible.

—¿Que los buitres los... qué? —pregunté sorprendida.

—Que los descarnen. Es un honor que solo merecen los guerreros —me explicó mi marido—. Cuando un guerrero muere de forma heroica, es justo dejar que los buitres se ocupen de él.

—No lo entiendo.

—Da igual que lo entiendas o no, querida. Es una

costumbre y a ellos les hubiese gustado que la respetáramos.

Su tono no admitía réplica, por lo que acepté su mano y monté tras él.

Había presenciado una matanza que me provocaría pesadillas durante semanas. Había renunciado a volver con los romanos, a la civilización, había dado la espalda al mundo que conocía. Había decidido regresar a Numancia junto a Leukón y estaba dispuesta a asumir las consecuencias.

Tendría que haberme sentido impresionada, arrepentida o asustada. Y, sin embargo, solo me sentía extrañamente aliviada. Tanto que, sin darme cuenta, me quedé dormida sobre el caballo.

XXIII

Numancia, 153 a. C.

Estaba amaneciendo cuando llegamos a Numancia. El cielo clareaba en el este, pero no había luna ni estrellas en él, solo un denso manto nuboso y lluvia. Una lluvia helada que, poco a poco, iba empapando mi *sagum* y el pelaje de Trueno.

—No se oye nada —le dije a Leukón—. ¿Crees que todos estarán dormidos?

—No.

Me giré para mirarlo y vi que contemplaba las murallas con el ceño fruncido. Las torres cuadradas se recortaban contra el tapiz grisáceo del cielo y parecían contemplarnos desde lo alto.

Cuando Trueno estaba a punto de alcanzar las puertas, estas se abrieron lentamente.

Tan pronto como entramos en la ciudad, nos vimos rodeados por un grupo de guerreros. Estaban despiertos y armados, como si llevaran un buen rato esperándonos.

—¡Alto! —ordenó uno de ellos, un joven con la

cara llena de pecas—. ¿Dónde están Lubbo y los demás?

Me quedé mirándolo con el corazón encogido. Llevaba una túnica de lana, el *sagum* ligeramente retirado de los hombros y una rodela que exhibía el símbolo del dios Lug. La punta de su espada emitía destellos bajo la débil luz del alba. Sus compañeros también estaban preparados, algunos de ellos incluso llevaban cascos y grebas. Como si fuesen a librar una batalla y no a recibir a uno de sus propios compañeros de armas.

Al ver las espadas desenvainadas, Trueno se puso nervioso. Temí que se alzara sobre sus cuartos traseros, pero Leukón lo tenía bien entrenado: chasqueó la lengua, le dio una palmada en el lomo y consiguió apaciguarlo hasta que los dos bajamos al suelo. Entonces sí, el caballo empezó a relinchar con furia.

Leukón se colocó delante de mí y se encaró con el joven de las pecas. Pensé que la altura de mi marido era una ventaja: al igual que había hecho Lubbo antes que él, el chico se encogió.

—Lubbo y los demás han intentado hacerle daño a mi esposa —dijo Leukón con calma—. Les he dicho que era una mala idea, pero no me han escuchado.

—¿Y cuál ha sido el desenlace? —preguntó alguien desde atrás.

Dos guerreros se apartaron para dejar pasar a Ambón, que iba desmelenado y llevaba el *sagum* recogido por encima del hombro. Él sí que parecía haberse levantado rápidamente del lecho.

Leukón y él intercambiaron una mirada y mi esposo sonrió levemente.

—Yo no amenazo, Ambón. Yo actúo.
—Los has matado, entonces.

No era una pregunta. Leukón abrió la boca para responder, pero alguien se le adelantó:

—Yo diría que se han suicidado.

Kara empujó a un hombre para situarse a la altura de Ambón, que la miró de reojo.

—Todos sabemos que no es fácil provocar a Leukón —siguió diciendo Kara—, pero, si te empeñas en hacerlo, allá tú.

Sentí una oleada de gratitud al escuchar sus palabras. La joven tenía los brazos musculosos cruzados sobre el pecho y la trenza medio deshecha, como si hubiese regresado de una batalla en ese mismo momento. Aunque algunos le dirigieron miradas hostiles, nadie osó llevarle la contraria; yo ya sabía que despertaba una gran admiración entre su pueblo, pero nunca se me había ocurrido pensar que eso podría llegar a salvarme la vida.

—Lubbo siempre fue un poco idiota, sí —concedió Ambón. Sus palabras provocaron algunas risas entre los guerreros, aunque otros protestaron entre dientes—. Sin embargo, Lubbo estaba siguiendo las órdenes de Karos.

—¿De Karos? —Leukón dejó de sonreír—. Tenía entendido que se marcharía después del banquete con una partida de exploradores.

—Estabas bien informado. —Ambón entornó los ojos hasta que sus rubias pestañas los cubrieron casi por completo—. Se marchó, en efecto, pero antes dijo que quería que Lubbo y los demás te vigilaran.

—Te vieron salir de Numancia con la romana, Leukón. —El chico pecoso lo señaló con la punta de su espada—. Algunos quisieron detenerte, pero Karos prefirió darte un voto de confianza. ¡Y así se lo has pagado, matando a tus propios hermanos!

Hubo abucheos entre la multitud. Yo temí que se abalanzaran sobre nosotros en cualquier momento, pero Ambón levantó las manos para pedir silencio.

—Un poco de calma, por favor...

—¡Que responda ante la Asamblea! —gritó alguien entre la multitud.

—¡Prendedlo!

—Podéis intentarlo. —Kara desnudó su espada con la mano derecha y empuñó un hacha de mano con la izquierda—. Pero creo que todos preferimos evitar derramar sangre inútilmente, ¿no es cierto?

Su amenaza funcionó, pues los dos o tres hombres que ya estaban acercándose a nosotros retrocedieron al momento.

Yo no sabía qué hacer. Sospechaba que cualquier cosa que dijese empeoraría la situación, por lo que me limité a permanecer en silencio.

—Esto no es cosa de la Asamblea, sino del Consejo de Ancianos —dijo Ambón haciéndose oír por encima del jaleo—. Pero este no puede reunirse hasta que Karos haya regresado.

—¿Y cuándo volverá? —preguntó alguien.

—Dijo que lo haría dentro de tres lunas. —Por fin, Kara volvió a guardar sus armas y se oyeron suspiros de alivio entre la gente—. Hasta entonces, nadie debe tomarse la justicia por su mano. ¿Verdad que no, Ambón?

Alzó la barbilla y clavó sus ojos azules en los del chico. Él sostuvo su mirada sin pestañear.

—Claro que no —dijo con tono conciliador. Yo tenía la impresión de que se estaba divirtiendo de lo lindo con todo aquello—. Esperaremos a que vuelva Karos y dejaremos que Leukón se explique.

Mi esposo respondió a eso con una firme inclinación de cabeza. Después, sin mediar palabra, cogió las riendas de Trueno, me puso una mano en la espalda y se dirigió hacia nuestra casa.

—Estamos en un aprieto, ¿verdad?

Leukón palmeó una vez más el cuello de Trueno y se dejó caer pesadamente frente al hogar. El fuego ya casi se había apagado, por lo que tuvo que avivarlo; mientras tanto, yo comprobé por enésima vez que Calias estuviese durmiendo. Albergaba la terrible sospecha de que le habían dejado beber *caelia* durante el banquete, pero decidí que ya hablaría con él más adelante, cuando no tuviese otros asuntos más urgentes entre manos.

Como, por ejemplo, el inminente regreso de Karos a Numancia.

—No es nada nuevo, romana —dijo Leukón por fin. Y me sonrió arqueando las cejas—. He estado en aprietos desde que me casé contigo.

—¿Y por qué pareces tan contento? —Me senté a su lado con tanto ímpetu que me golpeé dolorosamente el trasero—. Maldita sea...

Él volvió a concentrarse en el fuego, que empezaba a crepitar amorosamente. Yo extendí las manos hacia él y solo entonces me di cuenta de que se me habían quedado congeladas.

—Porque he estado a punto de perderte esta noche, Cassia —murmuró Leukón finalmente—. Sea lo que sea lo que los dioses hayan guardado para mí, no puede ser peor que eso.

Respiré hondo. Una parte de mí sabía que no merecía esas palabras ni esos sentimientos, pero me calentaron el pecho de todas maneras.

—Todo ha sido por mi culpa, Leukón —dije abrazándome las rodillas—. Si te hubiese escuchado desde el principio, no hubiésemos salido de Numancia y ahora mismo estaríamos durmiendo tranquilamente, no pensando en lo que puede suceder...

—Cassia, estamos en guerra. —Mi esposo me interrumpió con suavidad—. Las malas noticias van a llegar antes o después, una detrás de otra, y debemos estar preparados. Sin embargo —añadió volviendo a contemplarme—, cuando me has dicho que querías quedarte... Por Cernunnos, nunca había sido tan feliz como en ese momento.

A pesar de todo, le sonreí débilmente.

—Yo tampoco.

Estiré el cuello para darle un rápido beso en los labios. Él parpadeó confundido y me pareció que sus mejillas se teñían de un suave color rojo.

—Por todos los dioses, ¿vas a ruborizarte ahora?

—Reí a mi pesar—. ¿Después de todo lo que hemos hecho sobre estas pieles?

—Después de todo lo que *me* has hecho, romana —refunfuñó él, aunque había un brillo travieso en su mirada—. Eres tú la que se dedica a cabalgarme la mitad de las noches.

—Pero mira que eres bruto. —Sacudí la cabeza con incredulidad.

—Bruto, pero sincero. —Empezó a quitarse el *sagum* con movimientos rápidos—. ¿Crees que Calias tardará en despertarse?

—Leukón.

—¿Umm? —Él ya estaba sacándose la túnica por

la cabeza, pero se detuvo para dirigirme una mirada interrogante.

—¿De verdad tienes ganas de hacerlo ahora? —pregunté asombrada—. ¿Después de todo lo que ha pasado esta noche?

Sus labios carnosos se curvaron en una sonrisa de disculpa. Terminó de quitarse la túnica y la arrojó al suelo sin muchos miramientos.

—¿Te refieres a que podrían haberme matado o apresado? ¿O a que es probable que lo hagan en cuanto Karos pise la ciudad? —Sus palabras me provocaron un escalofrío. Leukón debió de notarlo, porque bajó la voz—. Querida, no está en mis manos cambiar eso ahora. Si solo me quedan unos días, quizá unas horas, quiero pasarlas contigo.

Se recostó junto al fuego y se encogió de hombros.

—Eso no quiere decir que tengas que cabalgarme —añadió con tono ligero—. Me conformo con que te sientes a mi lado y hablemos de cualquier cosa. Si tienes sueño, también puedes dormir en mi regazo. Lo único que quiero es tenerte cerca. —Hizo una pausa y frunció el ceño—. Umm, no te he preguntado si tenías hambre. ¿Quieres que te prepare algo?

Mientras él hablaba, yo contemplaba su torso a la luz del fuego, el vello oscuro que cubría su abdomen y las piernas musculosas y llenas de cicatrices. Había salido bien parado del enfrentamiento con Lubbo y los otros dos, aunque tenía algunos cortes superficiales en los brazos, la parte de su cuerpo que quedaba más expuesta cuando luchaba.

—Debería curarte esas heridas —comenté mientras yo misma colgaba mi *sagum* de la pared.

—Las heridas están en los brazos, Cassia, no entre mis piernas —respondió él con tono amable.

Los dos nos miramos durante unos segundos interminables. Luego yo resoplé imitándolo y me quité mi propia túnica con deliberada lentitud. Le oí jadear mientras la prenda cubría mi rostro.

—¿Tanto te gusta tentarme? —gruñó mi esposo con voz ronca.

Yo dejé caer la túnica, la aparté con la punta de mi pie y le sonreí con descaro.

—¿Tanto te gusta mirarme? —repliqué—. Ven a por mí, bárbaro, si te atreves.

Para cuando terminé de pronunciar esas palabras, Leukón ya se estaba levantando y caminaba hacia mí. Se agachó para alzarme en vilo y, en cuestión de segundos, me vi atrapada entre la pared y su cuerpo.

Con un gemido de impaciencia, le eché los brazos al cuello. Él respondió acercando sus labios a mi oído:

—¿Y ahora qué? —me susurró.

«Ahora vamos a aprovechar esta tregua», pensé. Pero no lo dije en voz alta. En vez de eso, miré hacia abajo, recreándome en la dureza de su cuerpo y la excitación de su sexo, y separé más los muslos a modo de invitación.

No sabía lo que nos deparaba el futuro, pero decidí que, si estaba en manos de los dioses, yo iba a ser débil como una mortal.

XXIV

Desgraciadamente, Karos de Sekaisa no tardó ni dos noches en volver a Numancia.

Su partida de exploradores regresó al atardecer. Leukón y yo no habíamos salido de casa desde la madrugada del día anterior, preferíamos no encontrarnos con nadie; le habíamos explicado a Calias la situación como habíamos podido y el niño había permanecido con nosotros en todo momento. Aunque parecía afectado, trataba de aparentar normalidad, y yo se lo agradecía.

Fue Kara la que nos anunció el regreso de Karos. Llamó a la puerta con tres golpes secos e irrumpió en casa con aire sombrío. Yo no la había visto desde que llegamos a la ciudad, cuando nos defendió delante de todo el mundo, pero, aunque intenté sonreírle, ella evitó mis ojos en todo momento. Abatida, cogí mi *sagum* y los seguí a Leukón y a ella.

—Voy con vosotros, señora —dijo Calias al punto.

Yo le pasé la mano por el pelo con cariño. ¿Por qué tenía la sensación de que había crecido desde que llegamos a Numancia? No había transcurrido tanto tiempo.

—Te lo agradezco, Calias, pero será mejor que te quedes aquí.

—Pero...

—Querido —lo interrumpí suavemente—, esto no va a ser agradable. Leukón y yo vamos a pasar un mal rato y estaremos más tranquilos sabiendo que tú estás en casa, a salvo.

«Por el momento», añadió una odiosa vocecilla dentro de mi cabeza. Pero me obligué a aparentar una calma que no sentía realmente.

Tras un instante de vacilación, Calias se mordió el labio inferior y asintió con la cabeza.

—Aquí os espero, señora.

Sentí el impulso de abrazarlo, pero Leukón y Kara me esperaban. Me arrepentí de no haberlo hecho en cuanto pisé la calle: si las cosas salían mal, verdaderamente mal, quizá no tuviese la oportunidad de hacerlo de nuevo.

«No seas agorera, Cassia», me dije con impaciencia. «No todo tiene por qué acabar tan mal como temes».

Pensé que Karos nos recibiría en su casa, pero no fue así. Cuando llegamos al mismo lugar en el que habían colocado la pira en la que iban a sacrificarme al llegar a Numancia, vimos que el líder de los belos y los arévacos ya estaba allí, rodeado de un nutrido grupo de hombres y mujeres armados. Aunque Leukón me había explicado en su momento que aquel era el lugar en el que se reunían la Asamblea y el Consejo de Ancianos y se tomaban las decisiones importantes en general, no pude reprimir un ligero temblor al recordar aquella plataforma de madera. Ahora había sido reemplazada por una mirada implacable.

Al vernos, Karos levantó las manos y todo el mundo enmudeció. Acababa de volver a Numancia, pero debía de haber pasado por su casa ya, pues iba impecable: llevaba la cara limpia, el pelo trenzado y el *sagum* sujeto con un reluciente broche con forma de guerrero.

—Yo le dije a Lubbo que os siguiese cuando os vi salir de Numancia a escondidas —dijo sin preámbulos—. Pero ni él ni sus hombres volvieron y dicen que tú, Leukón, los mataste a todos por culpa de tu mujer.

Sus palabras fueron seguidas de un breve silencio. Después la voz de mi esposo se hizo oír por todos:

—No te equivoques, Karos: mi esposa no provocó a nadie. Fueron ellos quienes...

—¿Dónde están sus cuerpos? —Karos lo interrumpió sin miramientos. Nunca antes le había hablado así a Leukón, o no en mi presencia.

—En el bosque —él respondió con calma—. Los dejé allí para que los buitres los descarnaran.

—Bien hecho, pero ¿dónde es allí? —Karos entrecerró los ojos—. ¿Cerca del campamento romano?

—Sí.

Hubo gritos de protesta. Había empezado a caer una ligera llovizna, pero nadie hizo ademán de refugiarse de ella.

—Entonces, es cierto —musitó Karos—. Ibais a traicionarnos.

—Eso no es verdad —intervine yo por primera vez.

El hombre me dirigió una mirada cargada de desprecio. Después se volvió hacia Leukón.

—El Consejo de Ancianos decidirá qué hacer contigo. En cuanto a tu mujer...

Karos dudó. Yo no pasé por alto que Leukón acercaba los dedos a la empuñadura de la espada. Mi corazón latía con fuerza mientras ese hombre que tan afable me había parecido siempre decidía si matarme o no.

—Yo me ocuparé de ella —dijo alguien entonces.

Todos se volvieron hacia Kara, que se acercó a mí con decisión y me agarró del brazo.

—La llevaré a mi casa y la vigilaré mientras juzgáis a Leukón. Es él quien debe responder ante Numancia, no la romana.

Sabía que estaba haciendo aquello para protegerme, para protegernos a los dos, pero me dolió igualmente que se refiriese a mí en esos términos. Como si nada hubiese cambiado, como si yo todavía fuese una extraña allí.

Pero ¿acaso no lo era?

—Si la dejas escapar, Kara, yo mismo te cortaré el cuello —le advirtió Karos.

Kara torció el gesto.

—No escapará sin su marido, lo sabes tan bien como yo.

Leukón y yo nos miramos por primera vez. Comprendí que iban a separarnos y sentí un peso en el estómago.

—Sabes que Karos no está detrás de todo esto, ¿verdad? —le pregunté en latín—. Es Avaro, tiene que ser él.

—Lo sé. —Él chasqueó la lengua—. Lubbo y los demás lo delataron sin querer cuando estábamos en el bosque.

—¿Qué quieres que haga, Leukón?

—Ve con Kara y espera.

—¿Cómo puedo ayudarte?

Mi esposo me dirigió una sonrisa cargada de amargura.

—No puedes ayudarme, querida. Esta vez no.

Decidido, se quitó el cinto y lo dejó caer al suelo junto con su espada y su puñal. Verlo despojarse de sus armas me hizo sentir apenada, podía imaginar la deshonra que aquello significaba para él. Pero nada en su semblante indicaba que estuviese sufriendo lo más mínimo.

Ambón recogió el cinto con aire satisfecho.

—De momento, me quedo con esto —anunció. Yo tuve ganas de escupirle, pero mi esposo ni siquiera lo miró.

Leukón, por su parte, separó los brazos del cuerpo y dejó que dos guerreros lo ataran. Uno de ellos fue el joven pecoso que nos había recibido al volver del bosque; cuando se le acercó, Leukón se agachó ostentosamente con el pretexto de facilitarle la tarea.

—Maldito arrogante —musité. No sabía si sentirme conmovida o exasperada, pero Leukón me dirigió una breve sonrisa.

—Solo quería ayudar —dijo en latín.

Los hombres tiraron de las cuerdas que lo sujetaban y tuvo que darme la espalda.

—¿A dónde lo lleváis? —pregunté mientras se alejaba.

Solo Kara contestó:

—Leukón está bajo la protección del Consejo de Ancianos, ellos lo juzgarán cuando llegue el momento, —y añadió en latín—: Ahora, si eres lista, cerrarás la boca y vendrás conmigo sin montar ninguna escenita.

Me habló con dureza, pero yo agaché la cabeza y obedecí. Sabía que tenía razón.

Kara me condujo hasta su casa, que era curiosamente pequeña. Tenía tres espacios: el que daba a la calle, diminuto y con una trampilla pequeña que permitía acceder a la bodega, otro más grande, presidido por el hogar, y la cuadra donde dormitaba Furiosa. El almacén era un hueco en la pared y no había ningún telar a la vista.

En el bancal apenas cabíamos las dos juntas, pero la joven no se sentó. Se quedó de pie, al lado de la ventana, dándome la espalda.

—¿Qué será de Calias ahora? —fue lo primero que le pregunté.

Ella tardó un momento en responder.

—Lo llevarán con Karos —gruñó finalmente—. Hasta que decidan qué hacer con Leukón y contigo, vuestro hijo es responsabilidad del jefe.

—¿Y luego?

—Esperemos que no haya un luego.

—Kara, ¿qué van a hacer con Leukón?

Por fin, ella se giró para mirarme. Y esa mirada me asustó.

—En el mejor de los casos, le dejarán luchar por su vida —dijo en voz baja—. En el peor, lo ejecutarán.

—¿Luchar por su vida? —repetí. No quería ponerme en lo peor, aún no.

—Los juicios por combate no son muy habituales, pero existen. —Kara frunció el ceño—. Si un guerrero es acusado de algo, puede esperar a que el Consejo de Ancianos tome una decisión o defenderse por sus propios medios. También puede dejar que luchen por él, siempre y cuando esa persona lleve su misma sangre. Pero no te emociones —añadió haciendo una mueca—: no creo que a Leukón le dejen luchar.

—¿Por qué no?

—Porque podría con diez de ellos al mismo tiempo.

Kara apretó las mandíbulas y desvió la mirada. Comprendí que estaba tan asustada como yo.

—¿Me culpas de esto? —le pregunté con suavidad.

—Sí y no —bufó ella—. Sé que tú no has querido causarle problemas, pero...

—Se los he causado igualmente. Es eso, ¿verdad?

La joven volvió a contemplarme.

—Supongo que no elegimos de quién nos enamoramos.

—Supongo que no —concedí.

Kara murmuró algo en su lengua y le pegó un puñetazo a la pared. Aquel gesto me recordó tanto a Leukón que estuve a punto de chasquear la lengua con impaciencia, pero el brillo vidrioso que había en sus ojos me desarmó por completo.

—Si lo matan a él, Cassia, te matarán a ti también —murmuró—. Y yo no podré impedírselo.

El simple hecho de que quisiera hacerlo me provocó una oleada de calor en el pecho.

—Eso no me importa —dije con sinceridad—. Solo quiero ayudar a mi esposo.

—Y yo, mujer —suspiró ella—. Y yo.

Nos quedamos calladas durante un momento. Yo me froté la cara con las manos en un intento de despejarme.

—¿No hay nada que podamos hacer? —insistí—. ¿Absolutamente nada?

—Me temo que no. —Kara me miró con aire sombrío—. El Consejo de Ancianos admira el valor, pero no creo que eso sea suficiente para Leukón. No en esta ocasión.

—Si hubiese alguna forma de convencerlos de que merece ese juicio por combate...

Mientras hablaba, Kara se acercó a mí y me puso las manos en los hombros.

—Creo que, a pesar de todo, has hecho bien.

—¿A qué te refieres? —Parpadeé desconcertada.

—Leukón y tú no estabais cerca del campamento romano porque quisieseis conspirar contra Numancia, ¿me equivoco?

—No, no te equivocas.

—Leukón quiso devolverte con los tuyos, pero tú preferiste quedarte con él. —Ella parpadeó con una mezcla de asombro y admiración—. Maldita romana...

—Si te soy sincera, no lo hice solo por él.

—¿Ah, no?

—No. —Sacudí la cabeza—. Solo me di cuenta de que casi todo lo que me importa está aquí. Leukón, sí, pero también Calias, Stena... y tú. —Suspiré con cierta amargura—. Amigos que he conseguido por mis propios medios, sin necesidad de comprarlos.

—¿Qué quieres decir con eso?

—Una vez le hablé a Leukón de mi esclava, Melpómene...

La boca de Kara se tensó y apartó las manos de mis hombros.

—¿He dicho algo malo, Kara?

—No me gustan los esclavos.

—Puedes creerme o no, pero Melpómene es mi mejor amiga. O lo era hasta que llegué a Numancia.

La joven me miró de reojo.

—¿Lo era?

—Kara, ¿tú también...? —Era una pregunta difícil—. ¿Tú también fuiste una esclava de Roma?

Su expresión se endureció al instante.

—¿Leukón te ha dicho que...?

—Leukón no me ha dicho nada, lo he adivinado yo.
—¿Cómo? —Arqueó las cejas.
—Bueno, no hay muchos celtíberos que sepan hablar latín y griego, ni que conozcan *La Ilíada* y *La Odisea*. Además, en Numancia hay guerreras valientes, pero nunca he visto a ninguna como tú. Nadie disfruta peleando, y ya no digamos matando; quienes lo hacen sin sufrir tienen que tener una buena razón. Como, por ejemplo —añadí con tacto—, defenderse de quienes le han hecho mucho daño.

Kara apretó los puños y me dio la espalda.
—Nunca volveré a ser la esclava de nadie.
—Por supuesto que no.
—Pero... tú no tienes la culpa.

Sus músculos se relajaron y se dio la vuelta otra vez. Ahora me miraba de un modo distinto, como si...

Como si estuviese intentando comprenderme.
—Tú no tienes la culpa de que esclavizaran a Melpómene —dijo con lentitud—. Y la trataste bien, ¿verdad? Tú siempre tratas bien a los demás.
—No sé si lo hice, pero lo intenté —murmuré—. Aunque estar en Numancia me ha hecho ver las cosas de un modo distinto. Creo que ahora lo haría mejor.

Kara había empezado a temblar, pero yo fingí no darme cuenta de ello. Cuando su mirada se dirigió hacia el fuego del hogar, yo supe que no estaba contemplando las llamas, sino un fragmento de su pasado. Uno que yo no había podido atisbar siquiera hasta ese momento.

—Yo... —Tragó saliva—. Yo también tuve una ama.

Cerró los ojos. Yo contenía el aliento, no quería interrumpirla ahora. Tenía la sensación de que necesitaba contarme aquello.

—Era buena —siguió diciendo con voz ronca—. Era muy buena, tanto que yo...

El ruido de la puerta nos interrumpió. Nadie la golpeó, pero oímos cómo se abría lentamente.

Kara desenvainó su puñal, pero enseguida escuchamos una voz conocida:

—Tengo que hablar contigo, Cassia.

—¡Stena! —susurré—. ¿Qué haces aquí? Siéntate ahora mismo, por favor...

Fui a su encuentro rápidamente. Le quedaba menos de una luna para dar a luz y había engordado bastante, pero rechazó la idea de sentarse con un gesto y me dirigió una mirada cargada de impaciencia.

—Tenemos que hablar —insistió.

—Bienvenida a mi casa, Stena —le dijo Kara con sorna—. Pasa y ponte cómoda, por favor.

Estaba apoyada en la pared, con los brazos cruzados sobre el pecho. La mujer sabia le echó un rápido vistazo y volvió a centrarse en mí.

—Lo siento, Kara, pero esto es importante. Debo decirle algo a Cassia... a solas.

—Kara puede estar delante —declaré—. Confío en ella.

—Oh, no te preocupes por mí, romana —resopló la joven guerrera levantando los brazos—. No quiero molestar.

Abandonó la casa en tres zancadas. Yo me quedé mirando cómo se iba, preguntándome si debía detenerla o no, pero Stena no me dejó pensar mucho:

—Siéntate, Cassia —me urgió agarrándome de la muñeca—. No tenemos mucho tiempo.

XXV

Cuando Stena dejó de hablar, yo me quedé mirándola a través de las llamas. Su ojos no albergaban dudas ni temores, estaba decidida.

—Stena, ¿te das cuenta de lo que me estás pidiendo?

—Es la única opción, Cassia.

Yo me llevé las manos a la cabeza. Las dos estábamos sentadas junto al fuego, Stena en el bancal y yo sobre las pieles, pero era como si nos separara un abismo.

—Nos han acusado de ser amigos de los romanos —le recordé—. Si hago lo que me dices...

—Si haces lo que te digo, estarás impidiendo una guerra —atajó ella— y salvando muchas vidas. Vidas que te importan.

—¿Y Leukón? ¿Qué será de él?

—Si no muere ejecutado, querida, lo hará en el campo de batalla. —Stena suspiró con pesar—. Leukón ya está condenado, pero hay otras vidas en juego.

Intentó ponerme la mano en el brazo, pero yo me aparté de ella bruscamente.

—Me estás pidiendo que sacrifique a mi marido para cometer una locura.

—No es ninguna locura, a ti te escucharán.

—¿A mí? —me burlé—. ¡Por todos los dioses, soy una mujer! ¡Nadie en Roma escucha a las mujeres!

—¿Ni siquiera a la esposa de un afamado guerrero celtíbero?

—Un afamado guerrero celtíbero al que, según dices, podemos considerar hombre muerto.

Stena me miró con gravedad.

—No es eso lo que tienes que decirles.

—No voy a decirles nada, Stena. No funcionará.

—Deberías confiar más en tu pueblo, Cassia. Es un pueblo civilizado, al contrario que este.

—Roma ya no es mi pueblo —dije con firmeza— y creo que lo sobreestimas. Roma es un pueblo de tiranos y esclavistas.

La mujer sabia encajó el golpe con elegancia y se acarició el vientre.

—Entonces, ¿no confías en que los celtíberos y los romanos podamos vivir en paz? —dijo mirándome con el rostro ladeado.

Yo evité sus ojos de búho y miré por la ventana. No se veía nada al otro lado, nada salvo oscuridad. ¿Cómo había podido anochecer tan pronto?

—No creo que yo pueda ser de ayuda, Stena —suspiré reprimiendo un escalofrío—. Incluso si hago lo que me dices y me presento en el campamento romano para proponer la paz entre Numancia y Roma, dudo que alguien me haga caso. Si mi padre está en el campamento, me llevarán hasta él; si no lo está, me enviarán de vuelta a Ostia. En cualquier caso, estaré lejos de mi marido y de la vida que he elegido. Prefiero arriesgarme a permanecer aquí.

—Ya veo.

Stena se levantó con dificultad. Quise ayudarla, pero me rechazó.

—Confiaba en ti, Cassia Minor —dijo mientras se encaminaba hacia la puerta apoyándose en las paredes—. Pero estaba equivocada.

—Posiblemente —admití.

Ella me miró una última vez. Iba despeinada y parecía agotada, pero se mostraba tan segura de sí misma como siempre.

—Cuando Numancia arda hasta los cimientos, recuerda esta conversación —suspiró señalándome con el dedo—. Recuerda que tuviste la oportunidad de salvarnos a todos y la rechazaste.

No le contesté nada. Dejé que tuviese la última palabra, como siempre, y solo hablé cuando volví a quedarme sola:

—Troya también ardió por amor —dije en griego recordando *La Ilíada*—. Por el amor de un cobarde, pero por amor, al fin y al cabo.

Yo no podía compararme con Paris, de todas maneras. Paris había robado a Helena, la esposa de Agamenón, y se la había llevado a Troya con él; yo tan solo estaba dispuesta a acompañar a mi esposo hasta el último momento.

«Una persona que está dispuesta a salvarte la vida es una buena elección», había dicho Calias. Y yo quería ser esa persona para Leukón.

Kara regresó al cabo de un rato. Yo estaba mirando la ventana, por la que se colaban las últimas luces de la tarde; mientras conversaba con Stena, me había parecido que ya era de noche, pero debía de estar demasiado nerviosa como para prestar atención a lo que me rodeaba.

—Esta noche juzgarán a Leukón —me informó ella nada más llegar.

—¿Tan pronto?

—Sí.

Se dejó caer sobre las pieles y puso la cabeza entre las manos.

—No le dejarán luchar —murmuró abatida—. Y no tiene padre, hermanos o hijos que luchen por él. Tendrá que someterse a un juicio normal y corriente.

—Y eso es malo, supongo.

La joven se incorporó para mirarme.

—Lo condenarán a muerte, Cassia. Es el fin.

—No, no lo es.

Me puse en pie. Estaba temblando, pero me obligué a erguirme.

—No lo es —repetí—. Stena me ha hecho una proposición.

—¿De qué se trata?

—Eso no importa, no la he aceptado.

—¿Por qué no?

—Porque quiero salvar a Leukón —dije intentando que no me fallara la voz— y quiero hacerlo a vuestra manera. A la manera de los celtíberos.

Kara me miró con incredulidad.

—¿Quieres decir que vas a luchar por él?

—Soy su esposa. Si yo estuviese pendiente de juicio, ¿no le permitirían a él luchar por mí?

—Sí, pero... —Kara resopló—. Por Baelistos, Cassia, esto es absurdo. Tú no eres una guerrera, te matarán.

—Si no puedo salvar la vida de mi esposo, Kara, déjame salvar su honor. O deja que lo intente.

—Daría mi brazo derecho por poder hacerlo yo —gruñó—. Pero, aunque seamos como hermanos, no llevamos la misma sangre. Vosotros dos, en cambio...

—«Sangre de mi sangre» —recité—. Eso dijimos en nuestra boda.

Las dos intercambiamos una larga mirada. Por un momento, pensé que Kara maldeciría y me daría la espalda, que me condenaría a quedarme de brazos cruzados mientras mi esposo moría ejecutado.

Pero, cuando ya empezaba a desesperarme, me mostró sus manos desnudas en señal de rendición y suspiró:

—Muy bien, Cassia. Hagamos las cosas a nuestra manera.

XXVI

Vi los rostros de los ancianos a través del fuego.

Se habían reunido en el exterior, como hacían los celtíberos siempre que se convocaban la Asamblea o el Consejo, y estaban sentados en dos hileras. Sus rostros, iluminados por las llamas temblorosas, me recordaron vagamente a las máscaras funerarias que había visto en Roma.

Además de los miembros del Consejo, ahí fuera había decenas de guerreros jóvenes y algún que otro niño. Localicé a Calias entre la multitud, pero no le hice ningún gesto; prefería no involucrarlo en lo que me proponía hacer.

Él me miró, pero no me reconoció. Creo que nadie lo hizo hasta que me detuve frente a los ancianos e hinqué la rodilla en la tierra helada.

—¡Yo, Cassia Minor, esposa de Leukón de Sekaisa, pido un juicio por combate! —grité para que todos pudiesen oírme.

Mi petición causó un gran revuelo: la muchedumbre prorrumpió en gritos de asombro, e incluso Karos rugió:

—¿Qué significa esto, por todos los dioses?

Las caras de los demás ancianos también estaban vueltas hacia mí. En realidad, no todos los miembros del Consejo eran tan mayores: había hombres de edad avanzada, sí, pero también otros de mediana edad. Unos me miraban con asombro y otros, con irritación, pero todos lo hacían con recelo. También su líder militar.

Yo no moví un músculo, y eso que tenía muchas ganas de salir corriendo. Pero me obligué a mantenerme firme. Kara me había ayudado a vestirme para la ocasión: ya no llevaba puesto mi vestido de siempre, sino una túnica corta y unas polainas, y también me había trenzado el pelo como un hombre y me había cubierto la cara de pintura azulada. Incluso me había echado el *sagum* por encima del hombro, como hacían los guerreros cuando iban a luchar, y había protegido mis piernas con grebas de bronce.

En mis manos había una espada, una *gladius hispaniensis*. Kara me había explicado cómo sostenerla, pero, naturalmente, no había tenido tiempo de enseñarme a usarla.

Karos me miró de hito en hito y después se giró hacia Kara:

—Esta mujer estaba bajo tu protección, ¿por qué has permitido que se marchara?

—Porque tiene derecho —contestó ella—. Leukón es sangre de su sangre.

—Pero...

Una voz profunda, rasgada, se hizo oír por encima del resto:

—Ella es la romana. Ella es tan culpable como su esposo.

Avaro, druida de Numancia y sacerdote de Lug, ocupaba una posición de honor entre los ancianos, superior incluso a la de Karos. Cuando habló, los demás callaron respetuosamente.

—Ella ha intentado conspirar con los romanos —prosiguió sin dejar de contemplarme con sus ojos turbulentos—. Ha arrastrado a su esposo con ella, pero Leukón no es el responsable. Lo cual no impide que deba pagar por lo que ha hecho.

El silencio pesaba sobre mis hombros. Sabía que la vida de mi esposo pendía de un hilo, igual que la mía, y que ese hombre estaba más que dispuesto a cortarlo.

El druida apretó sus finos labios.

—Son mujeres quienes están detrás de todo esto, quienes quieren destruirnos.

Yo tenía mi propia teoría acerca de los hombres que odiaban a las mujeres, basada en la falta de amor, el mal aliento y una importante carencia de higiene mental; no obstante, no estaba allí para debatir el origen de la misoginia de Avaro, sino para salvar a mi marido de la muerte.

De todas maneras, no pasé por alto que el druida utilizaba el plural, «mujeres», para referirse a los hechos. No solo me culpaba a mí: estaba señalando a alguien más y, a juzgar por las miradas que dirigía a Karos, no era muy difícil adivinar a quién se refería.

—Esta mujer —añadió señalándome con el dedo— ha ido a contarle nuestros secretos a Nobilior. ¡A cambiar el curso de la guerra por nuestra libertad y nuestra emancipación de Roma!

Sus palabras provocaron murmullos de indignación, pero yo repliqué:

—No estoy aquí para defenderme de las acusaciones de nadie, sino para pedir un juicio por combate.

—Los juicios por combate son para los celtíberos —dijo Karos—, no para los romanos.

—No soy romana, soy celtíbera —contesté con tono firme—. Leukón es sangre de mi sangre. Los dos somos celtíberos, ahora y siempre.

—Un celtíbero tiene derecho a proteger a la sangre de su sangre —le recordó Kara, que seguía junto a mí, y luego miró a los ancianos—. ¿O es que teméis que esta joven os venza?

Sus palabras fueron seguidas de un incómodo silencio, pues la vergüenza jugaba a nuestro favor. Ninguno de esos hombres sería admirado por derrotarme en un combate, pero, si yo los derrotaba a ellos, sería una humillación en toda regla.

Por descontado, yo sabía que aquello era imposible: no podía vencer a un guerrero experimentado, ni siquiera a uno de los niños. Los propios hijos de Aunia me aplastarían en cuestión de segundos. Pero eso los ancianos no lo sabían, Leukón o Kara podrían haberme enseñado a luchar sin que nadie lo supiese. En ese momento, lamenté que no lo hubiesen hecho de verdad.

Avaro alzó la barbilla y se dirigió a Karos:

—¿Vas a permitir esto?

—Estoy pensando —gruñó el jefe.

—¿En qué?

Por toda respuesta, Karos se puso en pie.

—Estoy pensando —repitió en voz alta— en cuántas de vuestras mujeres se atreverían a hacer algo así.

Se produjeron unos instantes de desconcierto. Los hombres se miraban entre ellos, pero nadie se atrevió a alzar la voz. Ni siquiera Avaro, cuya expresión se había agriado al escuchar aquello.

—Algunos estáis casados con guerreras —prosiguió Karos— y otros, con mujeres que apenas saben defenderse. Pero esta mujer —añadió señalándome con la cabeza— no sabe por dónde se coge una espada y, sin embargo, aquí está, dispuesta a morir por su esposo.

La multitud parecía contener el aliento.

—¡Es una traidora! —exclamó Avaro—. ¡No merece nuestra admiración!

Karos se detuvo frente a él y lo miró fijamente.

—Pues tiene la mía.

Acto seguido, se giró hacia los demás ancianos:

—Si fuese una traidora, ya estaría en el campamento de Nobilior, a salvo. Pero está aquí, pidiendo una oportunidad para su esposo, y yo voto por dársela.

Su discurso penetró en mi carne y mi alma. «Gracias», intenté decirle sin palabras, solo con la mirada; por toda respuesta, Karos me dedicó una breve inclinación de cabeza.

—Traed a Leukón —dijo entonces.

—¡El Consejo aún no se ha pronunciado! —le recordó alguien. Pero la gente ya no parecía tan hostil; a juzgar por los rostros que podía ver a la luz del fuego, muchos de los presentes habían pasado del rechazo a la mera curiosidad.

—Merece saber el sacrificio que quiere hacer su mujer. —Karos ladeó el rostro y se dirigió a dos guerreros adolescentes—. Daos prisa.

Los muchachos echaron a correr y se hizo un breve silencio. Uno que fue interrumpido por cuchicheos cuando tres figuras se acercaron de nuevo a la hoguera.

Reconocí al instante la de mi esposo: iba en medio de los otros dos, con las manos atadas todavía. Cuando entró en el círculo de luz, vi que parecía cansado y expectante.

Cuando me vio, sin embargo, sus ojos se abrieron de golpe. Murmuró algo en su lengua y se oyeron un par de risas ahogadas; tras un instante de desconcierto, dio un paso hacia mí.

—¿Qué significa esto? —preguntó con voz ronca.

—Tu mujer quiere un juicio por combate, Leukón —respondió Karos sin perder la calma—. Se ha ofrecido voluntaria.

—¡Por Cernunnos, Cassia! —Leukón me gritó como si estuviésemos solos y no rodeados de toda la ciudad—. ¿Has perdido el juicio?

—Todavía no —intenté bromear, pero mi voz sonó rota. Ya tenía agarrotado el brazo con el que sostenía la espada, pero me negaba a dejarla caer. La sostendría hasta el último momento.

Leukón resopló indignado y se dirigió a Karos:

—No lo permitiré.

—La decisión no es tuya, Leukón...

—¡He dicho que no lo permitiré! —Por primera vez, mi marido hizo ademán de forcejear para desatarse y los hombres que estaban más cerca de él retrocedieron asustados—. Maldita mujer, ¿se te ha ocurrido esto a ti sola? —Entonces miró a Kara, que se encogió de hombros—. ¡Ah, ya me imaginaba que tú habías tenido algo que ver! Estáis locas si creéis que voy a consentirlo...

—¿Quieres dejar de relinchar como un potro encabritado, hombre? —Kara le hizo un gesto desdeñoso con la mano—. No es que tengas muchas más opciones.

—¡Que mi esposa muera en un juicio por combate no es una opción!

—De hecho, sí. —Su compañera de armas bufó—.

Y el Consejo de Ancianos la estaba valorando ahora mismo, ¿verdad?

—Deberíamos sacrificarlos a los dos —oí murmurar a Avaro— como tributo a los dioses.

—Hay que pensarlo dos veces antes de sacrificar a un guerrero —respondió Karos, que había estado observando los aspavientos de Leukón sin parpadear—. Podría sernos más útil en el campo de batalla que en compañía de los dioses.

—¿Vais a dejarme pelear o no? —intervine yo, en parte porque el peso de la espada empezaba a ser insoportable para mí.

—¡No! —rugió Leukón.

Los miembros del Consejo aún parecían confundidos. Aún no sé qué decisión hubiesen tomado... de haber podido tomar alguna. Porque, justo cuando uno de ellos se disponía a hablar, un gemido prolongado hizo vibrar los tejados de Numancia.

El gemido del *carnyx*.

—¡Los exploradores han vuelto! —gritó alguien desde las murallas—. ¡Dicen que Nobilior ha levantado el campamento!

—Dioses —gruñó Kara.

La gente empezó a levantarse. Algunos corrieron hacia sus casas, pero otros se encaminaron hacia las murallas.

—¡Liberad a Leukón! —ordenó Karos.

—¡No! —protestó Avaro, pero Karos le dirigió una mirada dura.

—He ordenado que lo liberen y así será —siseó—. Si hay una batalla, necesitamos a nuestro mejor guerrero. Cuando todo esto termine, decidiremos qué hacer con él.

Yo miré a Kara y pensé que su expresión de alivio debía de ser un reflejo de la mía. En cuanto a Leukón, aún me miraba ceñudo, pero su indignación era el menor de mis problemas en ese momento.

Al ver que los jóvenes de antes dudaban, Karos desenvainó su propio puñal y él mismo cortó las ataduras de mi marido, que le hizo un gesto de agradecimiento y se frotó las muñecas. Pero, antes de que yo pudiera correr a su encuentro, Karos se acercó a mí.

Me quedé mirándolo con el corazón encogido. Sus ojos parecían atravesarme en ese instante.

—Hoy te has ganado mi respeto, Cassia —declaró.

Me dio una palmada en la espalda y se alejó de mí. Cuando lo hizo, liberé el aire que había estado reteniendo en los pulmones sin darme cuenta.

Entonces, por fin, solté la dichosa espada e, ignorando las protestas de mi esposo, me abalancé sobre él y empecé a besarlo por todas partes.

XXVII

El viento silbaba fuera, pero yo estaba sudando. Mi piel resbalaba contra la de Leukón; él estaba tumbado boca arriba y yo le abrazaba las caderas con los muslos, buscando desesperadamente el roce de su cuerpo.

Nuestras bocas entrechocaban, nuestros alientos se mezclaban. Sentí sus manos presionando mis nalgas, empujándolas hacia sus caderas, y le hundí la cara en el cuello. Lo estaba llenando de marcas rosadas, como si una parte de mí quisiera dejar su huella en aquella piel pálida, y él se estremecía con cada mordisco.

—Quieres acabar conmigo, romana —jadeó.

Se incorporó y atrapó uno de mis pechos con los labios. Eché la cabeza hacia atrás y gemí mientras me embestía con más fiereza que antes; momentos después, sentí cómo se derramaba entre temblores.

—Ya lo he hecho, celtíbero —suspiré para provocarlo.

Apenas me había dado tiempo a sonreírle cuando me puso contra las pieles y me separó las piernas otra vez, con cierta rudeza. Siempre le pedía que lo hiciese así, me gustaba. Mis ojos se clavaron en las vigas del techo y, al cabo de un momento, sentí el roce húmedo de su boca en mi sexo; tuve que morderme los nudillos para no armar un escándalo que el viento llevara a las casas vecinas.

Cuando terminé, sonrojada y satisfecha, me rodeó con sus brazos y me hizo apoyar la cabeza en su pecho. Me gustaba estar así porque podía escuchar el sonido de su respiración y los latidos de su corazón, sentirlo vivo contra mi cuerpo.

El fuego se había apagado, pero no me apetecía levantarme para reavivarlo. Desde que el Consejo de Ancianos había liberado a Leukón, me obsesionaba la idea de volver a perderlo en cualquier momento; incluso si sobrevivía a la guerra que se avecinaba, el Consejo lo juzgaría, y yo sabía que tenía pocas posibilidades de salir airoso. Por eso cada momento con él me parecía una vida, por eso lo buscaba en cuanto Calias se retiraba a su propio lecho. O cuando estaba ausente, como en ese momento, y podíamos tener la casa entera para nosotros solos.

Era como si, de algún modo, mi cuerpo pudiese protegerlo de los peligros del exterior. Pero yo sabía que solo era una ilusión: la guerra me lo quitaría o lo harían sus propios compañeros de armas.

—¿Estás bien, romana? —me susurró al ver que me encogía contra él.

—Sí —mentí.

Él estiró el cuello y me besó en la frente. Sus labios se demoraron un instante más de lo necesario y sentí el agradable calor de su respiración acariciándome la piel.

—Ojalá fuese así siempre, ¿verdad? —murmuró.

—Si fuese así siempre, yo no podría andar. —Quise sonreír, pero no lo logré.

—Bien pensado, yo tampoco —rio él—, pero no me importaría.

Se incorporó un poco y me levantó la barbilla. Yo sabía que no era el joven más apuesto que había conocido; Máximo o Ambón, sin ir más lejos, poseían rostros más bellos y cuerpos más armoniosos. Pero, cada vez que miraba esos ojos oscuros, esa nariz rota, esa boca grande capaz de murmurarme las palabras más dulces, sentía que no podía haber un hombre mejor que él en todo el mundo.

—¿Recuerdas lo que me dijiste el día de nuestra boda? —musité llevando una mano a su mejilla, que estaba cubierta por una sombra oscura.

—Te dije muchas cosas ese día. —Él giró el rostro para besar mi palma.

—Estaba pensando en tu discurso sobre las flores.

—¿Vas a recordarme que hice el ridículo? —Leukón arqueó las cejas, pero yo suspiré:

—Fui yo quien lo hizo. —Me sentía avergonzada de mí misma cada vez que pensaba en ello—. No tendría que haberme burlado de ti.

—Ni yo tendría que haberme creído un poeta en ese momento.

—Bueno, quizá no seas Homero, pero tampoco fue tan terrible. Tu intención era buena. —Hice una pausa—. Fue peor cuando te comparaste a ti mismo con un elefante.

Los dos sonreímos al recordarlo.

—Algo me dice que los elefantes no tienen muy buena prensa —dijo él encogiéndose de hombros. Volvió a tumbarse y yo lo imité.

—Leukón —dije en voz baja—, ¿te arrepientes de algo?

—La verdad es que no.

—¿Estás seguro?

Mi esposo se acomodó en las pieles. Su desnudez seguía pareciéndome excitante, pero, una vez acostumbrada a ella, también me provocaba un placer distinto. El hecho de poder acariciar a mi esposo sin necesidad de yacer con él me hacía sentir cómoda y segura.

—Te lo dije en el bosque, junto al campamento romano —me recordó—: he hecho muchas cosas horribles, Cassia, pero no lamento ninguna de ellas. Al fin y al cabo, te he encontrado.

Mientras lo escuchaba, me quedé mirando el fuego. Las brasas crepitaban discretamente, como si no quisiesen interrumpirnos, y un humo dorado ascendía en volutas hacia el techo. Recordé el altar que había en nuestra casa de Ostia y me pregunté fugazmente cuántos dioses estarían pendientes de nosotros a la hora de la verdad, y si serían romanos o celtíberos.

—¿Tú te arrepientes de algo? —Leukón me arrancó de mis pensamientos.

Volví a mirarlo y dije que no con la cabeza.

—No. —Me acurruqué contra él y aspiré su olor—. De nada.

—En ese caso —dijo él rodeándome con sus brazos—, no importa lo que pase ahora. Siempre nos quedará esto.

Pasamos muchas noches haciendo el amor y conversando en voz baja. Dormíamos poco, pero no nos importaba.

Los días eran más cansados. El ejército debía prepararse para el ataque de los romanos y, preferiblemente, adelantarse a él. Yo ya había averiguado que los celtíberos preferían las emboscadas que el enfrentamiento directo; al contrario que Nobilior, Karos conocía bien el terreno que rodeaba Numancia y, aunque las legiones eran imbatibles cuando luchaban juntas, un solo legionario o un puñado de ellos no eran rivales para un belo o un arévaco armado hasta los dientes. Por eso los exploradores desempeñaban un importante papel en los preparativos de la guerra, y daba la casualidad de que Leukón era un explorador excelente.

Aunque las familias de Lubbo y los otros dos hombres que había matado en el bosque le giraban la cara al verlo pasar, la mayor parte de sus compañeros de armas lo habían acogido nuevamente sin problemas. Después de todo, Leukón se había ganado la reputación de buen guerrero y hombre de honor, y no era el primero que mataba a tres de los suyos en una disputa.

En el fondo, yo pensaba que, exceptuando a Avaro, los ancianos no querían ejecutar a mi esposo. Pero, llegado el momento, ¿qué otra opción tendrían? Los celtíberos estaban dispuestos a perdonar un arrebato, pero una traición era un asunto delicado. Y era tan difícil para el tenebroso druida probar que Leukón y yo habíamos entregado a los numantinos a Nobilior como para nosotros demostrar lo contrario.

En fin, no tenía sentido pensar en ello: antes del juicio iba a librarse una guerra y podían suceder muchas cosas en ese lapso de tiempo.

Mientras Leukón dirigía a los exploradores, Kara me entrenaba a mí. Las dos habíamos llegado a la conclusión de que la violencia y yo éramos incompatibles, pero nunca estaba de más aprender a protegerme... y a proteger a los demás. Ya había visto a dos personas queridas al borde de la muerte y no estaba dispuesta a pasar por lo mismo una tercera vez.

Fue entonces cuando Kara me confesó que entre ella y Leukón le habían enseñado a Calias a pelear. Era lo único que mi esposo me había ocultado y, en cierto modo, yo lo comprendía: en su momento, no hubiese aprobado que Calias aprendiese a luchar. Pero las cosas habían cambiado y una parte de mí no podía evitar pensar que la vida del muchacho había mejorado desde entonces.

Por otra parte, Calias estaba muy afectado por lo ocurrido en los últimos días. Después de que Leukón fuese liberado, fue a su encuentro y se arrojó a sus pies.

—Perdóname —sollozó en la lengua de los celtíberos, que ya empezaba a dominar.

Leukón lo miró con cara de asombro.

—¿Por qué tendría que perdonarte, hijo?

—No me llames hijo —gimió él—. No lo merezco.

—Calias, querido... —Yo me agaché para abrazarlo, pero él me rechazó.

—Tú tampoco, señora —dijo sacudiendo vigorosamente la cabeza—. Tú tampoco deberías ser buena conmigo. Yo... ¡os he fallado a los dos!

Rompió a llorar de nuevo. Leukón me interrogó con la barbilla, pero yo le mostré mis manos desnudas en señal de incomprensión. Con un suspiro, mi esposo se puso en cuclillas frente al chico.

—Oye, Calias, deja de llorar.

No era una petición, sino una orden. Eso era lo único que podía convencer a Calias.

—¿Por qué dices que nos has fallado? —le preguntó Leukón entonces—. Que yo sepa, no has hecho nada malo.

Calias se limpió las lágrimas con los dedos.

—Cuando te estaban juzgando, yo tendría que haber hecho algo. Tendría que haber sido valiente, pero solo pude mirar. Lo siento tanto...

Escuchar aquello me hizo perder la paciencia en cuestión de segundos. Había cosas que no podía tolerar:

—Calias, eso es una estupidez —le solté sin miramientos—. Eres un niño, y los niños no pueden comportarse como adultos.

—¡Yo sé luchar, señora! —protestó él—. ¡Sé luchar mejor que tú, y no tuve agallas para hacerlo!

Yo fui a replicar, pero Leukón se me adelantó:

—No es una cuestión de agallas, muchacho, sino de cerebro. ¿Crees que quiero que un cachorro me defienda?

Calias lo miró con aire ofendido.

—¿Un cachorro? —repitió lentamente.

—Eres como yo cuando tenía tu edad —asintió Leukón sin inmutarse—. Puedes blandir una espada, protegerte con un escudo y pegarle un par de tortas a un chico de tu edad, pero no luchar a muerte. Ni siquiera por mí.

—Pero...

—Un guerrero de verdad sabe cuándo una batalla está perdida de antemano. —Leukón no le dejó continuar—. Y sabe cómo evitarla. Un buen guerrero vive hoy para luchar mañana.

Calias parecía impresionado. Sorbió ruidosamente y, por fin, pareció calmarse poco a poco.

—Entonces, ¿no piensas que soy un cobarde?

—Mira a esta mujer —dijo Leukón señalándome con la cabeza—. Es como una madre para ti, ¿verdad?

—Sí, lo es.

Aquella respuesta tan sincera, tan natural, me provocó un nudo en la garganta. Aunque se suponía que era mi deber quedarme embarazada en cuanto me casara con Máximo, nunca me había preguntado cómo sería tener un hijo. Y, sin pretenderlo, lo había encontrado en la bodega de un barco mercante y me lo había llevado a Hispania, la tierra de los salvajes.

Leukón, ajeno a mis pensamientos, siguió hablando:

—En ese caso, deja de llamarla señora. Llámale madre y haz que aprenda a pelear. Protégela hasta que ella pueda protegernos a los dos. —Parecía decidido—. ¿Lo harás, Calias? ¿Harás eso por mí?

—Sí..., padre.

Calias se quedó mucho más tranquilo desde aquella conversación. Yo tenía sentimientos encontrados: por un lado, sentía que, por fin, mi pequeña familia se había consolidado; por otro lado, vivía atormentada por mis propios miedos, temiendo que, en cualquier momento, nuestro mundo se hiciese pedazos.

Los entrenamientos con Kara me ayudaban a evadirme.

—Si no quieres matar, tendrás que aprender a no morir —me decía todos los días.

Fue ella quien me enseñó a esquivar y bloquear, a blandir la espada y el puñal para repeler al enemigo y a emprender la huida poniendo obstáculos en el camino para no ser perseguida. No sé si fui una buena alumna, pero, al menos, me apliqué. Y Calias, siempre fiel a Leukón, me ayudaba en la medida de lo posible.

—Muy bien, madre —me felicitaba en griego. Y yo sentía un orgullo indescriptible.

Kara también me hablaba en griego. Cuando nos cansábamos de entrenar, nos sentábamos en alguna parte y ella me recitaba pasajes de *La Ilíada*:

—«No tuviste consideración por mi pura reverencia hacia tus muslos, ingrato, a despecho de nuestros muchos besos» —dijo un día que estaba afilando una espada frente al hogar de su casa. Cuando se dedicaba a esa clase de tareas, yo me limitaba a observarla, sin ganas de trabajar, pero ella jamás me lo reprochaba. Creo que, a su manera, disfrutaba de mi compañía.

—Eso lo dijo Aquiles —adiviné—. Cuando Patroclo murió.

—Aquiles se volvió loco —asintió Kara—. Allí empezó la caída del héroe.

—¿Tú crees que amaba tanto a Patroclo? —Me quedé mirando las llamas con aire pensativo—. Tengo entendido que también se acostaba con una esclava llamada Briseida.

—El cuerpo y el corazón no siempre siguen el mismo camino, ¿sabes?

—¿Lo dices por experiencia?

Ella me habló entre dientes:

—Si sientes curiosidad por mi vida amorosa, te diré que soy una buena amante. Sin embargo, solo he amado de verdad una vez.

No me miró mientras pronunciaba esas palabras, pero vi que apretaba un poco más fuerte la piedra de afilar.

—¿Ah, sí? —curioseé—. ¿Y se puede saber a quién?

Kara colocó la espada a la altura de sus ojos y la examinó con detenimiento. Estaba tan pulida ya que reflejaba perfectamente su rostro moreno, aunque desfigurado por los relieves del metal.

—Ella no está en Numancia —dijo simplemente—. Quizá ya esté muerta.

Sus palabras me provocaron un escalofrío, pero ella parecía tranquila. Aunque continuaba evitando mis ojos.

—Cuando tu vida es la guerra, hay que tener el corazón de hierro —musitó—. No lo olvides.

Pero yo quería olvidarlo. Quería olvidar la guerra y el daño que podía hacerles a mis seres queridos, quería engañarme creyendo que había esperanza para nosotros. Quería creer que todo saldría bien y que las cosas volverían a la normalidad, que pronto mi única preocupación serían los banquetes y los tontos intentos de Aunia de separarme de mi esposo.

No quería tener el corazón de hierro, sino la certeza de que habría un nuevo amanecer. Por eso decidí cambiar de tema rápidamente:

—¿Solo conoces *La Ilíada*? ¿O también *La Odisea*?

Kara hizo amago de sonreír.

—Conozco *La Odisea*, pero no me trae buenos recuerdos —confesó.

Había tanto dolor encerrado en sus palabras que me prometí no volver a hablarle de ello. Y ya no volvimos a mencionar el asunto.

XXVIII

Otro acontecimiento que tuvo lugar mientras Numancia se preparaba para la guerra fue la boda de Aunia y Ambón.

El embarazo de Aunia ya estaba tan avanzado que la mujer apenas podía disimularlo. Ambón, por su parte, debía de haber cambiado de idea con respecto al hijo de ambos; cómo lo había persuadido Aunia era un misterio, pero yo me alegraba de que ese asunto se hubiera resuelto pacíficamente.

—No me interesa su vida —me dijo Leukón cuando le conté que había visto a Aunia y a Ambón dirigirse hacia el bosque en compañía de Avaro.

Yo me senté a su lado junto al fuego y le quité de las manos el cucharón con el que estaba removiendo la sopa.

—A mí sí —repliqué—. Aunia estuvo a punto de estropear nuestro matrimonio.

—¿Y por eso quieres que sea feliz con Ambón? —Se sorprendió mi esposo.

—Si es feliz, no tendrá tiempo para acordarse de nosotros.

Leukón se quedó mirándome con el ceño ligeramente fruncido. Después se encogió de hombros.

—Eres la persona menos rencorosa que he conocido.

—En el fondo, Aunia me da pena —admití mientras servía la sopa en tres cuencos—. Supongo que, cuando uno no es feliz, siente el impulso de hacer infelices a los demás.

—No estoy tan seguro de eso. Conozco a muchas personas que han sido infelices y, sin embargo, han intentado ayudar a otros.

—Es posible —concedí—, pero, en todo caso, prefiero que Aunia esté ocupada con su propia vida y no se meta en la nuestra.

—En eso te doy la razón. Pero no me da ninguna pena.

—¿Y Ambón? —bromeé—. Él va a tener que aguantarla para siempre, y también a Tiresio y Unibelos.

Aunque Calias había aprendido a mantener a raya a los mellizos, seguían siendo dos de los niños más desagradables de Numancia.

—Ambón tampoco me da pena —bufó Leukón—. Él se lo ha buscado.

—¿Quién se ha buscado qué? —preguntó Calias, que acababa de llegar. Me quedé mirándolo mientras se quitaba el *sagum*, se arrodillaba frente a nosotros y aceptaba el cuenco de sopa que Leukón le tendía; había crecido mucho últimamente y llevaba el pelo largo hasta los hombros. Parecía mayor, y más seguro de sí mismo, y yo me sentía absurdamente orgullosa cada vez que lo pensaba. Como si fuese mi hijo de verdad.

¿Y acaso no lo era?

—Cassia y yo estábamos diciendo que la gente que

busca problemas suele encontrarlos —dijo Leukón dándole una pequeña palmada en la mejilla.

—Pero nosotros no buscamos problemas. —Calias se llevó el cuenco a los labios.

—No, no lo hacemos. —Mi marido me ofreció sopa a mí también y el asunto quedó olvidado.

Leukón era así, prefería ignorar a las personas que no le agradaban. Yo trataba de imitarlo, pero no siempre lo conseguía y, aunque intentaba no pensar demasiado en Aunia y Ambón, no podía pasar por alto el hecho de que Avaro los hubiese casado. Ni de que el druida parecía más animado últimamente. A mi pesar, solía cruzarme con él cuando iba y venía de los entrenamientos con Kara... y siempre lo hacía en el mismo punto: junto a casa de Karos y Stena.

Stena me había retirado la palabra desde la noche del juicio. Yo sabía que estaba doblemente ofendida: no solo había rechazado su propuesta de buscar la paz entre Numancia y Roma, sino que me había disfrazado de guerrera para salvar la vida de mi esposo. Había escogido el mismo camino que todos los demás, y lo había hecho conscientemente. Porque quería ser una celtíbera.

En cierto modo, comprendía la irritación de la mujer sabia. Y a veces, cuando Leukón y Calias dormían y yo estaba desvelada, me preguntaba si tendría razón, si todos menos ella estaríamos equivocados. Si había un tercer camino que solo Stena podía ver, uno diferente a la victoria o a la derrota.

Supuse que ya nunca lo averiguaría.

Por mucho que Stena me evitara, yo me sentía en deuda con ella por todo lo que había hecho por mí. Me había casado con Leukón asumiendo las consecuencias de ello, me había defendido de Avaro en presencia de todos y me había ayudado a adaptarme a la vida en Numancia. De ella había aprendido la lengua de los celtíberos, sus costumbres y un sinfín de pequeñeces cotidianas que me habían resultado de lo más útiles. Tal vez no fuese como Melpómene, ni siquiera como Kara, pero era una amiga paciente y generosa y una mujer a la que admiraba profundamente. Que tuviese sus propias razones para tenderme la mano era lo de menos: lo importante, pensaba yo, era que lo había hecho.

Así que me armé de valor y, aprovechando una tarde en la que Leukón estaba ocupado, fui a decirle lo que llevaba días barruntando.

La encontré junto al fuego apagado, tendida en sus pieles. Le quedaban días para dar a luz, y, por lo visto, sus dolores eran tan fuertes que apenas podía levantarse. Fue Karos quien me abrió la puerta de su casa: él salía en ese momento, pero me franqueó la entrada con aire solemne.

—Cassia —fue su discreto saludo.

Yo respondí con una inclinación de cabeza. La noche del juicio había perdido el respeto de Stena, pero me había ganado el de su esposo.

—Está muy cansada —me susurró—. Sé paciente con ella.

—Lo seré.

La mujer sabia me vio entrar, pero fingió no hacerlo. Siguió mirando el techo como si yo no fuese más que un soplo de brisa.

—Stena —dije en voz alta—, sé que ya no me consideras tu amiga, pero hay algo que quiero decirte.

—No quiero escucharte.

—Es importante...

—Te he dicho —repitió lentamente— que no quiero escucharte.

Yo ya estaba agachándome para volver a encender el fuego, pero me quedé a medio camino, con el *sagum* puesto todavía y una sensación amarga en la boca del estómago. Kara se había enfadado conmigo una vez, cuando apresaron a Leukón, pero yo sabía que aquello estaba olvidado y perdonado; Stena, por el contrario, aún parecía guardarme rencor. Quizá me lo guardara para siempre.

—Muy bien —suspiré.

Pese a todo, no me fui hasta que logré que la primera chispa prendiese los restos del hogar. Cuando las llamas lamieron la madera, proyectando luces y sombras en las paredes rugosas, me incorporé y me di la vuelta para volver sobre mis pasos. Aunque creía que debía avisar a Stena, no quería imponerle mi compañía.

Pero entonces vi algo que me hizo detenerme.

Había una sombra en la ventana. Desapareció cuando me acerqué a ella y retiré la piel de lobo; alarmada, me asomé rápidamente a la calle, pero no vi nada. Si había alguien espiándonos, se había esfumado por completo.

Aun así...

—Vete. —La voz de Stena me hizo dar un respingo—. No tienes nada que hacer aquí.

Me llevé la mano al corazón y suspiré. Después volví a colocar la piel de lobo y me giré hacia ella.

—Sospecho que Avaro te está vigilando —dije sin rodeos—. Puedes creerme o no, pero tenía que decírtelo. —Di un paso hacia la puerta—. Ahora sí que me voy.

Ella no dijo nada, seguía con los ojos clavados en las vigas de madera. Si mis palabras le habían afectado lo más mínimo, era capaz de esconderlo a las mil maravillas.

—Ten cuidado, Stena —insistí—. Y, si necesitas una amiga en algún momento, ya sabes dónde encontrarme.

Albergué la tonta esperanza de que me dijese algo más, cualquier cosa, pero ni siquiera parpadeó. Cuando comprendí que no tenía la menor intención de despegar los labios, me di por vencida y me marché.

Esa misma tarde, el *carnyx* volvió a sonar.

Los guerreros se irían a medianoche. En Numancia solo quedaríamos los niños, los ancianos, las mujeres embarazadas y aquellas personas que no estaban capacitadas para luchar. La ciudad quedaría desnuda y vulnerable, protegida únicamente por sus murallas.

—Volveremos pronto —me prometió Leukón mientras se preparaba—. Los exploradores saben dónde está Nobilior, lo sorprenderemos cuando se separe de sus hombres. Si actuamos deprisa, el resto del ejército no podrá unirse a él.

Parecía seguro de lo que decía. Yo observé sus movimientos a la luz del fuego, la tranquilidad con la que comprobaba el estado de sus armas y su escudo, se ceñía las grebas de bronce y miraba con los labios apretados una pequeña abolladura que había en su casco con cimera. Como si ir a la guerra fuese algo cotidiano.

¿Y acaso no lo era para él, para todos los celtíberos? ¿Acaso no habían crecido escuchando que no había nada tan heroico como presentar batalla? Por primera vez desde mi llegada a Numancia, extrañé verdaderamente el mundo civilizado, el afán de los hombres como Alexis por permanecer a salvo, lejos del hierro y la sangre.

Calias protestó un poco cuando supo que no iba a acompañarlo, pero mi esposo lo convenció de que era mejor así.

—Te necesito en Numancia —le dijo con gravedad— para que protejas a tu madre.

—Ella ya sabe defenderse sola, padre. Kara le ha enseñado y yo les he echado una mano.

—Ha aprendido algo, sí, pero no le gusta. Tú eres un guerrero de verdad.

Fui vagamente consciente de lo triste que era que un muchacho como Calias fuese «un guerrero de verdad». Los guerreros de verdad no aborrecían la violencia, podían llegar a disfrutarla. Pero aquello no parecía compatible con el carácter pacífico de Calias.

No obstante, las palabras de Leukón le hicieron asentir con cierto orgullo. Y los dos lo acompañamos a las puertas de la ciudad.

—Volveré pronto —dijo antes de darme un beso y revolverle el pelo a Calias a modo de despedida. Verlo así, con el *sagum* retirado, las armas listas y el rostro cubierto de pinturas de guerra, me hizo recordar la primera vez que nos habíamos encontrado en el bosque. Entonces quería huir de él; ahora hubiese dado cualquier cosa por retenerlo a mi lado.

—Más te vale, celtíbero —murmuré intentando parecer tranquila. Pero, cuando nuestros labios se encontraron una última vez, mi corazón empezó a latir dolorosamente.

Nos dio la espalda y se alejó. Y, mientras lo veíamos marchar, recordé algo que había dicho Kara: «Cuando tu vida es la guerra, hay que tener el corazón de hierro».

—No, querida —murmuré mientras la buscaba con la mirada y la encontraba cabalgando junto a mi esposo, con el *sagum* remangado y la trenza oscilando como un látigo a sus espaldas—. No hay que tener el corazón de hierro para ir a la guerra, sino para dejar que otros lo hagan por ti.

Y, elevando una plegaria a Epona, me retiré de las murallas en compañía de Calias.

XXIX

Stena se puso de parto al cabo de unos días, de madrugada.

Yo estaba despierta, atenta a cada uno de los sonidos de la noche. Desde que Leukón se había marchado con los guerreros, no dormía bien; el silbido del viento o el repiqueteo de la lluvia bastaban para desvelarme, y a veces tenía pesadillas que encarnaban mis peores miedos, en los que Leukón no regresaba o lo hacía muerto. Por suerte para mí, Calias había empezado a dormir conmigo, y su presencia en el lecho era lo único que me calmaba un poco.

Cuando se oyó el grito, él dormía tranquilamente, encogido junto a los restos del fuego. No lo despertó Stena, lo hice yo cuando me incorporé sobresaltada.

—¿Qué pasa, madre? —murmuró sin abrir los ojos.

—Es Stena —dije acariciándole el pelo—. No te preocupes, debe de ser el niño, que ya está en camino. Mira que llegar en mitad de la noche...

—Podría haber esperado hasta mañana —bostezó Calias mientras se levantaba él también.

Yo ya me estaba abrochando el *sagum*. Me pesaban

los párpados y sentía frío después de haber estado tanto rato bajo las pieles, pero no podía quedarme en mi casa mientras la mujer sabia de Numancia daba a luz ella sola.

Calias también se había puesto el *sagum*, pero no conseguía abrochárselo. Apenas podía mantener los ojos abiertos.

—¿A dónde crees que vas? —le dije suavemente—. Vuelve a la cama ahora mismo.

—Voy contigo, madre. —El chico reprimió otro bostezo y trató de enfocar la mirada en mi rostro—. Te vendrá bien un poco de ayuda.

—Gracias, querido, pero no te necesito. —Sacudí la cabeza y empecé a quitarle el *sagum*, que había logrado ponerse de cualquier manera—. A dormir, vamos.

Le di un beso en la frente y me dirigí hacia la puerta. Él dudó, pero luego volvió a tumbarse en el lecho y se hizo un ovillo bajo las pieles. Creo que ya estaba dormido cuando me marché.

La madrugada me escupió su aliento helado. Me puse la capucha para protegerme de la lluvia y me apresuré; los gritos de la parturienta me guiaban a través de las calles en penumbra. Miré hacia arriba y me pregunté cómo se las arreglaría Leukón, en el bosque y bajo aquel cielo gris, para sorprender a Nobilior y a sus hombres, a todo un ejército de legionarios.

Como siempre, recé por él y por sus compañeros de armas, primero a Epona y después a mis dioses *lares*, si es que alguno podía escucharme ya. Después me obligué a apartar a mi esposo de mis pensamientos y a concentrarme en otra batalla, la que yo libraría esa noche. También sería dura.

El ambiente estaba cargado cuando entré en casa de Stena y Karos. Encontré a la mujer sabia en un charco de líquido maloliente; me quité el *sagum* a toda prisa y me arrodillé a su lado. Tenía la cara pálida y cubierta de sudor frío, y apenas podía respirar con normalidad. Cuando sostuve una de sus manos, me di cuenta de que temblaba.

—Estás aquí —murmuró volviendo el rostro hacia mí. Me miraba de una forma que no sabía interpretar.

—Por supuesto —dije soltando su mano para ponerme manos a la obra.

Lo primero que hice fue darle un poco de agua: tenía los labios resecos y, si seguía gritando así, se haría daño. Aunque nunca antes había atendido un parto, había visto a mi madre hacerlo, por lo que tenía una idea más o menos aproximada de lo que iba a suceder. Además, era la parturienta la que hacía la mayor parte del trabajo; su acompañante debía asegurarse de que estuviese cómoda y segura, y yo podía hacer ambas cosas por Stena. Pero debía ser más rápida que el niño.

—Tienes que ponerte en cuclillas para que todo sea más fácil —le indiqué suavemente, aunque con decisión—. ¿Puedes hacerlo sola?

—Me temo que no.

—Entonces, te ayudo. —Me coloqué tras ella y le eché una mano. En cuanto cambió de postura, se estremeció violentamente.

—¡Ya viene! —gimió.

—Sí, querida, ya viene. —Volvió a gritar y yo traté de distraerla—. ¿Cómo lo vas a llamar?

—Si es un chico..., Karos..., como su padre... —Se interrumpió para soltar un largo gemido. Yo sentía lástima por ella, lástima y un miedo atroz a que algo estuviese yendo mal. Pero no podía dejar que me lo notara—. Si es una chica... ¡Ah!

Hubo una explosión de fluidos y, al cabo de un momento, una cabeza redonda y arrugada apareció entre las piernas de Stena. Al verla, sentí una mezcla de euforia, nervios y náuseas con la que no hubiese podido lidiar de no haber estado sola frente al peligro. Pero me convencí a mí misma de que desmayarme sería realmente estúpido por mi parte, por lo que me obligué a ahuecar mis manos y ponerlas debajo.

—Muy bien, Stena —dije haciéndome oír por encima de los gritos de la pobre mujer—. Lo estás haciendo muy bien.

Supongo que todo fue bastante rápido, pero a mí se me hizo eterno. Stena gritaba con cada empujón, y yo sentía su dolor en mi propia carne. Pero le hablaba en voz alta, tratando de calmarla sin demasiado éxito, y me preparaba para recibir al niño cuando ya estuviese listo.

Cuando cayó en mis manos, yo sudaba casi tanto como Stena y estaba manchada de sangre y otras sustancias pegajosas. Recordando las instrucciones de mi madre, golpeé suavemente el talón de la criatura, que emitió un gañido casi animal; entonces sentí una extraña felicidad.

—Vaya, parece que el pequeño Karos tiene carácter —murmuré mientras el niño protestaba.

Al ver que Stena no decía nada, me giré rápidamente hacia ella, pero enseguida comprobé que estaba bien, o todo lo bien que podía estar alguien que acababa de expulsar a otro ser humano de su interior. Solo parecía terriblemente cansada.

—Toma. —Le puse al niño en el pecho. Me hubiese gustado sostenerlo un poco más, pero Stena era su madre.

Ella se levantó el vestido para que pudiera encontrarle el pezón. La criatura se removió como un pececillo fuera del agua, pero, tras un par de intentos fallidos, lo atrapó con las encías y se puso a mamar ávidamente.

—Es increíble —suspiré—, acaba de llegar al mundo y ya sabe lo que tiene que hacer.

—Es un celtíbero —dijo su madre, que había cerrado los ojos sin dejar de temblar—. Nuestros dioses nos guían y protegen desde que nacemos.

—Qué suerte —comenté con ligereza—. Los dioses romanos están callados o encerrados en sus templos.

La mujer sabia abrió un ojo para mirarme.

—Ahora tú eres una celtíbera. —En su tono ya no había rencor, solo derrota—. ¿Puedes cortarle el cordón umbilical?

Me quedé perpleja durante unos segundos, pero luego reaccioné. Afortunadamente, Stena sabía cómo hacer aquello, por lo que tuve que limitarme a seguir sus instrucciones. Ella misma solía atender los partos de las otras mujeres de Numancia, me dijo, pero estaba demasiado cansada en ese momento, por lo que me tocó a mí cortar el cordón y hacer el nudo que se convertiría en el ombligo de su hijo. Pensé tontamente que me alegraba de saber a qué me enfrentaría yo misma llegado el momento.

—¿Quieres que lave al pequeño Karos? —le pregunté cuando terminamos—. ¿O prefieres quedarte con él?

—Confío en ti —contestó ella—, pero lávalo deprisa, por favor. —Por primera vez, la mujer sabia esbozó una sonrisa temblorosa—. Tengo ganas de estar con él.

Yo cogí al pequeño con sumo cuidado y también sonreí.

—Volveremos enseguida. Oh, no, no llores —murmuré cuando el bebé, separado de su madre de pronto, empezó a protestar—. Soy Cassia, soy tu amiga. Pronto estarás con tu madre otra vez, solo tengo que limpiarte un poco...

Sin dejar de hablarle a la criatura, salí de casa, me dirigí hacia el aljibe y me agaché para lavar su cuerpecillo con agua de lluvia. Cuando le quité la mayor parte de la sangre, descubrí que su cabeza estaba llena de pelusa roja.

—Te pareces a tu padre —le dije en voz baja—. Pero no cabe duda de que eres el hijo de tu madre.

Como seguía lloriqueando, le dejé chupar mi dedo pulgar. Aquello pareció apaciguarlo. Al verlo en mis brazos, tan diminuto y frágil, sentí un agradable calor en el pecho y me di cuenta de que yo también quería un bebé, uno con pelusa negra en la cabeza. Como los rizos de Leukón.

Esa idea me hizo sonreír, y no dejé de hacerlo hasta que crucé el umbral de la puerta y vi lo que había ocurrido mientras estaba fuera.

—¡Por todos los dioses! —grité. Mi primer impulso fue ocultar al bebé en mi pecho, aunque él ni siquiera podía mantener los ojos abiertos todavía.

Avaro me observaba con tranquilidad. El cuerpo sin vida de Stena yacía a sus pies; él sostenía una daga empapada de sangre. Las gotas caían al suelo lenta y rítmicamente.

Me quedé mirando el cuerpo de mi amiga y luego volví a mirar al druida, que ni siquiera parpadeaba.

—¡Asesino! —Temblando, retrocedí para proteger al niño—. ¡Asquerosa serpiente!

—No ha sufrido —dijo él dando un paso al frente—. Tú tampoco sufrirás, romana, lo haré deprisa. Será mejor que la hoguera, ¿no te parece?

Yo ni siquiera lo estaba escuchando. Ni siquiera estaba pensando en mí en ese momento, ni en la daga que Avaro continuaba empuñando.

—Has matado a una mujer que acababa de dar a luz —siseé—. A una persona completamente indefensa. ¡Sucio cobarde! —exploté—. ¡Rata, gusano, sabandija inmunda!

Me puse a insultarlo en todas las lenguas que conocía, todo eso sin soltar al pequeño Karos, que había empezado a llorar otra vez. Aquello era lo más horrible que había presenciado en toda mi vida y el bebé que llevaba en brazos me tenía desarmada: no podía abalanzarme sobre Avaro sin ponerlo en peligro.

El anciano druida avanzó un poco más, interponiéndose entre la puerta y yo. Luego nos señaló a Karos y a mí con la punta de la daga. Percibí un movimiento junto a la ventana, pero no miré hacia allí: toda mi atención estaba puesta en Avaro, que se dirigía hacia nosotros sin bajar el arma.

—Voy a acabar con algo que nunca debió comenzar —declaró con su voz rasgada—. Ese niño y tú debéis morir, romana, porque los dioses quieren que acabe con vuestra estirpe.

—¿Los dioses? —repetí con desprecio—. ¿Cuáles, Avaro, los que tú mismo te inventas para justificar tus atrocidades?

—Pronto estarás con ellos. —Él seguía caminando—. Entonces los verás.

Yo retrocedí hasta que mi espalda chocó contra la pared. El pequeño Karos lloraba con amargura, pero yo apenas era consciente de ello; ya podía sentir el aliento fétido de Avaro, el zumbido de la sangre palpitando en mis sienes, el corazón a punto de estallar.

Jadeando, sostuve al niño con un solo brazo y descolgué uno de los escudos de las paredes, uno de los que tenía el símbolo de Lug dibujado. Avaro chasqueó la lengua en señal de reprobación.

—Ni siquiera podrás sostenerlo —dijo con tono de reproche, como si estuviese regañando a un niño.

Frustrada, comprobé que tenía razón: el escudo cayó con un estruendo de metal y yo me vi acorralada entre esa daga y la pared.

No tenía escapatoria.

La daga silbó al cortar el aire y cerré los ojos con fuerza. Mi último pensamiento fue que Avaro no iba a arrebatarme a ese niño, que tendría que pasar por encima de mi cuerpo sin vida para matarlo.

Esperé algo, un estallido de dolor, la sangre caliente salpicándome la cara. Pero no sucedió nada.

Abrí los ojos y me encontré con las pupilas de Avaro. Estaban clavadas en mí, pero no me veían, ya no.

De sus labios agrietados brotó un hilo de sangre. Luego se desplomó a mis pies, boca abajo, y pude ver que su túnica blanca tenía una mancha roja en la espalda que iba ensanchándose por momentos.

Levanté la vista y lo vi, justo detrás de él. Un escalofrío recorrió mi cuerpo mientras Calias observaba el cadáver del druida y apretaba el puñal que sostenía en la mano como si aún se lo estuviera clavando entre los omóplatos.

—A mi madre, no —murmuraba, como en trance—. A mi madre, no...

Estaba pálido y despeinado, recién salido de la cama.

Llevaba el *sagum* arrugado y las botas mal puestas, pero había un brillo decidido en sus ojos.

Las lágrimas anegaron los míos.

—Oh, Calias...

—A mi madre, no —repitió él y me miró por primera vez—. Hola, madre.

Me tapé la boca para ahogar un sollozo. Calias, el niño que había conocido en el *Quimera*, el que había venido conmigo hasta Numancia, mi niño, se había convertido en un hombre esa noche. En un celtíbero que sabía empuñar un arma no para combatir a los invasores, como yo había creído siempre, sino para proteger a los suyos. Eso era lo que Leukón, Kara y los demás le habían enseñado durante todo ese tiempo, pero yo no había sido capaz de ver. No con aquella claridad.

Parpadeando confundido, como si acabara de despertar de un mal sueño, Calias pasó por encima de Avaro y escondió la cara en mi pecho. Yo le rodeé los hombros con el brazo que tenía libre. Y así nos quedamos los dos, con el bebé protegido entre nuestros cuerpos, temblando como si hubiese un vendaval zarandeándonos, hasta que volvimos a oír el *carnyx* a lo lejos.

XXX

Fue Leukón quien nos encontró.

Recuerdo lo sucedido envuelto en bruma y temor. Sé que mi esposo irrumpió en casa de Stena y Karos, maldijo al ver los cuerpos de Stena y Avaro y corrió hacia mí. Yo me había dejado caer sentada en el suelo, con el bebé en el regazo, y Calias permanecía acurrucado junto a nosotros. Cuando Leukón comenzó a hacernos preguntas, el chico respondió con monosílabos; yo permanecí en silencio, mirando la pared sin verla realmente, preguntándome una y otra vez cómo había podido suceder todo aquello.

—Cassia —mi marido me llamó con firmeza—. Cassia, mírame.

Puso sus manos grandes sobre mis mejillas y entonces reaccioné.

—La ha matado —dije con voz ronca. Mis lágrimas se habían secado, pero aún me ardían los ojos y la garganta—. Avaro ha matado a Stena delante de mí.

Leukón frunció el ceño, pero no contestó. Se inclinó para besar mi mejilla despacio, con más fuerza de lo normal, y luego miró al pequeño Karos, que se había quedado dormido.

—¿Puedo cogerlo? —me preguntó con cautela.

Yo no quería que lo apartaran de mí, pero me di cuenta de que estaba demasiado conmocionada como para ocuparme de él debidamente, por lo que se lo entregué a mi esposo. El niño protestó con poca convicción, pero luego se acurrucó contra su pecho y se quedó amodorrado otra vez. Solo entonces fui consciente de que Leukón estaba cubierto de sangre, aunque parecía ileso.

—¿Estás bien, querido? —murmuré apartándole un rizo del rostro.

—Sigo vivo —contestó él. Y luego nos empujó a Calias y a mí hacia la puerta.

Tengo un vago recuerdo del camino de vuelta a casa, aunque yo iba mirándome las puntas de los pies. Cuando llegamos, Calias y yo nos sentamos juntos en el bancal, pero Leukón se quedó junto a la puerta, con el bebé en brazos.

—Voy a llevárselo a Karos —dijo en voz baja.

—Karos. —Por fin, salí de aquel trance y miré a Leukón con ansiedad—. ¿Lo hicisteis, entonces? ¿Pudisteis emboscar a Nobilior? —Mi esposo no respondió enseguida, por lo que me levanté para acercarme a él—. ¿Cómo fueron las cosas, habéis vuelto todos sanos y salvos? ¿Dónde están Kara y los demás? —Le cogí del brazo—. ¿Por qué no dices nada?

Leukón parpadeó lentamente.

—Emboscamos a Nobilior, sí, pero las cosas no salieron bien. La guerra aún no ha terminado y pronto habremos perdido a nuestro líder. —Bajó la vista y miró al bebé con amargura—. Debo irme, a Karos no le queda mucho tiempo.

Sin darme tiempo a reaccionar, salió de casa. Yo me quedé mirando la puerta cerrada con el corazón encogido. ¿Karos iba a morir? ¿Y qué pasaría después?

Entonces oí la voz de Calias detrás de mí:

—Aunia me ha visto.

Me volví hacia él sobresaltada. Aunque no nos habíamos separado en las últimas horas, apenas habíamos intercambiado unas pocas palabras.

—Me ha visto —repitió—. Estaba en la ventana.

Y no nos había ayudado, pensé. Pero sacudí la cabeza y traté de hablar con calma:

—Yo he matado a Avaro, Calias.

Calias me miró confundido y la puerta se abrió de nuevo. Era Leukón, que regresaba sin el niño.

—Yo he matado a Avaro —volví a decir, esta vez contemplando a mi esposo.

—Eso no es verdad, madre. —Calias reaccionó por fin—. Yo he matado a Avaro y no me arrepiento. Quería haceros daño al bebé y a ti.

—¿Esto es alguna clase de juego? —Leukón nos miraba con los ojos entornados—. ¿Quién de los dos ha matado a Avaro?

—Yo —dijimos los dos al mismo tiempo.

—Calias, escúchame —suspiré—: debemos decirles a todos que he sido yo. De ahora en adelante, de hecho, nosotros mismos debemos creer que he sido yo. Así todo será más sencillo.

Por primera vez desde que lo conocía, Calias me miró con dureza.

—No dejaré que cargues con la culpa, madre. Si soy un hombre para matar, soy un hombre para asumir las consecuencias de mis actos.

Sí, yo sabía que lo era, lo había sabido desde aquella madrugada. Pero me negaba a admitirlo:

—¡Eres un niño, por todos los dioses!

Al ver que íbamos a empezar a discutir, Leukón se interpuso entre los dos:

—Escuchadme, esto es grave. —Calias y yo enmudecimos al instante—. Si Karos muere, ya no tendremos a nadie que responda por nosotros. Hasta que la Asamblea no proponga un nuevo líder y el Consejo de Ancianos le dé su bendición, Numancia será una ciudad sin orden, y eso quiere decir que algunos intentarán tomarse la justicia por su mano.

—¿Te refieres a que podrían vengar a Avaro? —pregunté cruzándome de brazos—. No creo que nadie lo quisiera mucho.

—No era querido, pero sí venerado. Y temido por muchos. —Leukón chasqueó la lengua—. Es posible que algunos teman que su espíritu no descanse hasta que se haya cobrado su venganza.

—He sido yo —se obstinó Calias— y Aunia me ha visto. Incluso si vosotros mentís, ella contará la verdad.

—¿Aunia? —repitió Leukón al cabo de un instante—. ¿Aunia... te ha visto?

—Madre se ha marchado a atender el parto de Stena y yo no podía dormirme, así que he decidido ir tras ella. He visto que Aunia estaba espiándolas a las dos por la ventana, pero no le he dado importancia hasta que he entrado y he visto a Avaro amenazando a madre y al bebé —Calias habló de un tirón, sin titubear—. Entonces he matado a Avaro. Ella lo habrá visto todo.

—Entonces, también habrá visto cómo Avaro asesinaba a Stena y cómo intentaba hacer lo mismo con

Cassia y su hijo —dijo Leukón haciendo un gesto de incredulidad—, pero no ha tratado de impedirlo.

—¿Y qué esperabas? —Yo me encogí de hombros.

—Que se comportara como una guerrera celtíbera. —Mi esposo apretó los puños—. Debo hablar con ella...

Sus palabras fueron interrumpidas por unos golpes en la puerta. Leukón y yo nos miramos con cierta inquietud y él se llevó la mano a la empuñadura de la espada.

—Adelante —dijo.

La puerta se abrió y un hombre apareció en el umbral. Lo reconocí al cabo de un momento: era Corbis, el curandero que acompañaba a Leukón en sus exploraciones. Al verlo, Leukón soltó la espada y yo me relajé. Corbis nos hizo un gesto de saludo a Calias y a mí y luego se dirigió a mi esposo:

—Leukón, tienes que venir. Kara está peor.

—¿Qué le pasa? —pregunté alarmada—. ¡No sabía que estaba herida!

—Su herida no parecía grave —gruñó Leukón.

—No tiene buena pinta. —Corbis hizo un gesto sombrío—. Ve lo antes posible.

Mi esposo pareció dudar. Yo podía imaginar cómo se sentía en ese momento: una parte de él estaría deseando acudir junto a su amiga y compañera de armas, pero sabía tan bien como yo que Calias y yo dependíamos de lo que Aunia pudiese decir o hacer en las próximas horas. Por eso decidí intervenir.

—Iré yo —dije resueltamente—. Kara también es mi amiga.

Leukón me miró aliviado. Corbis abrió la boca, pero después debió de pensárselo mejor, porque se limitó a murmurar:

—Date prisa. Ahora está en manos de los dioses.

XXXI

Cuando salí de casa, fui realmente consciente de que las cosas no habían ido bien para los celtíberos. Leukón me había contado que habían logrado emboscar a Nobilior, pero no me había explicado a qué precio. Las calles de Numancia estaban llenas de hombres y mujeres heridos, que eran atendidos ahí mismo con rudimentarios vendajes y tablillas, y muchas casas tenían las puertas abiertas. Escuché gemidos y lloros al pasar por varias de ellas, y sentí que mis entrañas se retorcían.

En ese momento, las palabras de Stena resonaron en mis oídos: «Cuando Numancia arda hasta los cimientos, recuerda esta conversación. Recuerda que tuviste la oportunidad de salvarnos a todos y la rechazaste».

«No es culpa mía», le respondí en silencio al fantasma de la mujer sabia. «Nada de esto es culpa mía».

Pero ni siquiera yo estaba segura de que aquello fuese del todo cierto. Pasé junto a un hombre al que le estaban cosiendo una herida y traté de no mirarlo, pero no lo logré. No dejaba de pensar que ese podría haber sido mi marido. Ese o alguno de los cuerpos que estaban amontonando en el cruce de dos calles y que me vi obligada a rodear. No quería distinguir ningún rostro conocido entre ellos.

Qué injusto era. Los romanos habían enviado a Hispania a sus guerreros, a hombres fuertes que sabían perfectamente cómo era una campaña militar, y había dejado a sus familias en la retaguardia, a un mar de distancia del peligro. Roma había llevado la guerra a las puertas de Numancia, pero allí no solo había un ejército celtíbero, sino niños, ancianos, gentes pacíficas que jamás habían deseado empuñar un arma. Todos ellos sufrirían las consecuencias de la invasión igualmente, la sufrirían en sus bosques y montañas, en sus calles y en sus casas, en el mismo lugar que habían creído que era suyo. ¿Cómo no iba a estar yo de su parte?

Por fin, llegué a casa de Kara y encontré la puerta abierta. Dentro hacía frío: el fuego se había apagado y nadie se había tomado la molestia de volver a encenderlo. Mi amiga estaba sentada en el bancal de piedra y presionaba su vientre con la mano; pronto me di cuenta de que sus dedos estaban manchados de sangre hasta los nudillos.

—Dioses, Kara —dije acercándome a ella—. ¿Qué haces ahí sentada? Deberías tumbarte.

Ella me miró con desgana. Estaba muy pálida.

—Los muertos se tumban —gruñó— y yo aún no estoy muerta.

Ese «aún» se clavó dolorosamente en mi pecho. En vista de que no iba a poder convencerla, me senté a su lado en el bancal.

—Tú no vas a morir —dije con firmeza—. ¿Puedo ver tu herida?

—Corbis no ha podido curarla, ¿qué te hace pensar

que tú sí? —Arqueó las cejas—. Bah, me conformo con que te quedes conmigo. Y no pongas esa cara: la culpa es mía, dejé que hiriesen a Furiosa y me caí. —No parecía lamentarse por ello—. Me levantó tu querido esposo, que estaba hablando con un romano, los dioses saben por qué.

—¿Con un romano? —repetí sorprendida, pero entonces me di cuenta de algo—. ¿Por qué estás hablando en latín, Kara?

Ella se inclinó hacia mí y me agarró de la muñeca con la mano que tenía libre. Estaba desangrándose por momentos y, sin embargo, parecía tan tranquila como siempre. Mi corazón se retorció de pena al pensar que se había resignado a morir, pero, cuando estaba abriendo la boca para pedirle que me dejase hacer algo por ella, cualquier cosa, me habló con tono confidencial:

—Tienes que decírselo —susurró—. Cuando vuelvas con los romanos.

Su mano estaba helada, pero su aliento me quemó el rostro. Olía a miel, a sangre y a tristeza.

—¿De qué hablas, querida? —Intenté parecer calmada—. No voy a volver, Numancia es mi hogar. Me quedaré con mi esposo, con mi hijo y contigo pase lo que pase.

Pero Kara desechó esa idea con un gesto.

—Volverás. Y quiero que se lo digas. Ella no puede ser como Penélope, no puede malgastar su vida tejiendo y esperándome. Porque yo ya no voy a volver, ya es tarde para eso.

La joven se estaba refiriendo a un pasaje de *La Odisea* de Homero: Penélope, la esposa de Ulises, recibió la noticia de que este había muerto en la guerra de Troya, pero no creyó que aquello fuese cierto y, para evitar el acoso de sus pretendientes, les dijo a todos que debía tejer un sudario para su difunto marido antes de volver a casarse. Durante veinte años, Penélope estuvo tejiendo el sudario durante el día y deshaciéndolo por la noche hasta que, después de muchas aventuras, Ulises volvió a casa.

—Yo ni siquiera soy Ulises, el rey de Ítaca —gruñó Kara. Cada vez le costaba más hablar—. Yo solo soy una salvaje... «Mi pequeña salvaje», solía llamarme. —La joven bufó—. «Pequeña», decía. La muy descarada. A pesar de que yo podía echármela al hombro como un saco. ¡Y cómo pataleaba!

La sangre de Kara había manchado el bancal. Mientras ella hablaba, yo analizaba discretamente su situación: se habían formado dos círculos oscuros alrededor de sus ojos y la herida del vientre parecía ensancharse por momentos. La mano de la joven temblaba.

—Debo ir a buscar ayuda, querida —le dije con el tono más ligero que fui capaz de fingir—. Seguro que Corbis aún puede...

Pero ella presionó mi muñeca con los dedos. No pensaba soltarme.

—Voy a morir de todas maneras, Cassia, y quiero que escuches mis últimas palabras. Tú eres la única que puede llevar mi mensaje a Ítaca.

Sonrió. El corazón me pedía llorar por la amiga que iba a perder, pero no podía hacerle eso, no podía negarle su último deseo. Si iba a morir allí, en su casa, con una romana como única compañía, merecía ser escuchada. Por eso tomé su mano entre las mías y me acomodé bien en el bancal.

—Háblame de Penélope —le pedí en voz baja.

Kara cerró los ojos. Tenía la cara contraída por el

dolor, pero seguía sonriendo de aquella forma, como si ya no viese su casa fría ni mi rostro, sino una imagen muy diferente.

—Su historia, nuestra historia, comienza como tantas otras leyendas de dioses y héroes —empezó a decir—. Yo era joven entonces, joven y estúpida, y me había unido a una partida de exploradores que iban a ser enviados a los alrededores de Tarraco. Quería demostrarles a todos lo valiente que era. Esa fue la primera vez que Leukón y yo fuimos compañeros de armas, y ya no nos separamos nunca más... excepto durante aquellos años. Pero no adelantemos acontecimientos.

La joven echó la cabeza hacia atrás, sin abrir los ojos, y siguió hablando:

—Nuestros compañeros eran mayores y experimentados y, como suele suceder, Leukón y yo queríamos impresionarlos. Así que decidimos cazar un jabalí. ¿Te lo imaginas, romana? ¡Dos idiotas de cacería en territorio enemigo! Merecíamos morir, pero los dioses tenían otros planes para nosotros. O más bien para mí. Cuando topé con aquella caravana romana, estaba dispuesta a luchar hasta mi último aliento, pero me redujeron y me llevaron al mercado de esclavos. Y yo que quería una muerte heroica...

Rio secamente. Yo tenía los ojos empañados, podía imaginármela perfectamente desafiando a toda una legión.

—Me vendieron a un hombre que tenía una hija... Cornelia Alba. —Pronunció su nombre como si fuese una plegaria—. Fui un regalo para ella. Aún recuerdo cómo me sentí al verla por primera vez... La llamaban Alba porque tenía la piel muy blanca, casi transparente. Y el pelo muy negro, por cierto. De habérmela encontrado en el bosque, nadando en una laguna, hubiese creído que era una sirena que trataba de seducirme para arrastrarme a las profundidades del agua. Desgraciadamente —añadió con una carcajada—, no quería devorarme... al principio.

Suspiró. Yo le acaricié la palma de la mano con el dedo pulgar.

—Me volvía loca —dijo sacudiendo débilmente la cabeza—. No dejaba de parlotear, por eso aprendí latín y griego tan deprisa. ¡Es que no callaba! Yo no sabía que alguien pudiese hablar tanto rato seguido sin desmayarse... —Resopló—. «¿Por qué no me dices nada, mi pequeña salvaje? ¿Es que todavía me odias?», me preguntaba todos los días. Y yo siempre le respondía lo mismo: «No te odio, pero no tengo nada que decir».

Intentó abrir los ojos, pero fracasó y siguió hablando entre dientes:

—No la odiaba, no hubiese podido hacerlo. Fue verla y comprender que... Ah, romana, puedes pensar que estoy delirando, pero te aseguro que lo sentí realmente, sentí que toda mi vida... Que todo había ocurrido de ese modo para que yo llegara hasta ella, que estaba justo donde debía estar. Cornelia Alba era el final de mi camino.

»Entonces me puse enferma. Pensé que iba a morir, y me dije a mí misma: «Bueno, Kara, no tendrás la muerte heroica que deseabas, pero el último rostro que verás será el de una chica preciosa». Yo ya estaba enamorada, no te equivoques, pero prefería tomármelo con humor. No creía... Me parecía imposible que ella también...

Había dejado de sonreír. Yo contenía el aliento.

—Sin embargo, sucedió. Cornelia Alba cuidó de mí

durante todo ese tiempo y una noche, después de darme de cenar y lavarme a conciencia, se metió en mi cama. Yo intenté resistirme, no porque no la deseara, sino porque... ¡Porque no podía permitírmelo! Si la tenía una vez, la querría tener siempre y no... No estaba a su altura. O eso creía.

»Pero ella no pensaba lo mismo, ella... me besó por todas partes, me susurró palabras tiernas, yo jamás me había sentido tan feliz como en ese momento. Así que le di todo lo que tenía, que eran mi cuerpo y mi pasión, y ella los recibió como un regalo extremadamente valioso. Fue como si encontrara algo que había en mí, algo que yo ni siquiera sabía que existía hasta ese momento. ¿Te has sentido así alguna vez, Cassia?

Me sobresalté al escuchar mi nombre. Kara estaba tan sumida en sus propios recuerdos que yo creía que había olvidado mi presencia, pero se las arregló para abrir los ojos entonces.

—Sí —admití suavemente—. Lo he sentido.

—Ah, Leukón... —Ella rio divertida—. Ese maldito caballo sabe ser delicado cuando quiere, ¿verdad? Lo creas o no, yo también sabía. Cornelia se derritió en mis brazos esa noche, y la noche siguiente, y todas las que vinieron después. Cuando me recuperé de mi enfermedad, siguió durmiendo en mi lecho o invitándome al suyo, y yo me sentía tan feliz que pensaba que pronto los dioses empezarían a envidiarme.

Empezó a temblar. Cambié de postura en el bancal para rodearla con mis brazos y ella, agradecida, apoyó la cabeza en mi hombro. Apenas podía mantenerse erguida ya.

—Aún soy feliz al recordarlo, aunque lo perdiese. —Dos lágrimas rodaron por sus mejillas—. Ella hizo que todo valiese la pena: los golpes, las cadenas, el miedo... Incluso la humillación. Ella me demostró que hasta la noche más oscura tiene estrellas. Por eso, cuando Leukón vino a liberarme...

Volvió a cerrar los ojos y suspiró.

—Cuando Leukón volvió a liberarme, se me rompió el corazón. —Su voz sonaba cada vez más débil, cada vez más lejana—. Mientras yo gozaba en el lecho de mi ama, él se había jugado la vida para rescatarme. No podía darle la espalda, yo... tenía que volver. Así que... la abandoné...

Empezó a sollozar. Yo la apreté contra mi cuerpo tratando de no hacer lo mismo.

—Me hubiese quedado, Cassia... Quería quedarme, lo deseaba con todas mis fuerzas. Pero no quería ser una mujer sin honor, no quería... No me lo hubiese perdonado nunca. Y fui tan cobarde que ni siquiera me despedí, me marché esa misma noche sin darle ninguna explicación. —Se aferró a mi túnica—. Sé que ella todavía me espera, sé que siempre me esperará. Si la ves, dile que no... Dile que ya no voy a volver. Y que lo siento muchísimo.

Hundió la cara en mi pecho. Yo le di un beso en el pelo y le prometí que lo haría, que buscaría a Cornelia Alba si alguna vez decidía regresar a Roma. Pero, para cuando terminé de pronunciar esas palabras, la joven ya estaba muerta.

Rompí a llorar mientras su sangre empapaba mi túnica poco a poco. Aunque tenía los ojos cerrados, no dejaba de ver el rostro de Kara: su expresión burlona cuando nos vimos por primera vez, en casa de Leukón, y su ceño fruncido mientras pisoteaba mi cena ritual. Su expresión solemne cuando nos casamos en el bosque y su sonrisa maliciosa al verme atacar a Aunia. Todas las miradas que habíamos intercambiado en público y todas las risas que habíamos compartido en privado. Había llegado a admirar a esa mujer, había llegado a quererla, y ahora sostenía su cuerpo sin vida sabiendo que ni siquiera podría cumplir su última voluntad.

Cuando Leukón vino a buscarnos y vio a Kara, un velo de dolor cubrió sus ojos. Se acercó al bancal, se arrodilló y besó su mano manchada de sangre. Solo entonces me di cuenta de que Calias había entrado con él.

—¿Kara ha muerto? —preguntó con un hilo de voz.

Nos miramos y él también se echó a llorar. Yo fui a abrazarlo mientras Leukón tumbaba a Kara en el bancal, boca arriba, y le colocaba su espada en las manos.

—Adiós, querida amiga —le dijo con la voz impregnada de cariño. Después se volvió hacia mí—. Tenemos que irnos, Cassia.

—¿Has hablado con Aunia? —le pregunté en voz baja, como si Kara solo estuviese dormida y no quisiera despertarla. Leukón asintió brevemente—. ¿Y qué te ha dicho?

—Tenemos que irnos.

—Pero...

—Ahora —me interrumpió sin miramientos—. Ponte el *sagum* y sígueme sin hacer preguntas, por favor.

Iba a decirle que yo no era un caballo al que pudiese dar órdenes, pero ese «por favor» me ablandó. Y, tomando la mano de Calias, fui tras él.

XXXII

Lo primero que vi al salir al exterior fue la pira.
Era una pira de madera, alta como tres hombres. Había algunos cadáveres dispuestos alrededor de ella, pero la parte superior estaba vacía.
—¿Qué es eso? —pregunté.
—La pira de Karos. —Leukón ni siquiera se detuvo—. Los buitres lo están descarnando, pero pronto quemarán sus restos y sus armas. —Hablaba desapasionadamente, pero yo podía intuir el dolor que encerraban sus palabras—. Su espíritu se unirá al resto de los héroes en el camino al Más Allá.
Evoqué mentalmente el semblante de Karos de Sekaisa, su melena pelirroja y sus ademanes bruscos, y me sorprendí a mí misma pensando que lo echaría de menos, igual que a Stena. Los dos, cada uno a su manera, me habían hecho sentir acogida en una tierra extraña para mí. Aunque no siempre estuviésemos de acuerdo.
—Seguro que sí —murmuré.
Entonces pensé en el pequeño Karos y mi corazón se encogió. ¿Quién se ocuparía de él ahora?
—¿Qué pasará con su hijo? —pregunté en voz baja.

—Karos tenía una hermana pequeña, ella cuidará de él. —Mi esposo seguía sin mirarme—. No te preocupes por eso.

Por supuesto que me preocupaba, yo había tenido a ese niño en mis brazos durante sus primeras horas de vida. Recordé la pelusa rojiza que cubría su cabeza diminuta y suspiré. Había nacido de unos padres que se querían y respetaban, y eso ya era más de lo que muchos podían decir. Pero ¿quién se lo contaría cuando fuese mayor? Si esa tía suya moría durante la guerra, como tantos otros, ¿quién le hablaría de su padre, Karos de Sekaisa, el líder de los belos y los arévacos, y de su madre, la mujer sabia Stena? ¿Se perderían sus nombres en el océano del tiempo, alguien sería capaz de recordarlos cuando hubiesen pasado años, siglos, milenios?

Los numantinos se encaminaban hacia la pira, pero nosotros íbamos en dirección contraria, hacia las murallas. El cielo estaba cargado de nubes, como si fuese a estallar una tormenta en cualquier momento, pero aún no llovía. Aun así, Leukón no dejaba de mirarlo como si tratara de amedrentarlo.

Calias y yo, cogidos de la mano, corríamos detrás de él. Mi esposo caminaba dando zancadas, tan deprisa como podía, esquivando a la gente que arrastraba a los heridos y a los muertos. A nosotros nos costaba seguirle el ritmo.

—Dioses —murmuré al ver pasar a dos guerreras sosteniendo el cuerpo inerte de una de sus compañeras de armas—, ¿de verdad habéis vencido? ¿Qué clase de victoria es esta?

—Una victoria como cualquier otra —gruñó él—. Numancia ha vencido a Roma, pero los celtíberos hemos perdido. Son los pueblos los que ganan las guerras, no las personas. Las personas siempre salen derrotadas.

Sus palabras eran crueles, y dolorosamente ciertas. No dije nada hasta que llegamos a las puertas de la ciudad, que estaban cerradas a cal y canto. Leukón se detuvo bruscamente frente a ellas y miró a todos lados; después maldijo en voz baja y se volvió hacia nosotros para decirnos algo, pero una voz masculina se lo impidió:

—¿Buscas esto?

Los tres nos giramos y vimos cómo Ambón se acercaba a nosotros arrastrando a Trueno de las riendas. El caballo parecía nervioso, pero Ambón lo guiaba con aire decidido.

—Sí, lo estaba buscando —admitió Leukón mirándolo con recelo.

Vi que sus hombros se tensaban y me temí lo peor, pero Ambón tiró de las riendas del caballo una última vez y se las entregó sin ceremonia alguna.

—Mi esposa me lo ha contado todo —dijo dando un paso atrás—, incluido el pacto que habéis hecho.

Leukón palmeó el cuello de Trueno, que relinchó suavemente. Después volvió a contemplar a Ambón.

—No hemos pactado nada, Ambón, lo sabes de sobra. Los planes de Aunia no coinciden con los míos.

Yo sentí el irrefrenable impulso de preguntarle cuáles eran esos planes, pero no me atrevía a interrumpir la conversación. Tenía el presentimiento de que estaba asistiendo a un momento solemne.

—Sí, lo sé. —Ambón miraba fijamente a mi esposo—. Y no esperaba menos de ti, Leukón de Sekaisa. Me hubieses decepcionado mucho de haber aceptado.

—Entonces, ¿tú no quieres deshacerte de mí? —Leukón resopló.

Ambón se encogió de hombros. Parecía tranquilo, pero lo que había en sus ojos no era simple diversión, sino algo más profundo.

—Si la Asamblea me elige y el Consejo me apoya, quiero que sea por mis propios méritos, no por haberme deshecho de mi rival —declaró.

Mi corazón se aceleró al escuchar esas palabras. ¿Estaba insinuando lo que yo creía?

—Yo no quiero ser el líder de los belos y los arévacos, Ambón —dijo mi esposo con aire cansado—. No quiero el poder.

—Eso es lo que nos hace distintos. —Ambón rio secamente—. Yo sí quiero el poder, pero tú también lo aceptarás si tu pueblo te necesita.

—Si mi pueblo me necesita, lucharé por él —declaró Leukón—. Pero no sin antes poner a salvo a mi familia.

¿Qué significaba eso? No lo comprendía, pero seguía paralizada, apretando la mano de Calias como si me fuese la vida en ello. Ambón, por su parte, sacudió la cabeza con indulgencia y murmuró:

—Que Lug guíe tu camino, Leukón.

Sin darnos ninguna explicación, mi esposo nos ayudó a Calias y a mí a montar en Trueno y él hizo lo propio. El caballo era lo bastante grande como para llevarnos a los tres.

—Que Cernunnos te proteja, Ambón —dijo Leukón desde arriba.

Entonces Ambón me miró y, tras un instante de vacilación, inclinó la cabeza en señal de respeto.

—Señora.

Antes de que yo pudiese reaccionar, el joven guerrero nos abrió las puertas de la ciudad y las sujetó para dejarnos pasar. Momentos después de que Trueno las cruzara, oí cómo se cerraban a nuestras espaldas con un golpe sonoro.

Yo no hablé, estaba demasiado aturdida como para decir nada. A mi mente regresaban las imágenes de lo que había vivido en las últimas horas: Stena, Avaro, Calias, Kara...

Leukón también permanecía en silencio, sumido en sus propios pensamientos. El viento le agitaba el pelo y el *sagum*, pero sus ojos miraban hacia el bosque, y siguieron fijos en él cuando el caballo nos introdujo en la espesura. Como si pudiesen ver más allá.

XXXIII

Hispania Ulterior, 153 a. C.

«Pero no sin antes poner a salvo a mi familia». Eso era lo que Leukón le había dicho a Ambón, pero yo no supe a qué se refería hasta que vi que Trueno se desviaba del camino y se dirigía hacia el oeste, donde una columna de humo asomaba entre los árboles.

—¡No! —exclamé al verla y adivinar cuál era nuestro destino—. ¡No, Leukón, no iré! ¡Ni lo intentes!

Él no respondió, solo le gritó a su caballo para que fuese más deprisa. Trueno tomó un sendero flanqueado por zarzas y yo tuve que encogerme para que no me arañaran los brazos ni las piernas.

—¡Maldito bárbaro! —Traté de volverme hacia él, pero no lo logré—. ¡No te saldrás con la tuya!

De nuevo, Leukón no dijo nada. Yo lo maldije en latín, pero tampoco reaccionó a eso.

Mi corazón se había descontrolado. Más allá de la guerra y el horror que habíamos dejado atrás, un miedo distinto atenazaba mi garganta, un miedo atroz que apenas me permitía respirar con normalidad. Tuve que sobreponerme a él y decirme a mí misma que, después de todo, Leukón no podía obligarme. No podía arrastrarme por el suelo hasta el campamento romano.

No, no estaba dispuesta a alejarme de su lado y pasar el resto de mi vida lamentándolo. Nada ni nadie me haría regresar.

Nos detuvimos cuando empezó a llover. Leukón dejó a Trueno atado a un árbol y se frotó los brazos entumecidos; luego se dirigió hacia Calias, que parecía confundido, y le puso las manos en los hombros.

—Espéranos aquí, hijo.

—Pero...

—Calias —lo interrumpió con firmeza—, me enorgullece que me llames «padre», es algo de lo que siempre me enorgulleceré. Por eso quiero que confíes en mí y hagas lo que te digo. No tardaremos.

El chico parpadeó, tenía el flequillo pegado a la frente y las pestañas llenas de lluvia. Se mordió el labio antes de responder:

—Sí, padre.

Y se volvió hacia Trueno, que estaba nervioso, para calmarlo. Cuando se puso a murmurarle cosas al caballo, me recordó tanto a Leukón que sentí una oleada de ternura.

Mi esposo se metió entre dos robles. Eso me hizo recordar el día de nuestra boda: nos habíamos casado en un claro rodeado de esos árboles, en presencia de una mujer que ya no caminaba sobre la tierra y bajo la protección de los dioses celtíberos. Entonces yo no sabía lo mucho que iba a cambiar mi vida desde ese momento, lo diferente que sería y lo dichosa que me sentiría durante tanto tiempo.

Contemplé cómo la lluvia caía sobre Leukón. Había formado una ligera cortina entre ambos y, a la luz de la tarde, las gotas parecían estrellas plateadas. Ojalá hubiésemos estado allí en otro momento y en otras circunstancias, ojalá hubiésemos podido limitarnos a contemplar la belleza de lo que nos rodeaba sin pensar en guerras, juicios y muerte.

Mi esposo se detuvo cuando debíamos de estar a más de trescientos pasos del lugar en el que habíamos dejado a Calias y a Trueno.

—Bien —dijo con voz ronca—, tenemos algo de tiempo.

Su respiración fue relajándose poco a poco. Solo entonces me di cuenta de que había estado jadeando todo ese rato y, por primera vez, me pregunté si él también estaría asustado.

—No pienso irme, Leukón —volví a la carga—. Mi lugar está contigo.

Él se dejó caer a los pies de una encina, apoyó la espalda en el tronco y cerró los ojos. Parecía muy cansado.

—No puedes volver, Cassia —murmuró—. Aunia me ha pedido algo a cambio de su silencio, pero no puedo hacerlo. Cuando quemen a Karos y a nuestros compañeros de armas, cuando todo vuelva a la normalidad y los romanos ya no sean un peligro inmediato, la gente hará preguntas sobre Stena y Avaro.

—Les diremos la verdad, o lo más parecido a la verdad: que yo maté a Avaro porque él mató a Stena. Que lo hice para salvar mi vida y la de una criatura inocente.

Leukón abrió los ojos y me miró con una pizca de dulzura.

—No nos escucharán, Cassia. A mí ya me consideran un asesino y tú... —Suspiró—. Sé que esto te duele, pero eres una romana. Para algunos de ellos, por desgracia, siempre lo serás. —Bajó la vista—. Ahora que Karos ha muerto, ya no tengo ningún apoyo. Aunia no ayudará, pero yo ya estaba perdido de todas maneras.

Yo me arrodillé frente a él y apreté los puños.

—¡Todo esto es por mi culpa! —estallé—. ¡Si no te hubieses casado conmigo para salvarme...!

Mi garganta se cerró y ya no pude seguir hablando. Pero Leukón se limitó a sonreír.

—¿Y qué hay de mí? Soy culpable de haberte secuestrado, atado, amenazado y prácticamente obligado a casarte. Soy culpable de haberte arrancado de tu hogar para llevarte a una ciudad extraña y soy culpable de haberte puesto en peligro no una vez, sino varias. ¿Me odias por eso, Cassia?

—Por supuesto que no.

—Bien —suspiró él—, porque, como te dije hace tiempo, yo no me arrepiento de nada. Ni de lo bueno ni de lo malo, porque todo forma parte de nuestra historia.

Me moría de ganas de besarlo, pero no podía hacerlo. No podía hacer nada que pareciese una rendición.

—No me iré —insistí—. Me quedaré y, si tú caes en desgracia, yo caeré contigo.

—Lo siento, pero no voy a permitirlo.

—Entonces, ven con nosotros —supliqué—. No a Roma, sino a cualquier otro sitio. Podemos marcharnos los tres y...

Seguía hablando, pero una parte de mí sabía que era inútil. Leukón había tomado una decisión, sus ojos me lo decían. En ellos no había impaciencia, solo ternura y una pena infinita. Los míos se anegaron una vez más.

—No. —Mi esposo sacudió la cabeza—. Hispania está en guerra y no nos recibirán en ninguna parte, a ti porque eres romana y a mí porque soy celtíbero. Incluso si consiguiésemos llegar a un puerto, ¿hacia dónde nos dirigiríamos? Nuestros pueblos están enemistados y ninguna tribu guerrera querría acoger a un desertor. Pase lo que pase —concluyó pausadamente—, yo soy hombre muerto.

—No —gemí.

—Sí. —Él volvió a contemplarme—. Pero puedo salvaros, a ti y a Calias, y eso es precisamente lo que voy a hacer.

—Pero...

—He visto a tu padre, Cassio Aquila.

Sus palabras me cortaron la respiración. Incluso dejé de protestar.

—¿A mi padre? —murmuré impresionada.

—Mientras luchábamos, busqué a los centuriones romanos entre la gente. No me costó dar con él: sus hombres lo llamaban Aquila y tú me dijiste que no había ningún otro centurión que se hiciese llamar así en las legiones hispanas. Me acerqué a él y tuvimos una conversación.

—¿Una conversación... en medio de la guerra? —Alcé las cejas. No sabía si reír o llorar.

—La guerra nunca es lo que parece desde fuera —me explicó Leukón—. Se pueden mantener conversaciones civilizadas durante una campaña. Tu padre y yo tuvimos una... y yo le hice una promesa.

—¿Qué promesa?

Un brillo de dolor se apoderó de su mirada.

—Le prometí que, si llegaba un día en el que yo no pudiese protegerte, te llevaría con él.

—No —repetí. Me negaba a aceptarlo.

—Es tu padre, Cassia. Te quiere.

—Y yo lo quiero a él, con toda mi alma. Pero esta es mi vida ahora. Tú eres mi vida.

—Por Cernunnos, Cassia, ya no nos queda nadie. —Él hizo un gesto de dolor—. Todos nuestros amigos han muerto. Estamos solos y yo estoy condenado. Pero me niego a aceptar que este sea tu final, tú aún tienes toda una vida por delante...

—¡No! ¡No quiero esa vida, no la quiero...!

Mi grito se convirtió en un sollozo. Abracé a Leukón con todas mis fuerzas y seguí diciendo que no con la cabeza cuando mi voz ya no era capaz de hacerlo.

Él me rodeó amorosamente con sus brazos.

—No me estás abandonando —susurró apoyándome la barbilla en la cabeza—. Me estás dando la oportunidad de seguir viviendo en ti y en Calias. —Se apartó un poco de mí para besar mi frente, pero luego volvió a estrecharme contra su cuerpo—. Me estás dando la oportunidad de seguir existiendo en vuestros corazones. Cuando yo solo sea un montón de huesos, mi nombre será pronunciado por vosotros, durante años y años, hasta que os unáis a mí en el Más Allá.

Yo lloraba y temblaba, pero él, en cambio, estaba sereno.

—Sé que te estoy pidiendo algo muy difícil —suspiró—. Si yo tuviese que seguir viviendo después de tu muerte, no podría soportarlo, pero tú tienes que vivir. Quiero que me concedas ese último deseo, Cassia.

Sin separarme de Leukón, eché la cabeza hacia atrás. Un jirón de cielo rosado se había abierto paso entre las nubes, salpicado de diminutas estrellas blancas. Apenas podía verlo porque las lágrimas me nublaban la vista, pero pensé en lo hermoso que era y lo lejos que estaba. Como el futuro que habíamos estado a punto de alcanzar mi esposo y yo, un bárbaro y una romana.

Los dioses no lo habían permitido, no habían querido que le demostráramos al mundo que lo nuestro era posible, que había amores que ni la guerra ni los prejuicios podían matar.

—¿Por qué yo tengo que soportarlo? —murmuré—. ¿Por qué yo sí, Leukón?

Volví a contemplar su rostro y él me miró con dulzura.

—Porque toda mi vida habrá valido la pena si tú sigues haciendo este mundo más hermoso, como hiciste conmigo —dijo suavemente—. Y porque... tengo una sospecha.

Entonces me puso la mano en el vientre. Yo sacudí la cabeza con vigor.

—No sabemos si...

—Déjame morir con esa certeza. —Rio él—. Por favor, amor mío. Si tengo que dejar una huella en este mundo, quiero que sean una mujer buena y dos hijos maravillosos. Es todo lo que te pido.

Comprendí que me había vencido.

—Está bien —dije con un hilo de voz—. Está bien, lo haré.

—¿Lo harás?

—Sí. —Me dolía pronunciar esa palabra, más que nunca, pero no tenía alternativa—. Volveré a Roma y llevaré tu nombre conmigo. Tu nombre y a tu hijo, o a tus dos hijos, si es que estás en lo cierto. —Bajé la vista y parpadeé para esconder las lágrimas—. Y jamás te olvidaré, por muchos años que viva.

Muy despacio, el cuerpo de mi esposo se relajó.

—Gracias, querida —murmuró con sencillez—. Entonces, ya solo me queda una cosa por hacer.

Se quitó el *sagum* y lo extendió sobre el manto del bosque. Luego me rodeó con sus brazos, me alzó en vilo con delicadeza y me tumbó encima. Yo me dejé hacer, temblando todavía, sin poder creer que aquella fuese la última vez, el último adiós, el final de mi aventura en Hispania y de la vida que podría haber llegado a tener junto a ese hombre.

—No llores, romana. —Se inclinó para besarme el cuello y me habló al oído—: Sea cual sea mi destino, serás lo último en lo que piense.

Metió las manos bajo mi túnica y me acarició los muslos. El roce de sus dedos calientes fue lo que me despertó por fin: ansiosa, tiré de su ropa para arrancársela, y él se dejó hacer riendo entre dientes. Me resultó extraño verlo de ese modo, desnudo en mitad del bosque, pero con las botas puestas todavía y la espada junto a él, lista para ser usada. Cuando sorprendió mi mirada, me sonrió con cierta timidez.

Yo me quité mi propia túnica sin muchos preámbulos. También me deshice de los zapatos a puntapiés, y empujé a mi esposo para poder sentarme.

—Siéntate tú también —le ordené.

Él levantó las manos en señal de rendición y me hizo caso. Solo había yacido con él a la luz del fuego, por lo que era la primera vez que lo veía bajo una luz que no temblaba. Su cuerpo era un tapiz de lunares y cicatrices, de marcas de guerra y de pasión. Traté de memorizarla para no olvidarla jamás.

Después me senté en su regazo. Él entreabrió los labios y suspiró.

Siempre me resultaba agradable recibirlo en mi cuerpo, pero aquella vez fue distinta. Aquella vez era la última y quería disfrutarla de otra manera, atenta a cada gesto de mi esposo, a cada gemido y a cada movimiento de cadera. Aunque yo lo había guiado al principio, no tardó en colocar las manos en mi trasero y tomar las riendas. No me importó, me gustaba.

—Los dioses han sido generosos conmigo —jadeó cuando apenas me había embestido media docena de veces—. Hay quien se va de este mundo sin haber amado ni haber sido amado, pero yo... puedo irme en paz...

Dejó de hablar y empezó a gemir de placer. Yo ya estaba haciéndolo, sin dejar de mirarlo, y una de sus manos envolvió mi mejilla y me acarició los labios.

En cualquier caso, todo estaba dicho ya. Ya solo nos quedaba ese último adiós, y nos entregamos a él protegidos por los murmullos del bosque.

Ya era casi de noche cuando volvimos con Calias. Lo encontramos adormilado a los pies de un roble, con el pelo largo tapándole la cara y las mejillas ligeramente sonrosadas. Volvía a parecer un niño, aunque llevaba la espada en la mano.

Despertó en cuanto oyó nuestras pisadas y parpadeó confundido.

—¿Dónde estabais? —dijo adormilado—. He oído ruidos. Creo que el ejército romano está cerca de aquí.

—Lo está. —Leukón se detuvo frente a él y le dirigió una larga mirada—. Y tu madre y tú vais a ir a su encuentro.

Calias se incorporó de golpe.

—¡No, padre! Los romanos son el enemigo, ¿recuerdas?

Ignorando su turbación, Leukón lo cogió en brazos y lo subió a lomos de Trueno, que sacudió la cabeza con aire ofendido.

—Hay romanos buenos y romanos malos —dijo mi esposo con firmeza—, y celtíberos buenos y celtíberos malos. En todas partes encontrarás personas estupendas y personas detestables. —Tensó la comisura del labio en un amago de sonrisa—. Lo importante es que nunca dejes de darles una oportunidad.

—No lo entiendo, padre —protestó Calias desde el caballo—. ¿Por qué hablas así, por qué dices que «mi madre y yo» debemos ir con los romanos? ¿Es que tú no piensas venir con nosotros?

Yo sabía que aquello iba a ser complicado, pero me dolió ver cómo su expresión pasaba del desconcierto al temor. Me había sentido igual que él hacía unas horas, pero decidí no intervenir por el momento.

—No —dijo Leukón—, yo tengo que volver a Numancia. Pero vosotros iréis al campamento romano y, cuando Nobilior gane la guerra, volveréis a Roma.

—¡Los romanos no van a ganar la guerra! —Calias parecía a punto de bajarse de Trueno, pero mi esposo lo retuvo con un gesto—. ¡Padre, tú eres un celtíbero, tú sabes mejor que nadie que nuestro pueblo es más valiente!

—Es posible —concedió Leukón—, pero los romanos tienen algo que nosotros no tenemos.

Mi esposo sacó algo de debajo del *sagum*. Era la moneda de Calias, la que el chico me había regalado a mí y yo le había regalado a mi esposo.

—He visto a esos elefantes, hijo. —Leukón le hablaba a Calias, pero me miraba a mí—. Por lo visto, el rey de Numidia ha decidido apoyar al ejército romano. Ah, y eso me recuerda algo... —Rio entre dientes—. Retiro lo dicho: no me parezco a un elefante. Esas bestias dan pavor.

Sin dejar de sonreír, puso la moneda en la mano de Calias, pero él se la devolvió.

—No, padre, quédatela —musitó—. Así te acordarás de mí.

Leukón asintió con la cabeza, volvió a guardarse la moneda y se inclinó para besar la frente del muchacho.

—No te olvidaría ni aunque viviese cien años, Calias —murmuró.

Después se volvió hacia mí y me cogió en brazos.

—Sangre de mi sangre —murmuró estrechándome con fuerza contra su pecho.

—Sangre de mi sangre —repetí hundiendo el rostro en su pelo, aspirando su olor una vez más.

Nuestros labios se rozaron una última vez. Entonces, cuando una lágrima furtiva amenazaba con delatarlo, Leukón se separó de mí con decisión, me subió al caballo y le dio una fuerte palmada en los cuartos traseros.

—¡Hasta pronto, amigo! ¡Llévalos al campamento sanos y salvos!

Trueno emprendió el galope con tanta energía que estuve a punto de caerme. Sujeté con fuerza a Calias, que casi había salido despedido, e intenté mirar atrás para ver a mi esposo una vez más, pero el caballo ya había enfilado un sendero y Leukón había desaparecido entre los árboles.

Volví a mirar al frente. Trueno parecía saber perfectamente adónde iba; yo, en cambio, me sentía más perdida que nunca.

Puede que hubiese hecho caso a mi esposo, Leukón de Sekaisa, y hubiese decidido seguir viviendo mientras él se enfrentaba a la muerte con valentía. Puede que estuviese dispuesta a ser fuerte por Calias y por el hijo que ya palpitaba en mi vientre. Puede que, después de todo, fuese capaz de seguir adelante sin el hombre que había amado y perdido.

Pero, mientras Trueno nos conducía hacia aquella columna de humo gris, la que marcaba el final de mi viaje, comprendí que solo estaba arrastrando mi cuerpo, un frágil cascarón vacío.

Porque mi corazón ya no estaba conmigo. Yo misma me lo había arrancado del pecho y lo había dejado atrás, en otro lugar y en otro momento.

A las puertas de Numancia.

Epílogo

Roma, 150 a.C.

Nunca regresé a Hispania, no hubiese podido hacerlo. Sabía que en ese lugar yacían los huesos del hombre al que había amado, solitarios bajo un montón de tierra pardusca y flores amarillas. Bajo la lluvia y el viento, arrullados por el murmullo del río que rodeaba Numancia y que sus habitantes llamaban Duero.

Los numantinos ganaron la guerra... al principio. El cónsul Nobilior tuvo que emprender una vergonzosa retirada; los elefantes que el rey de Numidia le había enviado se volvieron contra su ejército y la fiereza de los celtíberos hizo que muchos legionarios desertaran, asestando así el golpe de gracia a las fuerzas invasoras.

Numancia resistió.

No obstante, la ciudad aún tendría que librar otras guerras. Roma nunca olvidaba una ofensa: las legiones volverían, y lo harían dispuestas a vencer. Pero tendrían que pasar años hasta entonces.

En cuanto a mí, me mudé a Roma con Calias y traté de seguir adelante. Para cuando nuestro barco llegó al puerto de Ostia, yo ya sabía que estaba encinta, tal y como Leukón había sospechado desde el primer momento, y mi madre y Melpómene fueron las dos primeras personas a las que se lo conté. Sí, a ellas dos se lo conté todo: mi viaje a Hispania, mi encuentro con los bárbaros, mi boda con Leukón y la guerra que habíamos tenido que vivir juntos. Después, cuando Nobilior ya había regresado a Hispania con sus hombres, mi padre corroboró mi relato.

Aun así, los rumores fueron imposibles de evitar. Muchos dijeron que yo me había inventado aquella historia, que había sido capturada por los celtíberos y había sufrido tantas penurias que me había inventado una historia de amor y pérdida para consolarme a mí misma. El propio Máximo vino a verme y me sometió a un cruel interrogatorio; cuando insinuó que debía deshacerme del bebé que esperaba por ser el hijo de un bárbaro, le arrojé un ánfora a la cabeza y lo eché de mi casa. Poco después, según me contó mi madre, él se casó con una joven llamada Valeria. No sentí absolutamente nada al enterarme porque hacía tiempo que no sentía absolutamente nada.

Calias, en cambio, logró recuperarse. Dejó de comportarse como un celtíbero y adoptó las costumbres romanas. A mí no me molestó: al fin y al cabo, solo era un niño. Mis padres se negaban a aceptar que era mi hijo, pero yo me mostré obstinada: lo había adoptado y no había vuelta atrás. Fue lo único en lo que no cedí.

Las cosas mejoraron un poco cuando el bebé nació. Resultó ser un niño y lo llamamos Cassio Corvus porque tenía el pelo negro como el ala de un cuervo, aunque yo también lo llamaba «pequeño Leukón» cuando estábamos los dos solos. Calias se encariñó mucho con él, igual que Melpómene; y mis padres, resignados, terminaron aceptándolo como miembro de pleno derecho de nuestra familia. Cuando cumplió dos años y aprendió a balbucear «Aquila», a mi padre se le llenaron los ojos de lágrimas de alegría y supe que ya no volvería a reprocharme nada relativo a «mi aventura en Hispania», como solía llamarla.

Así pasé los tres años siguientes: criando al pequeño Cassio, disfrutando de la serena compañía de Calias, Melpómene y mis padres, y dejando pasar los días con lentitud. Obligándome a mí misma a no seguir los pasos de un fantasma y comprobando, noche tras noche, que era el fantasma el que me perseguía a mí.

—Sangre de mi sangre —murmuraba al despertar, como si volviese a hacerle la misma promesa una vez más.

Tres años después de que un barco me condujese de nuevo a Ostia, Calias me hizo una extraña petición:
—Quiero que me lleves al foro, madre.
Yo lo miré con escepticismo.
—¿Al foro?
—Sí, por favor.
No era una petición propia de él. A diferencia de mí, Calias poseía el espíritu guerrero de los celtíberos, pero nunca le habían gustado los combates de gladiadores. Había estado allí una vez, a los trece años, y le había indignado comprobar que ni los más fuertes tenían muchas posibilidades de salir con vida de allí.

Me quedé mirándolo pensativa. Ahora era un muchacho de catorce años, más corpulento que yo y casi tan alto como Melpómene, y de vez en cuando aparecía en casa con un ojo morado por haberla emprendido a puñetazos con otro chico. Pero era la primera vez en mucho tiempo que me hablaba del foro.

—No me gusta ese sitio, Calias —suspiré.

—Por favor —insistió él en su vacilante latín—. Es importante para mí.

—¿No puede acompañarte Melpómene?

—Necesito ir contigo, madre. De verdad.

—Iremos mañana, entonces.

—Tiene que ser hoy.

Parecía tan angustiado que, finalmente, accedí. Dejé a Cassio con Melpómene, cogí mi mantón y le puse el broche con forma de caballo de Leukón. Y salí de casa junto a Calias sin dejar de mirarlo de reojo.

Recorrimos las calles empedradas que separaban mi casa del foro. Como yo no había llegado a casarme con Máximo, mis padres y yo seguíamos siendo plebeyos, pero no habíamos perdido nuestro estatus, o no del todo.

Tampoco me importaba demasiado, pocas cosas me importaban ya. La Cassia que había zarpado rumbo a Hispania en la bodega del *Quimera* no era la misma que había vuelto a cruzar el Mediterráneo, desde luego.

Al pensar en el *Quimera*, recordé a Alexis. No había muerto enfermo en Ampurias, como yo creía, sino un año después, en el naufragio que arrastró su barco al fondo del mar. Pobre hombre, me caía bien.

Calias me sacó de mi ensimismamiento:

—Por aquí, madre.

Me condujo hasta una de las primeras filas. A mí no me apetecía mucho presenciar la carnicería desde allí, pero Calias insistió tanto que, una vez más, cedí a su petición.

—¿Qué te pasa hoy? —le pregunté con cierta inquietud.

—Quiero que veas algo.

El foro se fue llenando poco a poco y mi incomodidad fue en aumento. Yo ya sabía en qué consistían los espectáculos de gladiadores y me desagradaban profundamente. Primero se abría la reja tras la que aguardaban los combatientes, luego estos saludaban al público y, tras recibir ovaciones y abucheos, se dedicaban a matarse entre ellos.

Tres hombres salieron aquel día a la arena. Yo me concentré en las puntas de mis sandalias, pero no pude evitar oír cómo gritaban sus nombres:

—¡He aquí Flamma, el ganador del último combate!

Eché un rápido vistazo a la arena y vi que un gladiador de tez oscura y grebas relucientes levantaba una lanza por encima de su cabeza mientras algunos coreaban su nombre.

—¡Y aquí tenéis a Tracio, recién llegado de Oriente!

Un hombre griego de mediana edad se situó junto a Flamma. Él llevaba una armadura ligera y una espada corta.

—Esto no puede acabar bien —le susurré a Calias.

Pero él me chistó:

—¡Espera, falta el último de todos!

—¿Y qué más da eso? Calias, no tengo ganas de...

Pero entonces la misma voz de antes ahogó mis palabras:

—¡Por último, podéis admirar a Belo, un bravo guerrero celtíbero que está deseando matar!

El foro rugió de emoción, la derrota de Nobilior aún estaba muy reciente. Yo tuve que agarrarme al brazo de Calias.

El hombre avanzó lentamente, como si estuviese reconociendo el terreno. Lo primero que me llamó la atención fue su tamaño: tenía los hombros anchos y las piernas musculosas, aunque parecía mal alimentado. Llevaba el pelo largo y un rizo le caía suelto por la mejilla, manchado de suciedad. Se lo apartó de la cara con un movimiento impaciente.

—¿Es él, madre? —me estaba preguntando Calias una y otra vez—. ¿Es él? ¡Yo creo que es él!

El gladiador alzó la barbilla y, aunque el foro estaba lleno de gente, hubiese jurado que sus ojos se clavaban en los míos. Unos ojos que no eran negros, sino de un castaño tan oscuro que lo parecía en un primer vistazo.

Sonrió muy despacio sin dejar de observarme. Y todo mi mundo se tambaleó en ese momento.

—Dioses, Calias —suspiré—. Es él.

Agradecimientos

Me llevé una enorme alegría al recibir la noticia de que iba a realizarse una nueva edición en papel de *A las puertas de Numancia*. Quienes me conocen saben lo especial que es esta novela para mí, y me gustaría aprovechar sus últimas páginas para dar las gracias a quienes me han acompañado durante este fascinante viaje a la Hispania romana.

Gracias, en primer lugar, a mi familia. A mi madre, Ana, que me ha enseñado a leer y vivir felizmente las mejores historias de amor, y a mi padre, Rafa, humanista del siglo XXI, cuya forma creativa y amorosa de contemplar el mundo siempre me conmueve. A mi hermana mayor, Ane, maravillosa amiga, compañera y mujer, que comparte la valentía y la ternura de Cassia, y a Rober, que es noble y generoso como un celtíbero. A Darío y Héctor, fuentes inagotables de inspiración y frases geniales. Ya sabéis lo mucho que os quiero a los seis, pero nunca está de más ponerlo por escrito. Concluyo este apartado con una mención muy especial a la memoria de mi divertida tía Mary, por aquellos días de verano en los que mamá, ella y yo leíamos novelas románticas y las comentábamos entre risas.

Gracias también a Miriam y Diana, expertas en el yacimiento de Numancia, que fueron tan amables conmigo cuando lo visité y me ayudaron a documentar esta historia. Pensé un poquito en ellas al crear a Kara y Stena (los escritores somos un peligro cuando buscamos inspiración).

Gracias a mi editora, Elisa, por confiar en esta historia desde el principio y también ahora. Ha sido un placer abrir esta puerta junto a ti.

Por último, gracias a las lectoras de esa primera versión digital de la novela que me escribisteis desde vuestros respectivos países para decirme que os habíais enamorado de Leukón. Él y yo os mandamos un abrazo... tan grande como un elefante.

ÚLTIMOS TÍTULOS PUBLICADOS EN HQN

El camino del amor de Sherryl Woods

Antes beso a un hobbit de Carla Crespo

El ático de la Quinta Avenida de Sarah Morgan

La príncesa del millón de dólares de Claudia Velasco

Hora de soñar de Kristan Higgins

El año del frío de Jane Kelder

Las chicas de la bahía de Susan Mallery

Con solo tocarte de Victoria Dahl

La chica del sombrero azul vive enfrente de María Draghia

La viuda y el escocés de Julia London

El guerrero más oscuro de Gena Showalter

Spanish Lady de Claudia Velasco

Enamorarse: clases prácticas de Olga Salar

El viaje más largo de Sherryl Woods

Fuera de combate de Anna Garcia

www.ingramcontent.com/pod-product-compliance
Lightning Source LLC
LaVergne TN
LVHW041219080526
838199LV00082B/919